T0063477

Le Chemin D'épines Ou La Route Pavée D'or?

JACQUES PRINCE

Commander ce livre en ligne à www.trafford.com
Ou par courriel à orders@trafford.com

La plupart de nos titres sont aussi disponibles dans les librairies en ligne majeures.

© Copyright 2014 Jacques Prince.

Scripture taken from the HOLY BIBLE, NEW INTERNATIONAL
VERSION. Copyright © 1973, 1978, 1984 International Bible
Society. Used by permission of Zondervan Bible Publishers.

La reproduction intégrale ou partielle de cette publication, la conservation dans un
système de récupération, ou encore la transmission électronique, mécanique, par
photocopie ou enregistrement est interdite sans l'autorisation écrite de l'auteur.

Ceci est une œuvre de fiction. Tous les personnages, les noms, les
incidents, les organisations et le dialogue dans ce roman sont soit des
produits de l'imagination de l'auteur ou sont utilises fictivement.

Imprimé à États-Unis d'Amérique.

ISBN: 978-1-4907-3419-4 (sc)
ISBN: 978-1-4907-3420-0 (e)

Trafford rev. 04/26/2014

 www.trafford.com

North America & international
toll-free: 1 888 232 4444 (USA & Canada)
fax: 812 355 4082

CHAPITRE 1

D'un rêve à un autre, je pense qu'un rêveur ne cesse jamais de rêver. Cependant, si ma vie est un rêve devenu réalité aussi beau que de pouvoir écrire l'histoire de Schéba, que se soit un rêve ou une réalité, je pense que c'est merveilleux.

J'ai rêvé le premier avril 2001 que je visitais Schéba chez elle pour la toute première fois. Tout en marchant dans son entrée et me dirigeant vers sa porte d'entrée, je me suis fait attaquer par un vilain chien. Je ne savais pas si ce chien lui appartenait ou pas, mais il a pris une méchante morsure à mon derrière. J'ai d'une façon acrobatique rejoint ses mâchoires de mes deux mains derrière le dos et puis j'ai entendu le craquement de ses os.

J'ai marché à l'intérieur de sa maison saignant mon pantalon et ignorant la douleur. Puis je l'ai trouvé dans un coin reculé de la maison regardant dehors par une fenêtre et elle m'a semblé tout à fait angoissée. Je lui ai donné un baiser ce qui à ma grande surprise a semblé lui plaire, puisqu'elle m'a regardé avec un plaisir de stupéfaction. Lorsqu'elle s'est rendu compte que je saignais, elle a baissé mon pantalon et elle a commencé à soigner ma blessure.

"Ça doit faire mal?" "Est-ce que c'est grave? Je ne sens rien. Maintenant je regrette d'avoir cassé la gueule du chien." "Je vais te mettre du peroxyde, mais je pense que tu devrais aller à l'hôpital." "Pourquoi le devrais-je si je suis guéri par les soins de ton amour?"

J'ai eu un autre rêve le quinze avril. Il m'a semblé que nous étions Schéba et moi dans un hôpital ou encore dans une

1

clinique médicale afin d'établir l'authenticité de mon enfant. Tout en attendant le résultat du test Schéba et moi nous avons dansé sur une jolie valse qui jouait à la radio. Lorsque nous eûmes terminé, je l'ai serré tendrement dans mes bras en rendant les infirmières un peu jalouses et envieuses. Quelques-unes d'elles sont venues me demander si je ne pouvais pas les faire danser elles aussi, mais je leur ai répondu que c'était là quelque chose d'exclusif à Schéba. Elles m'ont souri en me faisant les jolis yeux se frottant la poitrine pour me montrer ce qu'elles avaient à m'offrir. Je leur ai laissé entendre que j'étais satisfait de ce que j'avais.

Le seize du même mois j'ai rêvé à ce livre dont je suis en train d'écrire: Un Chemin D'épines. Schéba m'a dit un jour que c'était l'histoire de sa vie.

"Je ne sais pas pourquoi ma vie n'a été jusqu'à présent qu'un chemin d'épines, mais quoi qu'il en soit, j'aime toujours le Seigneur." "Tu ferais bien de continuer à L'aimer Schéba, parce que ça pourrait toujours être pire, tu le sais, n'est-ce pas? Lui, Le Tout-Puissant a le pouvoir de mettre des épines là où Il veut. Je suis la personne à qui parler si jamais tu as le désir de le faire un jour. Je ne prétends pas être un expert ou quelque chose du genre, mais je suis intéressé et je sais écouter. On ne sait jamais, je pourrais peut-être t'expliquer un tas de choses." "J'ai vécu des histoires qui te feront blanchir les cheveux en les écoutant." "De toutes façons je suis en âge de blanchir un peu et puis il y a toujours la teinture.

Peut-être devrions-nous s'asseoir et écrire ton histoire; elle pourrait peut-être être de quelque utilité pour quelqu'un d'autre, qui sait?" "J'ai connu un chemin difficile, tu sais." "Moi aussi. Pourquoi ne pas essayer de l'adoucir un peu, si tu veux bien naturellement? Il vaudrait mieux cependant en discuter dans un autre endroit qu'à ton travail. Tes confrères de travail pourraient commencer des histoires que tu ne voudrais pas écrire dans ton livre. Je dois faire un voyage d'une journée au lundi de Pâques pour ramasser des caps de roue; tu pourrais te joindre à moi et me raconter les débuts." "Vraiment, tu me prendrais avec toi?"

"Certainement que j'aimerais ça." "Tu pourrais peut-être trouver la promenade agréable et voir ce que c'est qu'une journée dans la vie d'un collecteur de caps de roue. Je te prendrai à six heures du matin. Ne t'inquiètes pas pour le lunch, je m'occupe de tout, OK? Il va sûrement y avoir des moments ennuyants pour toi, surtout lorsque tu attendras que je revienne avec ma collection.

Ce qui fait que tu ferais mieux d'amener un bon livre à lire." "Je suis en train de lire ton livre de Précieuse Princesse Du Pays Des Rêves. Je l'amènerai donc avec moi. D'accord Jacques, j'embarque. Est-ce que je devrais t'appeler Jacques ou James?" "Peu importe, ce que tu préfères Schéba, l'un et l'autre m'appartiennent." "D'où vient le nom James?" "Lorsque j'étais encore jeune, moi et mes copains nous avons formé une petite bande pour protéger les plus jeunes, les plus démunis contre les tirants et les voyous. On m'a alors élu le chef de la bande et j'ai décidé que Jacques ne faisait pas assez autoritaire, assez sérieux. Ce qui fait que j'ai choisi James pour nom et tous les autres m'ont approuvé. Seize ans plus tard quelqu'un que je ne reconnaissais pas m'a interpellé par le nom de James dans la rue et je me suis retourné en me demandant ce qu'il pouvait bien me vouloir.

"Pourquoi m'as-tu appelé ainsi?" "Tu es bien James, mon chef, le chef de ma bande?" "Je regrette vraiment de ne pas te reconnaître mon ami, mais je suis flatté et heureux que toi tu me reconnaisses."

Je pense que lorsqu'une personne a reçu un sobriquet un jour, il la suit pour le reste de sa vie."

"Passer une journée entière avec Jacques Prince, l'écrivain, auteur de Précieuse Princesse Du Pays Des Rêves et du livre; Le Vrai Visage De L'Antéchrist. J'ai peine à y croire. Non seulement il est un écrivain, mais il est aussi le propriétaire de la plus grande collection de caps de roue au Canada. C'est très excitant tout ça." "As-tu pensé à amener un stylo et du papier? Nous en aurons besoin. Il te faudra écrire des notes pour moi lorsque je conduirai." "Ne t'en fais pas Jacques, j'ai tout ce qu'il faut pour commencer à écrire mon histoire et cela comprend beaucoup de mes mémoires. Il y en aura assez je pense pour te faire dresser les cheveux sur ta tête." "Ne t'en fais pas pour moi, j'en ai vu d'autres. Il n'y a plus grand chose qui me surprend, le sais-tu?"

Nous nous sommes dirigés vers le nord et nous nous sommes arrêtés à Falkland pour déjeuner dans un restaurant. Il était 7:10 hrs. Ensuite nous avons pris la route des lacs et des montagnes. Après six kilomètres de route en zigzag, nous nous sommes arrêtés à ce qu'ils appellent une barrière à vache ou passage à rouleaux, (cattlegard). Cette barrière n'est rien d'autre que douze à vingt pipes de fer de quatre pouces de diamètre environ, transversales et espacées de quatre à cinq pouces pour empêcher les vaches ou la faune de passer de l'autre côté. Cependant lorsque les véhicules les traversent un peu trop vite les caps de roue s'envolent. La meilleure chance qu'une personne a de les récupérer à bon marché est à travers un commerce comme le mien. Si les travailleurs de la route les trouvent avant moi il y a de fortes chances que ces caps se retrouvent au dépôt sanitaire ou encore dans une boite de recyclage.

Schéba me regardait aller avec étonnement et elle m'a souri lorsque je suis descendu pour trouver le premier enjoliveur de notre aventure.

"Dis-moi Jacques, tu en as pour combien d'argent dans cette pile?" "Laisse-moi voir un peu ici, ta, ta, ta, $340.00." "Quoi? Il me faut travailler toute une semaine pour gagner une somme pareille." "Il me faut attendre toute une année pour en ramasser autant à cet endroit. Il me faut aussi venir ici juste à temps. Si je viens juste un peu trop tard, c'est bien de valeur mais je ne trouve rien du tout. Si au contraire j'arrive ici à temps, c'est celui qui me suit qui ne trouve rien. Il y a de très bonnes chances qu'il n'essaye plus jamais. Tout est une question de minutage."

Puis nous arrivions à la sixième et dernière barrière de ce bout de chemin où j'ai trouvé un grand nombre de caps de bonne valeur. Il y en avait pour au moins des moins cinq cents dollars.

"Ce n'était pas un chemin facile par lequel tu viens de passé Jacques, maintenant je sais pourquoi tu es en si bonne forme physique et si fort." "La route est remplie d'épines quelques fois Schéba."

"Il t'a pris plus de temps pour enlever les piquants de tes chaussures et de tes vêtements qu'il t'en a pris pour rassembler tous ces caps de roue." "Je les déteste, mais une personne se doit de faire ce qu'elle a à faire, n'est-ce pas?"

Du côté est de Chase nous nous sommes dirigés vers Kamloops, puis à un autre bout de chemin où il y a plusieurs de ces barrières. Il n'y avait absolument rien à la première.

"Comment se fait-il qu'il n'y a rien ici James?" "Comme tu peux le voir toi-même Schéba, les deux côtés du chemin sont très visibles ici et facile à marcher. Je suis sûr que des caps sont tombés ici aussi, mais quelqu'un les a vus et s'est arrêté pour les ramasser. Je n'ai même pas trouvé une canne de bière vide." "Tu ramasses des cannes et des bouteilles aussi, n'est-ce pas?" "Si je trouve une douzaine de cannes en cinq minutes cela me rapporte douze dollars l'heure et c'est mieux que rien du tout surtout si je n'ai pas la chance de trouver un cap de roue. Tu serais surprise de voir combien cela s'additionne à la fin de la journée." "Je parie que cela fait un beau montant." "Je ne sais jamais ce que je vais trouver. Il y a des endroits où je m'attends à trouver peu et je m'enrichis de plusieurs centaines de dollars. Il y en a d'autres où je m'attends à trouver beaucoup et je ne trouve presque rien. J'en suis arrivé à bien connaître les bons endroits maintenant et aussi le bon temps pour y aller." "Je n'en suis pas étonnée. Tu as bien l'air de savoir où tu t'en vas. Jacques, il y en a un là derrière sur le bord de la route."

J'ai été bien tenté d'arrêter brusquement comme quelqu'un a dit un jour que je faisais, mais ce n'est pas vrai. J'ai regardé derrière et j'ai stoppé aussi vite que j'ai pu sans pour autant endommager les pneus ni risquer un accident. Je me suis stationné sur le bord du chemin et j'ai marché les quatre cents pieds jusqu'au cap de roue. Je suis revenu au camion avec un beau cap d'une valeur de soixante-dix dollars.

"Jacques, ça semble assez rare de trouver un cap comme celui-là? Je veux dire, c'est comme nulle part." "Le travail a sûrement commencé à la dernière barrière et il n'a pas tenu le coup à cause de la vibration causée par un chemin ardu, communément appelé; planche à laver. S'il n'était pas tombé ici il serait sûrement tombé à la prochaine barrière." "Lorsque tu parles d'un enjoliveur de soixante-dix dollars, tu parles bien du prix du concessionnaire, n'est-ce-pas?" "Non Schéba; le même cap tout neuf se vend chez le concessionnaire pour plus de deux cent dollars avant les taxes." "Wow! C'est toute une épargne lorsqu'une personne l'achète de toi." "Certainement que ça l'est, mais il y a quand même des gens qui se plaignent de mes prix. C'est surtout parce qu'ils ne connaissent pas le prix d'origine.

Il y en a d'autres qui voudraient me saigner à blanc. Ceux-là je les envoie marchander ailleurs. Si seulement ils savaient ce que ça coûte de vendre de nos jours. Très souvent ils reviennent honteusement l'acheter quand même après avoir dépensé plusieurs dollars en gazoline. D'autres vont dans un magasin de détail acheter des enjoliveurs à bon marché. À mon avis ils achètent un cap d'un dollar qu'ils payent entre dix et vingt-cinq dollars. Ce qui n'est pas d'être très intelligent. Ce sont des caps qui rouillent très vite ou qu'ils cassent lorsqu'on essaye de les installer. Il y a beaucoup de gens qui ne semblent pas connaître la différence entre bonne qualité, bon marché et une aubaine. Dans bien des cas c'est une leçon qui leur coûte cher." "Que fais-tu Jacques en plus de ramasser des caps de roue? Tu as dit qu'il te fallait attendre un an avant de revenir ici." "Ho, j'ai plusieurs places à aller. Mon prochain voyage sera aux alentours de Banff et de Calgary. Tu es bienvenue pour te joindre à moi si cela t'intéresse. Nous pourrions avoir quelques danses à Calgary samedi soir et visiter ta mère dimanche avant de revenir. Qu'en penses-tu?" "C'est bien invitant. Je vais y penser."

"Mais tu ferais mieux de terminer ce livre de Précieuse Princesse avant tout. Je voudrais que tu arrives rapidement à bien me connaître. Je suis aussi en train de te construire un domaine." "Me construire un domaine? Qu'est-ce que tu veux dire par-là Jacques?" "Et bien, tu en sauras plus lorsque tu auras terminé de lire ce livre, mais le Seigneur veut que je construise un domaine sur ma propriété pour ses enfants que je connais. Est-ce que tu aimes l'eau et le poisson?" "J'adore l'eau Jacques." "Je veux y creuser un petit lac et y installer une fontaine au milieu qui ferait éclabousser l'eau à travers des lumières de couleurs. Ces lumières sont jolies le soir et elles servent aussi à exterminer les moustiques qui serviront de nourriture aux poissons. Le lac fera aussi une très belle patinoire en hiver.

Je veux aussi faire un champ de fraises avec un belvédère au centre où l'on pourrait y asseoir une quarantaine de personnes. J'aimerais bien connaître ton opinion à ce sujet." "Tout ça semble bien beau Jacques, mais ça coûte bien des sous." "Ce n'est pas tellement dispendieux si l'on a le bon emplacement et que l'on sait comment procéder. Je pense qu'il serait merveilleux de recevoir nos amis de temps à autre entre les études bibliques pour un festin aux fraises et à la crème glacée. J'aimerais bien aussi les inviter à un bon dîner au doré ou à l'achigan de temps à autres." "Tu aimes beaucoup à partager, n'est-ce pas Jacques?" "C'est plaisant, mais d'un autre côté je n'aime pas qu'on abuse de moi. Maintenant, il serait bon que tu répondes à quelques-unes de mes questions, ne penses-tu pas?

Tu disais ne pas avoir connu ton père. Veux-tu m'en parler?" "Ma mère était une gardienne d'enfants dans sa jeunesse et elle est tombée enceinte de l'homme où elle gardait. Elle n'a jamais voulu m'en dire plus. Je suis dans le néant en ce qui le concerne." "Je sais qu'il y a un Père dans les cieux qui t'aime et qui veille sur toi. Il y a plusieurs possibilités, je pense. Il se peut qu'elle l'ait aguiché et qu'elle se sente responsable et coupable. De ce fait, elle n'aurait pas voulu lui causer des ennuies, surtout si elle l'a vraiment aimé. Il se peut aussi qu'il l'ait payé un gros montant pour ne jamais en parler. Il se peut aussi qu'il l'ait menacé et qu'elle ait peur de ne plus jamais pouvoir voir son enfant. Il se peut qu'elle ait été violée et qu'elle n'ait jamais voulu que tu le connaisses.

Je voudrais savoir comment tu te comportais à l'école. Aimais-tu y aller? Comment s'est passée ta première journée?" "J'ai eu très peur. Il y avait là des gens du zoo avec des serpents et l'un d'eux en a mis un autour de mon cou et il s'est mis à me serrer dangereusement et j'ai paniqué, ce qui a rendu la chose encore pire. J'ai toujours eu peur de ces derniers depuis." "Un jour je me promenais avec ma petite Princesse sur mon terrain, elle qui me suivait partout et nous avons tous les deux entendu des petits oiseaux gazouiller. Princesse a voulu s'y attaquer, mais je l'ai vite retenu en lui disant qu'il ne fallait pas faire de mal a ces petits êtres si mignons. Je lui ai ordonné de rester sur place et je me suis approché de l'endroit d'où le son venait. C'était dans l'herbe longue dont je me suis mis à tasser avec ma main sous un porte réservoir à l'huile tout en espérant voir ces petites bêtes. Surprise, surprise, c'était une maman serpent sonnette qui s'est affairée à avaler ses petits et c'est sûrement ce qui nous a sauvé la vie à tous les deux. J'ai eu ma portion de peur moi aussi.

Quels sports aimes-tu? C'est l'heure du lunch. Est-ce que tu as faim?" "Qu'est-ce qu'il y a à manger?" "J'ai de la baloney au bœuf, du fromage pressé, des bananes, des petits pains frais, des petits gâteaux au chocolat, des chaussons aux pommes et du Seven-up. S'il n'y a là rien que tu aimes, nous nous arrêterons dans un restaurant." "Nous ne sommes pas venus jusqu'ici pour perdre notre temps dans un restaurant." "Nous ne perdrions pas de temps, mais il te faudrait cependant répondre à mes questions." "Ça, c'est quelque chose dont je peux faire dans le camion." "C'est comme tu voudras Schéba.

J'avais l'habitude de me faire des sandwiches au jambon, mais depuis que j'ai découvert que la viande de porc est en abomination devant Dieu et qu'elle n'est pas bonne pour nous, j'ai cessé d'en mangé complètement. Ce n'est pas seulement parce que je pense à ma santé, mais je déteste aussi déplaire à Dieu. Je suis sûr qu'Il avait de très bonnes raisons pour la défendre aussi. Je ne serais pas surpris d'apprendre un jour qu'elle cause le cancer ou d'autres maladies assez graves. Je sais aussi que la viande de porc est pleine de parasites.

Nous arrivons à Cache Creek." "La terre est vraiment différente et ondulée dans ces parages. On se croirait presque sur la lune ou sur une autre planète." "C'est vrai que c'est différent.

Il y a un Dairy Queen Schéba, voudrais-tu une crème glacée ou quelque chose d'autre?" "Ça s'rait bon, merci." "Nous voilà à un autre bout de chemin aux trésors. Cela fait trois ans que je ne suis pas venu ici, il se pourrait donc qu'il y en ait plusieurs."

J'ai ramassé tout ce qu'il y avait aux deux premières barrières et Schéba me regardait aller, je dirais presque avec admiration. Elle s'est cependant sentie très inquiète lorsque nous sommes arrivés à la troisième barrière.

"Jacques, tu ne vas pas descendre là-dedans? Tu ne pourras plus jamais en remonter. C'est bien trop abrupte." "Je grimperais la plus haute montagne au monde, si je savais que tu m'y attendais sur le sommet pour me raconter ton histoire." "Que veux-tu dire Jacques?" "Je veux dire que rien au monde ne m'empêchera de remonter jusqu'à toi. Plusieurs journalistes ont risqué leur vie pour beaucoup moins et des milliers ont trouvé la mort dans le feu de l'action." "Je ne veux pas que tu meurs, je veux que tu écrives mon histoire." "Ne n'inquiète pas, je ne risque pas ma vie, mais seulement quelques égratignures."

Quelques secondes plus tard, mon pied a manqué sa cible et je me suis ramassé une vingtaine de pieds plus bas.

"Ça va Jacques, tu n'as pas de mal?" "Ça va Schéba."

Ma chute a déplacé de la terre et quelques pierres qui ont heureusement roulé de chaque côté de ma tête. Le cap que je transportais s'est retrouvé quelques trente pieds plus bas que moi. Je suis donc allé le chercher et j'ai escaladé la falaise latéralement cette fois comme un chevreuil ou un bélier l'aurait fait. Lorsque j'ai atteint le sommet j'étais complètement essoufflé et j'ai essuyé la sueur causée par ces derniers efforts.

"La moindre chose qu'on puisse dire est que ça, c'était un chemin ardu."

Je lui ai fais signe de me donner une minute pour reprendre mon souffle.

"Tu as bien raison, c'est toute une fatigante celle-là. As-tu vu Schéba cette crevasse là-bas? On pourrait gager qu'elle a été coupée au couteau. Elle mesure près de deux pieds de largeur et de douze à quinze pieds de profondeur." "Qu'est-ce qui a créé ça Jacques?" "L'eau de la pluie, je pense. C'est vraiment étonnant de voir comment la nature travaille les choses. Dieu a ses propres outils pour modifier la terre à sa façon. Il peut en quelques minutes avec une tornade creuser un lac comme celui d'Okanogan. Avec le vent et le sable Il peut niveler la terre sur des milles de distance. Avec un tremblement de terre Il peut secouer les montagnes ou détruire d'énormes cités s'Il le veut. Avec une éclaire, Il peut causer des milliers d'incendies et il y a encore des gens qui ne croient pas en Lui. Je me demande bien ce que ça leur prendra pour s'ouvrir les yeux. Je pense cependant que la plupart de ceux qui ne croient plus en Lui le font à cause des dirigeants des religions qui n'ont jamais cessé de mentir."

J'ai nettoyé le reste du chemin et il était déjà quatre heures. J'aurais très facilement pu utiliser cinq heures de plus pour aller partout où je voulais.

"Nous ferions bien de s'engager sur le chemin du retour. Il y a trois autres barrières au lac Monté et nous avons encore deux heures et demi de route. En plus lorsque je serai rendu, il me faudra nourrir mes trente-huit chiens affamés." "Jacques, après tout ce chemin et toutes ces marches tu ne sembles même pas fatigué. Tu as conduit six cent cinquante kilomètres, marché dans le moins des moins vingt-cinq milles à travers des épines et des broussailles, montant et descendant les falaises et tu sembles prêt à tout recommencer." "Ne t'y méprends pas Schéba, je suis presque exténué." "Sérieusement, tu ne sembles pas l'être." "J'aurais souhaité en apprendre beaucoup plus sur toi cependant." "Nous, nous rencontrerons de nouveau si tu veux." "Si je veux? Aussitôt que j'aurai terminé de nourrir les chiens, je vais m'asseoir à l'ordinateur et j'écrirai tous les faits importants de notre journée." "Tu en as trouvé pour combien d'argent penses-tu aujourd'hui?" "Plus que je n'ai vendu depuis le début de l'année, cela se chiffre aux alentours de trois milles cinq cent dollars, mais cela ne bat pas la fois où j'ai trouvé plus de quatorze mille dollars en valeur près de Brad Creek en moins d'une heure." "Non vraiment, tu te moques de moi?" "Je ne me moque jamais d'un ami ou d'une amie Schéba et puis je ne taquine pas avec les choses sérieuses." "Et la plupart des gens qui nous ont vu aujourd'hui pensent sûrement que tu as ramassé entre cinq et vingt dollars de cannes et de bouteilles vides." "Ça, je me moque bien de ce qu'ils peuvent penser à ce sujet." "Tu as bien raison et j'aime ta philosophie."

"Le pire dans tout ça, c'est que ça va me coûter aux alentours de deux milles six cent dollars pour les vendre." "Que veux-tu dire par-là Jacques?" "Je veux dire que le loyer, le téléphone, les taxes et mon aide m'empêchent de m'enrichir et d'aller de l'avant. Cela va continuer tant et aussi longtemps que la population ne se réveillera pas. Bonne nuit Schéba. J'ai passé une journée on ne peut pas plus merveilleuse." "Bonne nuit et merci Jacques de m'avoir amené avec toi. Moi aussi je suis très contente." "Ce n'était qu'un très beau rêve Schéba."

Je rencontre Schéba quelques fois par semaines pour une courte durée à la banque où elle travaille.

Je lui ai donc remis quelques feuilles de mon travail et elle est devenue curieuse au sujet de quelques détails.

"Pourrais-tu m'expliquer ton premier rêve Jacques? Je ne comprends pas qu'un seul baiser de toi pourrait me guérir de toutes mes angoisses." "Le baiser n'était pas vraiment un baiser, (dommage) mais comme le baiser est doux et agréable pour ceux qui s'aiment et fait oublier les ennuis du jour, ce que j'ai à t'offrir aura cependant le même effet. C'est-à-dire que mes explications peut-être ou mon analyse des situations de ta vie, ce que tu appelles ton chemin d'épines te seront aussi doux qu'un baiser d'un amant sincère." "Il y a aussi le chien qui t'a fait mal et à qui tu as cassé la gueule, puis le sang et ta blessure." "Le chien est une personne un peu chienne qui n'aime pas ma relation avec toi pour quelques raisons que ce soient. Une personne jalouse peut-être qui essayera de me faire du mal. Cette personne réussira jusqu'à un certain point, mais ton amour et ton admiration pour moi me fera oublier toute ma douleur et les inconvénients.

Je suis bien content qu'il n'y en avait qu'un seul. Le fait de lui avoir cassé la gueule démontre que je vaincrai ce démon." "C'est bien intéressant tout ça. Tu dis aussi que tu ne savais pas s'il m'appartenait." "Ce qui veut dire que c'est peut-être quelqu'un que tu connais ou quelqu'un dont je connais. De toutes façons Dieu m'a donné le pouvoir de gagner sur cette personne. Il y a aussi le sang qui m'intrigue." "Le sang ce sont mes efforts, ma sympathie, ma compassion pour toi, mon désir de te voir heureuse." "Que dire de ta blessure?" "Ma blessure m'a permis de me dénudé devant toi, ce qui veut dire de t'ouvrir mon cœur complètement et de te faire connaître le fond de mon âme, le fond de mon cœur. Ta joie et ton bonheur sont pour moi tellement réjouissants que je n'ai besoin de rien d'autre pour être heureux et être guéri." "Mais Jacques, comment fais-tu pour tout expliquer aussi simplement?" "C'est très simple Schéba, Dieu me parle et je l'écoute." "Je suis bien forcé de te croire. Il y a autre chose Jacques dont je veux te parler. Ton livre, Précieuse Princesse, je ne peux tout simplement pas le mettre de côté. Je le trouve tellement intéressant que je le relis encore et encore. J'ai comme l'impression de lire du Shakespeare ou quelque chose du même genre. Il est tout comme un rêve." "Tout comme toi Schéba, tu te rappelles ma chanson? Janene, tout comme un rêve. Gentille comme un jour qui se lève.

Je pense que tu n'as pas la moindre idée de ce que tu dis signifie pour moi et combien j'ai attendu pour t'entendre dire quelque chose comme ça. Je pourrais juste pleurer de joie comme un enfant ou encore comme une femme. Je t'ai laissé mon livre il y a de ça quelques mois et chaque fois que je te voyais, j'espérais te l'entendre dire. J'ai bien cru ne pas pouvoir me contrôler lorsque tu m'as dit que le chapitre quatre était tout simplement fantastique. J'ai alors penser; pas autant que toi cependant."

"Comment se fait-il qu'un gars comme toi soit toujours célibataire Jacques?" "Jusqu'à ma dernière relation, c'est toujours moi qui ai choisi mes partenaires Schéba et ma vie avec elles ne fut rien d'autre qu'un gâchis. Ce qui fait que maintenant je laisse Dieu choisir pour moi l'âme sœur qui me convient. J'espère seulement qu'Il fera pour moi ce qu'Il a fait pour Isaac et Rebecca. De cette façon j'aurai la chance de la garder toute ma vie et même pour l'éternité. J'ai déjà prédit qu'une certaine femme serait ma dernière partenaire, ce qui veut dire en fait qu'elle a déjà été choisie. Maintenant il faut que Dieu la persuade que je suis pour elle l'homme idéal. Ce n'est maintenant plus qu'une question de temps et je ne sais vraiment pas combien de temps cela prendra. Cela fait maintenant quatre ans et demi que je suis seul, mais je fais confiance à mon Dieu, Lui sait ce qu'Il fait." "Jacques, qui donc est Danielle?" "Elle est une très jolie jeune femme qui sans le savoir ou même le vouloir m'a donné l'idée pour ce livre de Précieuse Princesse. Je lui en suis très reconnaissant. Le but principal de ce livre est de me faire connaître de celle que j'aime passionnément depuis maintenant plusieurs années. Elle est finalement en train de le lire." "Est-ce que tu aimes Danielle?" "Je l'aime oui, mais pas de la même façon que j'aime celle dont je te parle. Je ne fais pas seulement que d'aimer cette femme, je suis en amour avec elle." "Moi, je suis avec un homme maintenant, mais je sais que ce n'est pas lui mon âme sœur." "Tu dois te sentir comme je l'ai fait à une certaine époque de ma vie, une sorte de prostituée dans ta propre maison." "Oh, ne t'y m'éprends pas Jacques, je l'aime beaucoup, mais disons juste qu'il n'est pas celui avec qui j'aimerais passer le reste de ma vie et encore moins toute l'éternité. Je sais juste qu'il n'est pas mon âme sœur." "Alors tu ne devrais pas être avec lui. N'oublies pas que le royaume des cieux commence dans ce monde ainsi que l'enfer et qu'ils continueront dans l'autre monde. Tu dois te rendre libre et prête pour l'homme idéal, parce que celui qui vient de Dieu ne t'arrachera pas des bras d'un autre homme. S'il le faisait, il ne pourrait pas recevoir l'approbation ni la bénédiction de Dieu.

De plus, il ne peut tout simplement pas le faire s'il est vraiment un enfant de Dieu. La raison pour laquelle je suis seul depuis si longtemps est justement parce qu'il me faut être prêt pour cette femme que j'aime et qu'il me faut la mériter. Si tu mérites un vaurien, tu l'auras, car Dieu est juste. Si tu mérites un homme merveilleux, tu l'auras aussi. Je veux dire l'un ou l'autre selon tes mérites." "J'ai appris plus de vérité en quelques heures avec toi Jacques que j'en ai appris dans toute ma vie des religions." "Et cela ne t'a coûté que 10% de rien. 'Nous reconnaîtrons l'arbre à ses fruits,' Jésus l'a dit. Je suis bien heureux que tu puisses faire la différence. Nous méritons aussi le chemin que nous avons pris, puisque nous l'avons choisi et si nous vivons l'enfer, c'est sûrement parce que nous ne faisons pas la volonté de Dieu.

Je crois que Dieu m'a mis sur ton chemin Schéba pour te faire voir la lumière, parce que tu L'aimes et qu'Il te donnera la chance de changer ta vie de façon à Lui plaire. Tu as déjà un pied dans le royaume des cieux, maintenant il te faut faire attention de ne pas faire quelque chose qui Le forcerait à t'écraser le pied coincé dans la porte." "Tu as une de ces façons de dire les choses Jacques que seuls les aveugles ne peuvent pas voir et que seuls les sourds ne peuvent pas entendre." "Merci Schéba, tu es une perle. J'avais espéré cependant que je pourrais ouvrir les yeux des aveugles et déboucher les oreilles des sourds." "Peut-être le feras-tu Jacques." "Peux-tu voir maintenant Schéba, que je suis déjà dans le royaume et que je m'efforce d'en faire entrer d'autres? C'est l'emploie le plus merveilleux et le plus satisfaisant qu'un être humain puisse accomplir. C'est un peu comme être un ange de Dieu. Je sais que tu feras de même dans un temps rapproché." "Comment peux-tu savoir ça?" "Parce que tu m'écoutes et que mes paroles me viennent de Dieu. Va lire Matthieu 10, 20, tu verras." "Je le ferai, mais je te crois déjà." "Dieu m'a montré comment lire, surtout entre les lignes et Il m'a aussi montré comment écrire." "Est-ce que c'est la raison pour laquelle tu parles sur tant de sujets dans ton premier livre?" "Il ne me laissera plus faire une chose dont Il n'est pas d'accord." "Quand aurons-nous notre prochaine étude biblique Jacques?" "Je ne pensais pas que ceci était une étude, mais seulement qu'une simple conversation. Donne-moi juste un coup de fil lorsque tu seras prête et je me rendrai disponible pour toi." "Je me sens tellement plus heureuse maintenant, je ne porte plus par terre." "Ta joie, ton bonheur, de voir tes jolis yeux bleus, ton sourire extraordinaire et la façon dont tu sais aimer sont pour moi la plus belle des récompenses Schéba. J'espère bien te revoir très prochainement."

Je m'en suis allé chez moi et je me suis mis à écrire tout ce que le Seigneur me dictait. Jour après jour les idées me viennent comme si elles m'étaient parvenues emportées par le vent dans les airs ou tout comme l'eau d'un ruisseau transporte des milliers de petites choses à leur destination. Dieu a fait de moi l'un de ses outils pour façonner le monde comme Il façonne la terre telle qu'Il le veut. Il a fait de moi quelqu'un qui averti ses enfants pour les protéger contre la colère à venir. Il ne change jamais, n'est-ce pas? Il est si bon. Il n'y avait que quelques personnes qui l'aimaient au temps du déluge, mais Il s'est arrangé pour les sauver. Bénis seront ceux qui L'écoutent et qui écoutent son porte-parole, Jésus et ses disciples.

Entre mes périodes d'écriture et mes autres travaux domestiques je me rends sur le Net pour accroître mes ventes, dont j'espère un jour me permettrons de publier mes livres et ma musique.

Le système est tellement corrompu qu'il faut maintenant faire des efforts presque surhumains pour arriver à faire quelque chose ou d'aller quelque part.

L'imprimeur vous demande 52 % de la valeur du livre pour l'imprimer, les magasins de livres vous prennent 40% pour le vendre, le gouvernement prend sa part et il ne reste que deux fois rien, que des miettes pour l'écrivain.

Un bon ami à moi, un compositeur aussi qui est dans le domaine pour plus d'une quarantaine d'années déjà me disait dernièrement que la compagnie avec laquelle il fait affaire lui a offert pour vingt chansons, paroles et musique un minable cinquante sous pour chaque CD et vingt-cinq sous pour les cassettes. Vraiment qui est-ce qui fait l'argent? En plus à date ils en ont vendu des milliers d'exemplaires et mon ami n'a pas encore reçu un seul centime.

CHAPITRE 2

————— ∞∞∞ —————

Voici une autre très belle journée. J'ai emmené à son travail un de mes plus beaux petits chiots pour montrer à Schéba.

"Tu devrais montrer cette petite beauté à ma fille. Cela va la rendre folle de joie." "C'est bien Schéba, je la ramènerai un peu plus tard si tu veux. Je crois comprendre que tu as du trouble avec ton garçon?" "Il ment, il vole, il cause du dommage à la maison et ici à mon travail et maintenant il fuit." "Presque tous et chacun connaissent des ennuies semblables. J'ai laissé mon fils un jour qui était âgé de quatorze ans seul à la maison pour aller visiter ma fille au Québec, puisqu'il devait aller à l'école. Lorsque je suis revenu, il n'y avait pas un seul mur dans toute la place qui n'était pas défoncé. Il a bien essayé de faire porter le blâme par quelqu'un d'autre en me disant qu'il avait donné une soirée et qu'il n'a pas pu contrôler les autres. Ils avaient mis une photo de ma fille comme cible sur le mur pour jouer aux dards. Ça, c'était justement l'indice qui me disait qu'il était coupable. Vois-tu, nul autre que lui n'avait de raison d'en vouloir à ma fille.

J'ai gardé plusieurs photos de ce massacre. Aujourd'hui je peux en parler sans dédain ni rancune, mais en ce temps-là, c'en était assez pour me donner le goût de vomir. Je n'ai même pas pu y demeurer ce soir-là, il m'a fallu prendre une chambre d'hôtel. Ils avaient laissé de la viande pourrir sur le comptoir et des ustensiles brûlés avec leur drogue. Mets-en, ils en avaient fait de la merde. C'est à se demander pourquoi nous souffrons tant pour nos enfants. C'est tout comme s'ils voulaient nous faire payer pour leur avoir donné la vie. Ils sont si beaux et si gentils lorsqu'ils sont bébés. Cependant, il y a une seule chose qui puisse les ramener dans le droit chemin. Peux-tu me dire ce que c'est?" "Tout ce que je sais, c'est que je ne veux plus le voir." "Je ne te blâme pas du tout, j'ai eu exactement le même ressentiment. De la même façon Dieu nous a aimé et a eu de la compassion pour toi et moi, de la même manière ton fils a besoin que tu l'aimes. C'est la seule chose qui peut le détourner de son mal. Ce que toi et moi avons fait à Dieu est bien des fois pire que ce que nos enfants nous ont fait." "Dis-moi Jacques, où prends-tu toutes tes informations?" "Je te l'ai déjà dit Schéba, Dieu me parle et je L'écoute. Il était un temps où je craignais même pour ma vie et maintenant je crains pour la tienne. Il est écrit qu'à la fin des temps les parents tueront leurs enfants et vice versa. Tu peux le croire, c'est la vérité. Cela arrive tous les jours quelque part dans le monde d'aujourd'hui. Je ne crois pas que l'euthanasie pour les êtres humains soit très loin devant nous."

"Jacques, j'ai bien pensé à ton commerce et je pense qu'il n'est pas des plus profitables après tout." "C'est quoi un bon commerce Schéba? Est-ce d'être plus avare que l'avarice? Un garagiste qui demande trois heures à soixante-cinq dollars l'heure pour remplacer une pompe à l'eau dont un bon mécanicien de ruelle peut changer dans une demi-heure pour quinze dollars et que le système fait tout en son pouvoir pour l'arrêter? Un gros magasin comme le Steimbag qui demande quatre-vingt-dix-neuf sous la livre pour les patates ou les pommes, deux dollars la livre pour les tomates lorsque les fermiers et les agriculteurs ont à peine six ou sept sous et qu'ils en arrachent pour sauver leur ferme? Pour survivre maintenant il ne faut plus qu'ils soient que de bons fermiers, mais qu'ils soient aussi de bons administrateurs. Est-ce une banque riche à milliards qui va chercher vingt-cinq dollars dans les poches d'un pauvre homme dont le chèque a été retourné pour quelques sous qui lui manquaient pour le couvrir?

Lorsque je suis arrivé à Calgary en 1982 j'étais plus cassé que cassé, plus pauvre que pauvre. J'avais un payement de cent dollars par mois à faire à la banque pour mon équipement de musique. Il y avait ce mois-là cent deux dollars dans mon compte. La banque a alors pris quatre dollars pour ses frais bancaires quelques minutes avant de retourner mon chèque et ils ont mis une charge de dix dollars sur mon compte. Ho, ils s'enrichissent sûrement, mais ce n'est certainement pas pour servir Dieu qu'ils le font.

Je viens tout juste de lire dans le journal un article sur les personnes les plus riches au monde. Celui qui est reconnu pour être en tête dépasse les cents milliards. Schéba, moi je suis plus riche que lui." "As-tu perdu la tête Jacques?" "Mes trésors ne son pas de ce monde Schéba, mais ils sont dans les cieux. Combien de ses dollars penses-tu qu'il emportera en terre avec lui?

J'ai parlé à l'une de ses milliers d'employés l'autre jour et je lui ai demandé si elle en avait entendu parler. Voilà ce qu'elle m'a dit: "Oui, je l'ai entendu à la radio, mais tu sais qui l'a fait monter là-haut, n'est-ce pas?" "N'es-tu pas fier d'un tel accomplissement?" "Mon œil, il aurait pu en prendre un peu moins et nous en donner un peu plus." "S'il l'avait fait tu serais probablement sans travail." "Comment ça?" "S'il payait un vrai bon salaire les gens se battraient à mort pour ces positions." "Tu as probablement raison."

C'est ce qu'elle m'a dit en riant. Il possède tellement d'argent que s'il donnait à chacun de ses employés un bonus de cent milles dollars, cela ne paraîtrait même pas sur sa fortune. En plus ça serait tout déductible sur son impôt. Une chose qu'on doit admettre cependant, c'est qu'il est un bon administrateur. C'est une personne comme lui que nous avons besoin en tête de notre pays en autant qu'il soit honnête, bien attendu. Il est assez riche pour acheter le Canada et le payer comptent, puis le revendre à crédit, en autant qu'il puisse trouver un acheteur accrédité bien sûr.

Mon prochain commerce sera de vendre des livres et des cds Schéba. J'espère bien que tu veuilles te joindre à moi dans cette aventure. Les deux choses les plus vendues sur le Net sont belles et bien ces deux items. Mon premier livre que tu aimes tant a été évalué comme meilleur vendeur par un éditeur connu et renommé. Si tu veux chanter mes chansons, je suis sûr qu'elles se vendront bien elles aussi." "Je ne suis pas tellement bonne, tu sais?" "Je pense qu'il vaudrait mieux laisser le public en décider de lui-même. Cependant j'ai besoin de savoir sur quelle clé tu préfères chanter ou encore sur laquelle tu sembles chanter le mieux. Je voudrais préparer quelques cassettes pour que tu puisses te pratiquer. Comme tu le sais déjà, mon premier cd se nomme; Janene, Le Sourire D'un Ange. Si tu le veux bien j'aimerais nommer mon deuxième; Schéba et L'homme Orchestre." "Ça, c'est mignon et original Jacques." "J'ai bien pensé que tu aimerais ça. J'aime beaucoup l'idée. Il se vendrait beaucoup mieux si je pouvais y ajouter une photo de ce sourire et de ton beau visage.

Te voilà rendue à la fourche des deux chemins Schéba. Le choix sera le tien. Tu peux si tu veux demeurer sur ton chemin d'épines où tu sembles être présentement ou t'embarquer sur la belle route pavée d'or qui mène à la nouvelle Jérusalem avec les autres enfants de Dieu." "Que me faut-il faire?" "Chanter des louanges au Seigneur serait un bon départ. Puis si tu veux en faire un peu plus tu pourrais m'aider à répandre la vérité, la parole de Dieu au monde entier, tout comme Jésus nous a demandé de le faire; 'Aller, faites des disciples de toutes les nations.' Je sais tout au fond de moi-même Schéba que toi et moi nous sommes destinés pour faire quelque chose ensemble. Tu es déjà liée à moi à jamais avec ton sourire d'un ange sur mon cd et une autre fois avec ce livre que nous faisons ensemble, et puis, que tu le veuilles ou pas les écrits restent. C'est bien là que tu es, n'est-ce pas Schéba? Tu es à l'intersection de ces deux chemins. Serait-ce le chemin de l'amour, la paix, le bonheur ou les embûches, les mauvaises herbes (l'ivraie) et les épines?

Tu dois avoir toute une garde-robe? Tu t'habilles toujours comme une princesse." "Il n'y a pas de doute, j'aime les beaux vêtements." "Ils te vont à merveille." "Merci Jacques." "J'aime regarder une femme bien habillée." "C'est bien vrai?" "J'ai aussi noté quelques fois Schéba que tu me regardais comme si tu voulais lire mes pensées. Serait-ce parce que je n'en ai pas assez écrit sur moi-même dans mon livre de Princesse? Tu sais que tu peux me demander quoi que ce soit et que je te répondrai en vérité sans fléchir. Moi aussi je me suis posé plusieurs questions à ton sujet. Tu m'intrigues beaucoup et je pense que tu es vraiment spéciale. C'est probablement pourquoi j'ai voulu écrire ton histoire. Cela me permet de te connaître et aussi de me faire connaître. Aille, je pense que tout le monde devrait le faire, comme ça il y aurait beaucoup moins de malentendus entre deux personnes du même couple et la population en générale. Les paroles meurent, mais les écrits demeurent. Peux-tu t'imaginer que ce livre subsiste à jamais? Tout comme mon amour pour cette femme dont je t'ai parlé l'autre jour. Ça, c'est une pensée qui me réchauffe le cœur.

Tu m'as dit un jour que tu avais parlé à l'une de tes amies à mon sujet. Cela de déplairait-il de m'en parler? Je pense qu'il serait bon de mettre des conversations entre toi et quelqu'un d'autre dans ce livre pour faire changement, comme c'est courant dans la vie quoi. Qu'est-ce que tu en dis? Tu m'as montré sur un morceau de papier l'autre jour combien ta vie avait été un chemin en zigzag et plein d'embûches et que maintenant tu marchais en ligne droite. Tu sais cette dame dont je te parle a eu une vie presque identique à la tienne et elle est aussi jolie que toi. Je vais te la présenter un jour, si tu veux? En fait, tu me la rappelles beaucoup.

J'ai noté chez toi un changement radical d'attitude à mon endroit et vis-à-vis mon livre, il y a de ça quelques semaines déjà. Peux-tu m'en parler? Tu sembles être plus heureuse, plus joviale. Je sais que tu passes de durs moments présentement avec les problèmes de ton fils, mais j'ai observé le changement et je me suis demandé si j'y étais pour quelque chose. Pourrais-tu me raconter quelques conversations que tu aies eu avec ton fils, tes filles, ta mère et tes amis? As-tu déjà parlé à quelqu'un d'autre de tes problèmes passés? Quelles ont été leurs réactions? T'es-tu senti mieux par la suite?

Quelques fois tu as parlé comme si tu avais été vilaine ou méchante. Est-ce que tu as réussi à te pardonner toi-même? Mon fils m'a souvent dit qu'il ne pourra jamais être aussi honnête que moi. C'est une chose inquiétante à entendre." "Tu es un homme vraiment occupé, n'est-ce pas Jacques?" "Il faut que je me tienne occupé, sinon je deviendrais fou à force d'attendre que cette femme se fasse une opinion sur moi." "Ça doit être dur d'aimer quelqu'un à ce point et de ne pas pouvoir la prendre dans tes bras?" "Ça le serait beaucoup plus si j'étais encore prisonnier de ma sexualité." "Veux-tu dire que tu es devenu impuissant Jacques ou as-tu été castré?" "Pas du tout Schéba. Tu as rarement rencontré un homme avec la puissance que j'ai sexuellement, mais ça c'est le genre de questions qui me force un peu à la vantardise, ce que je n'aime pas faire. Ce que je veux dire c'est que je ne suis plus une victime de cet esclavage. J'ai été délivré du mal." "Veux-tu dire que le sexe est mal?" "Pas du tout, le sexe est plutôt merveilleux surtout avec la personne aimée, mais je dis que de ne pas pouvoir se contrôler n'est pas bien. Ce n'est plus mon membre, mon sexe désormais qui me mène, qui dicte ma conduite avec les personnes du sexe opposé que j'aime énormément mais ma tête et mon cœur qui mènent le reste de mon corps. Je suis bien content du changement et c'est le cadeau que Dieu m'a fait pour m'empêcher de faire des erreurs stupides comme j'ai déjà fait et aussi pour me donner la patience nécessaire pour attendre celle que j'aime. C'est Lui qui a tout orchestré. Il est merveilleux. Si on pouvait inventer un médicament qui permettrait aux femmes et aux hommes de mieux contrôler leurs impulsions sexuelles il y aurait sans aucun doute mille fois moins d'attentats dans le monde sans pourtant empêcher la procréation tout en permettant à l'inventeur de devenir extrêmement célèbre.

Juste avant de mourir mon père n'avait que la peau et les os. Il ne pouvait plus parler puisque ses poumons étaient totalement finis. Si on lui avait amené une belle et jeune femme toute nue, vierge ou pas, je suis presque certain qu'il aurait trouvé la force de vouloir du sexe même si cela devait le tuer plus tôt. Son oncle qui l'a élevé était pareil. Mon ex beau-père était de même à quatre-vingt-dix-neuf ans et neuf mois. Faut croire qu'ils n'avaient pas assez prié Dieu de les délivrer du mal et peut-être aussi qu'ils ne voulaient tout simplement pas vraiment en être délivrés." "Tu n'es pas en train de me dire que tu aimes cette femme sans la désirer?" "C'est exactement ce que je te dis. Je l'aime sans être tourmenter et je me réserve du désir pour quand je pourrai obtenir le plaisir. En plus mon amour pour elle est complètement inconditionnel." "Que veux-tu dire par-là?" "Je veux dire que si elle est heureuse sans moi, j'en suis heureux. Si elle peut être plus heureuse avec moi, c'est encore mieux." "Je n'ai jamais entendu quiconque parler comme tu le fais." "C'est peut-être la première fois que tu rencontres un vrai disciple du Seigneur.

Mes chances de pouvoir la tenir dans mes bras un jour étaient d'une dans un milliard. Elles sont devenues une sur mille." "Qu'est-ce qui a causé le changement?" "Le seul fait qu'elle est en train de lire mon livre! Elle va peut-être réaliser que c'est elle la Précieuse Princesse dont je te parle." "Tu parles de t'avoir marié en mai 1999 dans ton livre. Nous avons dépassé cette date depuis deux ans et tu es toujours célibataire. Comment feras-tu pour expliquer celle-là?" "C'est très simple Schéba." "Tout semble être très simple une fois que tu l'as expliqué, mais pratiquement impossible à croire ou à comprendre au préalable." "Cela fait parti de mon caractère. Je suis toujours célibataire, entendons-nous bien ici, je suis seulement célibataire physiquement mais pas moralement en 2001 tout simplement parce que 1999 n'était pas vraiment 1999." "Elle est bien bonne celle-là." "Ça te dépasse, n'est-ce pas? Tout comme l'année 2000 n'était pas vraiment l'année 2000. C'est l'une des raisons pour laquelle rien ne s'est passé le premier janvier 2000 comme plusieurs s'y attendaient. Plusieurs s'attendaient à une catastrophe qui n'est pas venue." "Veux-tu dire qu'elle est encore à venir?" "Certainement qu'elle viendra et ça entre l'année 2028 et 2033, exactement deux milles ans après la crucifixion de Jésus où le rideau du temple fut déchiré d'un bout à l'autre, ce qui selon moi et tous mes calculs était le lancement du compte à rebours. Sachant pour ma part que Dieu a toujours été précis dans tout ce qu'Il a fait, on peut donc s'attendre à ce qu'Il continu dans la même veine.

Mon mariage avec ma princesse devrait se dérouler approximativement vingt-six ans avant cette catastrophe. Maintenant, parce que j'ai appris et que je connais mieux, je ne laisserai plus jamais la bête, le faux prophète ou le diable m'unir à qui que se soit. Un seul m'unira à celle que j'aime et ça, c'est Dieu Lui-même." "Que veux-tu dire Jacques?" "Je veux dire que je lui ferai une noce royale si elle le veut et ça en face du monde entier pour témoins, mais sans papier. En ce qui me concerne, je suis déjà uni à elle par amour dans ma tête et dans mon cœur et je lui suis fidèle depuis déjà très longtemps.

Dieu a mis sa parole et ses lois dans nos cœurs et c'est par ses directions que nous vivrons et que nous marcherons. Il n'y a pas beaucoup de gens qui sait quelle année nous sommes exactement, mais tant fait pas les autorités le savent. Les scientifiques savent exactement quand a eu lieu une éclipse des milliers d'années en arrière et il y en a eu une le jour où Jésus a été crucifié. Maintenant si on soustrait trente-trois ans de la vie de Jésus et qu'on y additionne deux mille ans, on obtient l'année exacte où nous sommes. C'est une simple mathématique. Le jour où celle que j'aime me dira qu'elle m'aime je saurai exactement qu'elle année nous sommes et ça sans avoir étudié aucune science. Toi et moi Schéba nous avons un rôle très important à jouer dans l'histoire de la fin des temps. Maintenant, il te faut comprendre que la fin des temps n'est rien d'autre que la fin du règne du diable. Bien sûr qu'il n'aimera pas ça et c'est pour cela que nous verrons la plus féroce des guerres jamais vues auparavant. Il va rassembler tous ses démons pour venir à l'encontre de Dieu et de son peuple. Nous en connaissons déjà le résultat. C'est aussi à cette occasion que le mal sera séparé du bien, car nul enfant de Dieu ne s'avancera contre leur Père et son peuple. Cependant avant que cela n'arrive toi et moi, nous avons un travail merveilleux à faire." "Pourquoi moi Jacques?" "Parce que Dieu t'a choisi pour m'accompagner dans cette bataille.

Voilà ce que j'ai pensé Schéba. Dis-moi ce que tu en penses, veux-tu? Je crois que ça sera une première depuis que le monde existe. Que dirais-tu si nous faisions des cassettes et des vidéos de notre histoire? Que dirais-tu si nous deux et tous les autres participants ou acteurs de notre livre parlaient eux-mêmes leurs paroles et leurs lignes? Nos conversations, celles de toi et ton fils, celles de toi et tes filles, celles de toi et ta mère, celles de toi et tes amis. Chacun pourrait recevoir ses redevances pour les parties dont ils ont participé sur chaque livre vendu, sur chaque cassette, sur chaque vidéo et chaque film. Cette idée est tellement originale qu'elle va se retrouver sur toutes les nouvelles du monde entier. Le monde entier en entendra parler et la verra comme une éclaire se voit de l'Est à l'Ouest. Chacun de nous deviendra aussi célèbre que le meilleur des acteurs. En très peu de temps ce livre deviendra le plus vendu au monde et ça dans toutes les langues. Ils ne pourront pas les imprimer assez rapidement et même qu'il nous serait profitable de former nos propres compagnies d'imprimerie et de publication. Les cinéastes nous courront après comme des mouches courent après les queux de vache emmerdées. Je peux nous voir dans les revues, les journaux, la télévision, la radio et quoi d'autre inventer, les grands théâtres. Je te vois en train d'organiser les chorales pour nos émissions. Je peux te voir touchant à tout et disant non seulement à notre entourage, mais aussi à toute la population de la terre que le Seigneur, la parole de Dieu est revenue régner le monde.

Nous ferons une fortune des plus extraordinaire avec laquelle nous pourrons nourrir tous les pauvres du monde entier, non seulement physiquement, mais aussi spirituellement. Dieu serait tellement content de nous que le plus nous donnerons, le plus nous aurons à donner. Lorsque les gens verront ce que nous gagnons par ce que nous faisons, ils se joindront à nous par milliers sur la route pavée d'or qui mène à la nouvelle Jérusalem. Puis peu à peu nous verrons tous les bons d'un côté, ça sera le royaume de Dieu. Nous verrons aussi tous les mauvais de l'autre et ça sera un enfer d'enfer où il y aura des pleures et des grincements de dent pour tous ceux qui n'aiment pas Dieu. C'est ce que mon frère Jésus a prophétisé, il y a de ça presque deux milles ans. Vous pouvez m'appeler frère si vous suivez la parole de Jésus et que vous faites la volonté du Père qui est dans les cieux, sinon ne l'osez pas pour votre propre bien.

As-tu déjà pensé si tu avais existé dans le passé Schéba? T'est-il déjà arrivé de penser qui tu aurais pu être?" "Pas vraiment Jacques, mais j'ai déjà dit à mes enfants que j'étais une reine." "Tu ne le savais pas, mais tu disais la vérité. Voudrais-tu me faire une faveur et y penser? J'aimerais que tu piges trois noms de femme dans la Bible dont tu penses auraient pu être toi dans un monde antérieur. Le feras-tu?" "Bien sûr que je le ferai." "Moi, je crois savoir qui tu étais." "Sérieusement?" "Oui, elle est devenue l'épouse de l'un des plus grands rois de la terre. Elle est aussi devenue la mère de l'homme le plus sage de tous les temps. Elle appartenait à un autre homme avant d'appartenir au roi. Elle était très jolie et très intelligente et le roi l'a aimé à son premier regard, exactement comme j'ai fait avec celle que j'aime. Seulement le Seigneur ne me permettra pas de commettre les mêmes fautes que le roi David a commis. Elle était encore près du roi lorsqu'il est allé à son dernier repos l'attendre quelque part. Avant qu'il meure, on lui avait amené la plus jolie des vierges du pays pour le réchauffer et même s'il en avait le droit, il ne l'a pas pris.

C'est étrange que je me sois fait montrer en visions et en rêves trente années dans le future et cela jusque dans l'éternité pour mon livre de Précieuse Princesse et que maintenant le Seigneur me montre au-delà de trois milles ans dans le passé."

Avez-vous remarqué que la généalogie de Jésus dans Luc n'est pas la même que celle de Jésus qui est dans Matthieu? C'est peut-être pour cela qu'il y a le Christ et l'antéchrist dans la Bible. Jamais de toute ma vie je n'en ai entendu parler. Selon Luc Jésus est issu de Nathan fils de David et selon Matthieu, vous savez celui qui a vécu avec Jésus, celui dont je crois, Jésus serait issu de Salomon, fils de David. C'est toute une différence. Moi, je suis issu de mon père, non pas du frère de mon père. Mes agissements sont bien différents de ceux de mes cousins aussi.

Nathan fut un prophète, mais il ne fut pas un roi. Comme Jésus l'a dit lui-même, il était le roi des Juifs. Il vient donc de la ligné du roi Salomon fils de David. La raison pour laquelle les Romains ont éliminé Salomon est tout simplement pour le fait qu'il ait eu plusieurs femmes, ce qui va à l'encontre de la politique catholique romaine, qui eux n'ont pas de femme du tout, du moins pas publiquement. Ils sont cependant sur le point de marier des hommes aux hommes et des femmes aux femmes et plusieurs de leurs dirigeants sont homosexuels et pédophiles. Ils vont sûrement se marier entre eux aussi si ce n'est pas déjà fait. Tout ça cependant <u>enlèvera de la crédibilité</u> de la valeur au mariage en général et plusieurs s'en détourneront.

J'ai eu connaissance à travers les nouvelles dans ma jeunesse d'une descente policière contre quarante personnes au Québec. Je pense que c'était aux alentours de 1965. Il y avait un prêtre, un bedeau et trente-huit frères de communauté. C'était une soirée d'homosexuels et seul le bedeau allait être juger par notre cour de justice. Tous les autres devaient être juger par le clergé de l'Église Catholique. Ils se sont sûrement fait dire d'être plus prudents la prochaine fois.

"Te rappelles-tu Schéma de m'avoir un jour mentionné vouloir écrire un livre pour enfants? J'ai justement eu une idée à ce sujet qui pourrait peut-être te plaire. Je pense que je pourrais t'aider pour le commencer. Il s'intitulerait; Du Jardin De Mon Enfance Au Chemin Tout Pavé D'or.

Si tu veux, bien entendu, je peux juste le commencer et tu pourras le changer au fur et à mesure que tu avanceras selon ta volonté, puis tu pourras te débrouiller par la suite par toi-même. Je ne serai quand même pas très loin si tu as besoin de moi. Cependant tu ferais bien de terminer de lire mon livre; Précieuse Princesse en premier, sinon tu ne seras jamais capable.

Dans mon premier livre la princesse touche quelques trente-trois enfants. Avec ton livre tu pourrais peut-être en toucher des milliers et qui sait, peut-être même trente-trois millions ou plus, surtout s'il est souhaitable pour les écoles. Si tu m'invites nous pourrions même le faire ensemble. Et voilà nous sommes prêts pour ce grand projet." "Mais moi, je ne suis pas aussi bonne que toi Jacques." "Je suis bien heureux et flatté que tu le penses, mais tant et aussi longtemps que tu ne l'auras pas essayé, tu n'as pas vraiment le moyen de le savoir. Lorsque j'ai commencé à écrire, il y avait des centaines de mots que je ne savais pas comment épeler correctement, mais une chose qui était correcte était de commencer à écrire. Maintenant j'ai écrit un livre que tu dis avoir du mal à laisser de côté même pour aller manger ou dormir.

Laisse-moi te dire Schéba, toi et moi nous aurons des entreprises de littérature et de musique et tu en seras même enchantée. Tu seras tellement passionnée que j'aurai du mal à t'en sortir même pour prendre ton souper.

La première chose à faire est de te procurer un ordinateur à bon marché si tu ne peux pas t'en offrir un neuf. Il est aussi préférable que cet ordinateur ne soit pas connecté à l'Internet pour éviter les mauvaises surprises qui paralysent tout ce qu'il contient. Une chose à ne jamais oublier est de toujours sauver ce que tu as de fait. C'est très rapide de créer un livre sur ordinateur, mais crois-moi, il est encore plus rapide pour tout effacer. Je pouvais juste pleurer un jour, peut-être même que je l'ai fait quand j'ai perdu six mois de dur travail dans une seule fraction de seconde. J'ai juste poussé la mauvaise clé sans tout lire ce que l'ordinateur me demandait. Des centaines de mes idées ont été effacées en même temps et elles ne reviennent pas toujours toutes. De temps à autres quelques-unes d'elles me reviennent, mais je ne me souviens même plus où elles devaient être écrites, puis le livre est déjà terminer et publier, ce qui veut dire qu'il est trop tard pour ce qui est de mon premier livre. Une bonne idée pour ne pas perdre ses idées qui sont déjà écrites est d'apprendre premièrement à sauver, puis à annuler l'erreur immédiatement lorsqu'elle est commise. Il y a quelques façons de le faire et l'une d'elles est de fermer l'ordinateur sans sauver votre travail. Il vaut mieux perdre quelques lignes que de perdre la moitié du livre ou encore tout votre travail.

Jusqu'à présent Schéba j'ai écrit plusieurs choses et je t'ai demandé des centaines de questions, mais j'ai aussi besoin de réponses à ces questions pour faire de ce livre un chef-d'œuvre. Rappelle-toi seulement que ces mots ne sont pas écrits dans le ciment. Ils sont plus ou moins des suggestions jusqu'à ce que nous en discutions." "Je le sais et passe une bonne journée Jacques." "Toi aussi Schéba."

CHAPITRE 3

—∞∞∞—

LES CHOSES SURPRENANTES

Aujourd'hui le 24 avril 2001, une chose assez exceptionnelle est arrivée. L'homme qui a brisé mon rétroviseur dans une rage peu ordinaire il y a quelques années est venu me voir. Il a besoin d'une boite de camionnette dont je possède et il est venu marchander avec moi. On s'est mis à parler de choses et d'autres et notre conversation s'est transportée sur les choses gouvernementales. Puis d'une chose à une autre elle s'est ensuite dirigée vers la religion. Il m'a écouté avec un intérêt peu commun pendant plus d'une heure et je lui ai remis un de mes livrets et quelques cassettes de mes chants bibliques. Il s'est informé du prix de mes livrets bibliques et il a dit qu'il aimerait en envoyer à quelques-unes de ses tantes. Il m'a aussi affirmé qu'il n'a jamais entendu parler quelqu'un avec autant de connaissance de la vérité, d'autorité et de franchise. Qui aurait pu prédire une chose semblable?

Matthieu 21, 31 Jésus dit; 'Les prostituées et les publicains vous devanceront dans le royaume des cieux.'

Ça c'est un message pour vous pasteurs et prêtres. Avez-vous vu ça, vous les saints Chrétiens? Je peux vous assurer aujourd'hui que c'est une autre prophétie accomplie. Je vois des gens des plus disgracieux recevoir la Parole de Dieu avec joie. Cependant cet homme m'a offert un prix ridicule pour cette boite de camionnette. Elle vaut approximativement cinq cents dollars et il m'a offert quatre-vingt dollars de son travail. Je sais qu'il n'a pas beaucoup d'argent mais quand même. C'est une boite de collection en très bonne condition d'une camionnette Mercury 1968. Elles ne courent plus les routes. J'ai l'intention de lui demander une valeur de trois cent dollars en labeur et en pièces pour compléter deux petites remorques qui m'appartiennent et que je pourrai vendre aux environs de quatre cents dollars chacune. C'est beaucoup plus qu'il m'a offert, mais c'est quand même encore une aubaine pour lui.

La raison pour lequel il m'a fait cette colère cette fois-là était tout simplement causée par la jalousie. Je lui avais offert du travail pour quatre cent cinquante dollars la semaine pour cinquante heures d'ouvrage. Il a refusé avec une excuse un peu idiote, mais c'était son choix. Un jeune homme que j'avais employé un peu plus tôt pour nourrir mes chiens lorsque j'étais parti en voyage lui a menti en disant qu'il avait été payé dix dollars l'heure alors qu'il en avait reçu huit. C'est pour cette raison qu'il avait développé une haine contre moi.

Il m'a appelé le lendemain et il m'a dit que mon offre était très raisonnable. Il m'a aussi dit que pour la toute première fois de sa vie il venait de comprendre comment se débrouiller pour lire la Bible.

Moi aussi je me suis souvent demandé si j'avais existé ou vécu dans le passé, qui j'aurais bien pu être. Je me suis souvent vu dans des rêves ou des visions comme étant un de ces mousquetaires se battant pour son roi. J'ai souvent eu l'impression aussi que les pièces de musique qui me sont inspirées ont déjà été jouées par le roi David. L'une des choses des plus étranges, c'est que celles qui me sont données d'en haut pour des chants spirituels me sont inspirées par le son de la harpe sur mon clavier électronique. Je sais aussi que le Roi David en jouait bien et qu'il chantait des cantiques au Seigneur. David était un petit homme qui marchait selon le cœur de Dieu. Voir 1 Samuel 13, 14.

Un petit homme d'environ cent cinquante livres qui jouait bien de la harpe, chantait des cantiques à Dieu et gardait les brebis de son père. Lorsqu'un ours ou un lion venait attaquer l'une de ses brebis, il laissait les quatre-vingt-dix-neuf autres et allait sauver celle qui avait été enlevée.

Il l'arrachait de la gueule de l'animal sauvage et lorsque cet animal voulait s'en prendre à lui, il le prenait par la gorge, puis il le frappait à mort. Toute une taloche!

Lorsque le plus grand ennemi d'Israël, le géant Goliath (Le diable personnifié) en tête de son armée d'incirconcis insultait le peuple de Dieu, David l'a défié en disant au roi qu'il pouvait terrasser cette bête. Le roi lui a parmi d'aller se battre contre ce géant et David l'a fait et il l'a vaincu avec presque rien en mains, du moins en comparaison au géant.

Maintenant, un géant comme on en voit aujourd'hui peut être considérer comme un homme de sept pieds quatre pouce, pesant quatre cent cinquante livres comme était le lutteur Jean Ferré. Selon ma Bible Internationale, le géant Goliath mesurait plus de neuf pieds. Un homme de cette force, de cette corpulence portant l'épée, la lance et le javelot qui marche à l'encontre d'un homme de la taille de David qui semble venir à lui à mains nues, c'est plutôt déconcertant. Je dirais même que c'est désarmant. David a terrassé l'ennemi avec une fronde et une petite pierre polie et bien entendu avec l'aide de Dieu. Puis il tua le monstre avec l'épée que ce monstre portait.

À ma toute dernière journée d'école à Omerville, près de Magog dans les cantons de l'Est, le village où j'ai le plus longtemps grandi, malgré tout et même si je n'ai pas grandi beaucoup, j'ai demandé au directeur de l'école de choisir celui qu'il pensait être le plus fort de tous les élèves de l'école à venir lui aider à séparer mes deux bras que j'ai joint par les poignets. Il a donc choisi Gilles Delage, un garçon de six pieds qui a tout mis ce qu'il pouvait et les deux ont tout essayé pour y arriver et ça sans succès. Gilles s'est même mis en colère et a essayé en mettant un de ses pieds dans mon côté et le directeur a dû lui dire de se modérer quelque peu, mais à leur deux ils n'ont pas réussi à défaire ma prise. Après coup j'ai demandé au directeur de faire cette même prise comme je l'avais fait et je l'ai défait par moi-même sans difficulté. Il a juste dit; 'Je sais que tu n'es pas ordinaire.' J'étais âgée de quatorze ans.

Moi je suis ce que les gens disent un homme de petite taille. Un jour j'étais sur la plage à Roxton Pound près de Granby au Québec jouant aux fers à cheval lorsque j'ai aperçu à une centaine de pieds de moi un lutteur professionnel qui montrait des trucks de son métier à d'autres jeunes de mon âge et d'autres un peu plus jeunes. J'étais alors âgé de dix-sept ans et je n'étais qu'un maigrichon de cent vingt livres. J'étais aussi plutôt curieux en ce qui concerne la lutte. Je me suis approché du lutteur et je lui ai annoncé que je pouvais le soulever de terre par une ceinture à sa taille en n'utilisant qu'un seul doigt. Comme de raison il s'est mis à rire de moi!

"Toi, tu peux me lever avec un seul doigt?" "Sûrement que je peux le faire."

Je n'ai pas eu de mal du tout à comprendre son état d'âme, son incrédulité.

"Comment pèses-tu?" "Je pèse deux cent vingt livres. C'est assez pour casser n'importe lequel de tes doigts." "Ne ris pas de moi, mets seulement une bonne ceinture solide à ta taille et je te montrerai."

C'est alors qu'il s'est empressé d'envoyer un jeune garçon chercher sa ceinture dans sa voiture.

"Tu es mieux d'avoir une parole aussi solide que ton doigt, jeune homme."

Une fois qu'il a mis la ceinture autour de son corps je me suis avancé pour le soulever. J'ai glissé mon doigt central derrière sa ceinture de façon à ce que lui et tous les autres tout autour puissent bien voir et puis oup, il était dans les airs. Non seulement je l'ai levé, mais je l'ai retenu là un bon moment suspendu au bout de mon doigt, au bout de mon bras. Je l'ai alors regardé dans les yeux comme en guise d'une demande de soumission et il a dit; "Tu l'as bien fait. C'est vrai que tu es capable."

C'était presque drôle de voir tous les autres tout autour regarder avec stupéfaction. Il va sans dire qu'il venait juste d'avoir l'une des plus grandes surprises de sa vie, mais le pauvre, il n'était pas encore au bout de ses peines pour la journée. Il a essayé de me soulever, moi qui pesais cent livres de moins que lui et il n'a jamais pu le faire. Il est presque devenu furieux après avoir essayé pour la troisième fois sans succès. Il s'est frappé les jambes avec ses poings en disant que c'était tout simplement quelque chose d'impossible.

C'est vrai que ça semblait ainsi. Ce qui nous semble impossible à nous n'est pas nécessairement le cas. C'est vrai aussi que je n'ai pas voulu l'humilier avec cette expérience, mais je ne pouvais pas prévoir qu'il ne pourrait pas le faire.

Une autre fois une chose presque identique s'est produite. Dans la même période de temps, alors que je travaillais dans une manufacture de couvertes à Granby au Québec, la jeune fille qui travaillait de l'autre côté de ma table me disait que son père était un videur de bar (bouncer) dans une boite de nuit les fins de semaine.

"Ah, ton père je peux le soulever d'un seul doigt." Je lui ai dit. Elle était toute petite, pesant peut-être quatre-vingt-cinq livres tout au plus. Qui aurait pu croire ce qui a suivi? "T'es mieux de faire attention à tes paroles mon gars." "Je te dis la vérité, je peux le lever d'un seul doigt"

Elle riait de moi avec raison à chaque fois qu'on en parlait. Je travaillais de minuit à sept heures du matin et je me rendais sur la plage où se trouvait le lutteur juste après l'ouvrage. Son père lui commençait à cette heure-là à cette même manufacture; ce qu'elle ne m'avait jamais dit. Un jour lorsque je me préparais à poinçonner ma carte de travail au poinçon, j'ai senti une grosse main forte me serrer l'épaule et j'entendis une grosse voix me dire; 'Il parait que tu peux me lever avec un seul doigt jeune homme? Maintenant il te faudra le faire si tu ne veux pas me faire fâcher.'

Il était accompagné d'un ami, un compagnon de travail aussi gros sinon plus gros que lui. Il y avait là devant moi plus de cinq cent livres entre ces deux hommes. Je lui ai demandé combien il pesait. "Je pèse deux cent cinquante-cinq livres." "Est-ce que vous avez une bonne ceinture?" "Je porte une ceinture qui peut me porter, ne t'inquiète pas pour elle." "Je n'ai jamais levé autant de cette manière-là, mais je veux bien essayer."

Je me suis donc avancé pour essayer presque l'impossible.

"Ça va serrer le bedon." "Ne t'en fais pas pour moi." "Baptême." Qu'il a dit en regardant l'autre gars!

'Il l'a fait, je ne touche plus au plancher.'

L'autre homme s'est mis à rire aux éclats et il a dit.

'T'as finalement rencontré ton homme mon gros.'

Il y a un homme fort qui travaille dans la même manufacture qui était à l'emploie de remplacer les rouleaux de fil. Ces derniers m'a-t-il dit pèsent cinq milles livres. Ces essieux mesurent de huit à dix pieds de long et ils sont d'environ deux pieds de diamètre lorsqu'ils sont pleins de fil. Il m'a fit venir un jour pour pousser la petite poussette sous le gros rouleau lorsqu'il l'aura soulevé. Il m'a dit alors qu'il était le seul homme à cet endroit qui pouvait le soulever.

'Il te faut faire vite, tu n'as qu'une seconde pour le faire.'

Le premier coup je n'ai pas réussi à le faire.

"C'est raté, il me faut attendre un peu maintenant. Je ferais mieux de trouver quelqu'un qui y est habitué." "Donnez-moi une autre chance, s'il vous plaît?

Lorsqu'il a essayé quelques dix minutes plus tard, j'ai réussi à le pousser à temps. Lorsque nous sommes allés à l'autre bout du rouleau, je lui ai demandé de me laisser essayer à mon tour. Il a rit de moi comme de raison et il m'a dit d'oublier ça.

"Ça ne coûterait rien de me laisser essayer."

Il a plié à ma demande et je lui ai demandé comment il s'y prenait. Je me suis donc installé au bout du rouleau en suivant ses directives et il a glissé l'autre poussette dessous le gros rouleau. Il s'est levé en criant et j'ai pensé dès ce moment-là qu'il avait perdu un doigt ou quelque chose d'autre.

'Non!' Il m'a dit en me swinguant dans les airs.

'Ça fait vingt ans que j'attends pour voir quelqu'un d'autre que moi le faire.' Il est allé par toute la shop le dire à tous ceux qu'il rencontrait. Tous les autres ne voulaient même pas le croire, lui qui était si sincère.

C'est la deuxième fois que je raconte cette histoire depuis qu'on a refusé de me croire la première fois que je l'ai fait. J'en ai fait bien d'autres des trucs comme tirer deux camions, l'un derrière l'autre avec mes dents dans une ruelle en gravelle. La toute première fois que j'ai essayé et ça après beaucoup d'hésitation, c'était avec ma vieille Fargo 1968 chargée de dix-sept cents livres de bardeaux d'asphalte et ça c'était également dans une ruelle. Mon employé m'a dit alors que c'était sûrement parce que c'était en descendant. Je lui ai dit alors que si ça descend d'un côté, ça doit monter de l'autre. Je l'ai refait dans l'autre sens de la même manière. Il faut que je le dise cependant que ce véhicule n'avait presque plus de freins.

J'ai aussi dansé une grande valse tenant avec mes dents une chaise dont j'ai fabriqué pour l'occasion et une femme de 120 livres assise dedans. J'ai aussi monté le devant d'une camionnette d'une demie tonne dans un poteau. J'ai plié un clou de douze pouces à quatre-vingt-dix degrés avec mes dents à l'aide d'un crochet attaché à un morceau de cuir et plusieurs autres petits trucs. Mais le tour de force de ma vie est à venir.

Je me promène maintenant avec une épée à deux tranchants pour couper la tête de la bête de la fin des temps tout comme l'a fait David au géant Goliath. La Sainte Vérité, la Parole de Dieu, l'enseignement de Jésus que les religions ont mis tant d'efforts pour cacher à la population est maintenant en route pour le tour du monde. Rien ne peut plus l'arrêter, car elle est menée par la puissance du bras de Dieu, tout comme le bras de David a mené l'épée du monstre à des victoires sur ses ennemis. Le système religieux est en voie de disparition et le règne de Jésus, de la parole de Dieu est sur le point de commencer. Le mouvement est déjà en marche et ça va barder, croyez-moi ainsi que tous les prophètes de Dieu qui furent avant moi.

Le livre que Dieu m'a donné; Le Vrai Visage De l'Antéchrist et le livret pour l'annoncer, ce n'est que la fronde et la pierre polie de David. Ce qu'ils contiennent, c'est l'épée à deux tranchants brandit par le bras de Dieu. Faites attention au tremblement du plus grand empire qui est romain et à tous ceux qui ont suivi sa trace. Vous verrez et entendrez très prochainement des pleures et des grincements de dent.

Un jour très bientôt, vous verrez un homme prononcer le mot tonnerre et vous l'entendrez rouler comme si c'était une montagne qui roulait; puis vous verrez les éclaires de l'Est à l'Ouest de la terre. Moi, je n'aurai pas peur puisque Dieu est mon bouclier. Un jour vient où vous verrez un homme prononcer les mots tremblement de terre et toute la terre tremblera. Vous tremblerez dans vos culottes, mais moi je n'aurai pas peur; puisque Dieu est mon bouclier. Un jour vient où un homme dira; je veux que l'eau de votre corps se change en sang, alors vous verrez des gens qui ne croient pas au vrai Dieu d'Israël pleurez des larmes de sang. Vous verrez ces gens suer, cracher, moucher et pisser le sang. Cela continuera pour eux tant et aussi longtemps qu'ils ne changeront pas et s'ils ne changent pas et bien c'est bien tant pis pour eux. Ils sauront alors que leur petit dieu n'a pas grand pouvoir et que leur honte se verra sur leur visage. Cet homme sera capable de faire ces choses, non parce qu'il est Dieu, mais parce que Dieu sera avec lui. Tout comme Il était avec Noé, Abraham, Isaac, Jacob, Joseph, Moïse, David, Salomon, Jésus, et comme Il est avec moi.

Lorsque Dieu parlait à Moïse sur le Mont Sinaï le peuple était dans la terreur et il a demandé à Dieu de se faire entendre par la bouche de Moïse. Et bien Moise a parlé et Jésus a parlé, mais le peuple continu à ignorer la parole de Dieu, ce qui avec raison enflamme la colère du Tout-Puissant. Il y a bien longtemps que le peuple de la terre n'a pas vu de ces miracles comme Jésus et Moise en faisaient. Notre génération est sur le point d'en voir. Jean 14, 12-13 et Matthieu 17, 20. Jésus a dit que d'autres viendront et feront des choses plus grandes qu'il a fait. Il a dit la vérité, car il n'y a pas de mensonge en lui. Jésus a dit des choses que lorsque je les répète aujourd'hui elles frappent comme l'épée. Ces choses furent dites pour ouvrir les yeux des aveugles et déboucher les oreilles des sourds.

Dieu, David, Jésus et moi, nous ne faisons qu'un. Cela vous choque? Je peux entendre des gens dire; 'Cet homme est complètement fou.'

Jésus a dit exactement la même chose et ont l'a crucifié pour avoir dit la vérité. David était un homme selon le cœur de Dieu. Voir 1 Samuel 13, 14. 'Samuel dit à Saül: Tu as agi en insensé, tu n'as pas observé le commandement que l'Éternel, ton Dieu t'avait ordonné. L'Éternel aurait affermi pour toujours ton règne sur Israël; et maintenant ton règne ne durera pas. L'Éternel s'est choisi un homme selon son cœur, et l'Éternel l'a destiné à être le chef de son peuple, parce que tu n'as pas observé ce que l'Éternel t'avait commandé.'

Jésus était pareil et moi je suis comme eux. Pour ceux qui sont sceptiques je leur dirai d'aller lire Jean 17, 10-26. Tout comme David ne faisait qu'un avec Dieu, Jésus ne faisait qu'un avec Dieu et moi aussi, je ne fais qu'un avec Dieu, du moins la plupart du temps.

Des milliers de personnes furent brûlées vivantes, des milliers d'autres furent enfermées dans des asiles pour avoir dit cette vérité, tout comme l'un de nos derniers prophètes Louis Riel. On l'a enfermé pendant longtemps et ce n'était pas assez, on l'a pendu. Par qui fut-il enfermé et tué? L'avez-vous deviné? Il fut enfermé et tué par le système gouvernemental et religieux (la bête) la Chrétienté, le numéro 666, parce qu'il cherchait la justice pour son peuple et disait la vérité sur le clergé, sur Rome. Vous vous demandez toujours pourquoi j'en suis sorti?

David avait une bonne armée derrière lui. Plusieurs auraient suivi Jésus contre les Romains. Plusieurs disciples de l'Éternel et de Défendeurs Masqués, soldats du Dieu vivants se joindront à moi dans cette guerre contre le système religieux, cette bête de la fin. La vérité, l'épée à deux tranchants terrassera le monstre. C'est déjà écrit, c'est déjà prophétisé. Je n'invente donc rien en disant ces choses. Mes livres et mes cantiques sont des outils merveilleux, des armes efficaces, parce que se sont des mots que Dieu a mis dans ma bouche. Il y a des milliers d'âmes qui ont souffert pour l'amour de Dieu, maintenant c'est le jour du Seigneur, le jour de vengeance pour leur sang qui approche.

Un jour très proche comme j'ai prédit dans mon premier livre, vous verrez le système rassembler toutes les Bibles en disant qu'elles sont consignées. Ils vous diront qu'elles ne sont pas véritables et qu'eux en ont une qui est la vérité absolue. Ils vous diront que la leur vient directement des manuscrits de la mer morte. Pourquoi, me direz-vous? Parce que c'est prophétisé dans Daniel, qu'à la fin la connaissance augmentera, ce qui veut dire que les yeux s'ouvriront. Ce grand empire, ce royaume diabolique ne peut pas se permettre de laisser un p'tit cul comme moi le terrasser avec la vérité sans broncher. Ce qui veut dire qu'il fera tout en son pouvoir pour empêcher la vérité de se propager. Laissez-moi vous dire que sans l'aide de Dieu, je ne pourrais pas gagner cette guerre. Sans son aide, je ne voudrais même pas essayer. Si Dieu n'était pas avec moi, je n'y aurais même pas pensé, encore moins écrire sur le sujet. Sans Dieu, je ne serais certainement pas en train de faire cet ouvrage.

"Bonjour Schéba, comment vas-tu aujourd'hui?" "Je vais bien Jacques et toi?" "Je vais bien, je pense, mais j'étais un peux anxieux à propos de la partie du livre que je t'ai laissé à lire. J'aurais souhaité que tu m'appelles pour me dire ton impression. J'adore travailler sur notre livre Schéba, mais ce qui serait pour moi un plaisir absolu serait d'écrire l'histoire de celle que j'aime. Tu vois, présentement j'aime cette femme, mais je ne connais pas assez celle que j'aime. J'ai encore tellement à apprendre sur elle. Ho, je sais qu'elle est des plus aimables, très gentille et des plus jolies, mais tout le reste, ce que nous ne voyons pas à première vue. Tu sais ce que je veux dire, n'est-ce pas? C'est sûr que je ne veux pas une autre timbrée. J'ai déjà eu mon voyage de celles qui veulent me voler et m'assassiner. J'ai tellement de choses à accomplir encore que je ne peux pas me permettre de me laisser ralentir par cette sorte d'encombrement. Je veux quelqu'un qui tire la charrue de la même manière, dans la même direction que moi. C'est seulement ainsi que je pourrai me rendre où je dois aller."

"Voudrais-tu que j'aille lui parler Jacques?" "Peut-être vaudrait-il mieux laisser faire Schéba, elle pourrait se demander ce que je fais avec une aussi jolie femme que toi. Peut-être ne comprendra-t-elle pas que tout ce que nous faisons c'est d'écrire un livre. Peut-être aussi voudra-t-elle te rejeter, ce qui me déplairait beaucoup. Non Schéba, laisse faire pour le moment, un jour prochainement j'en saurai plus sur elle de toutes façons." "Qu'est-ce qu'elle fait dans la vie?" "Elle travaille comme réceptionniste tout comme toi, toujours souriante, toujours bien habillée. Elle te ressemble vraiment beaucoup comme je te l'ai déjà dit. Tu me la rappelles d'une façon étrange." "Je te souhaite bonne chance, je pense que tu mérites quelqu'un de bien." "Merci Schéba, mais que dire de toi?

Je t'ai déjà dit que tu étais mon guide dans cette histoire. Comment est-ce que le livre de Précieuse te fait te sentir à propos de l'écrivain? En autres mots, qu'est-ce que tu penses de moi?" "Je souhaiterais seulement d'être bien traiter comme ta Princesse et surtout d'être aimer comme elle l'est." "Comment aimerais-tu être fêtée comme elle l'a été?" "Cette partie-là est complètement incroyable Jacques; je pense que je l'ai lu et relu au moins dix fois." "Pourrais-tu t'imaginer à la place de Précieuse Princesse?" "Cela ne pourrait être qu'un rêve Jacques." "Fais-moi confiance Schéba, les rêves peuvent se réaliser si l'on y croit assez fortement. Que penses-tu de mon côté batailleur?" "Tu te bats pour une cause unique et je suis sûre que Dieu est avec toi dans cette bataille. Nous en avons besoin beaucoup plus des hommes comme toi." "Mais toi Schéba, tu en as besoin qu'un seul, n'est-ce pas?" "Il n'y a plus tellement d'hommes qui donneraient leur vie pour leur femme désormais." "Peut-être que c'est tout simplement parce qu'ils n'ont pas la bonne partenaire. Vois-tu, la plupart des gens n'ont plus la patience d'attendre pour le conjoint idéal, leur âme soeur? Il leur faut avoir du sexe à tous prix et ils prennent quelqu'un qui est disponible. Cela les satisfait pour un temps et ils ont l'impression que c'est correct jusqu'au jour où ils se rendent compte qu'ils couchent avec une personne qu'ils n'aiment pas du tout. J'ai passé par-là moi aussi. Puis ils vont nourrir le système en payant les avocats. Le riche, le pauvre, le faible et le fort en sont atteints. Je connais des hommes passablement riches qui se sont fait ruiner par le système de cette façon-là. J'en connais d'autres qui ont perdu une fortune extraordinaire. Il y en a qui vont se reconnaître en lisant notre livre, tu sais?" "Nevermind les autres Jacques, tu parles de moi aussi ici." "J'ai parlé de moi aussi Schéba.

Te rappelles-tu, il y a quelques années je t'ai parlé d'avoir commencé un livre sur le royaume des cieux et sur l'enfer? Il s'intitule; Les Dix Vierges et Le Royaume Des Cieux." "Je m'en souviens vaguement, oui." "Tu m'as dit à ce moment-là que c'était un bon titre. J'ai écrit plusieurs pages sur les cieux et aussi sur l'enfer et puis soudainement plus rien. Je ne comprenais pas pourquoi tout c'était obscurcit, tout c'était éteint. Comme tu le sais, je ne me casse jamais la tête pour trouver quoi que ce soit à écrire. J'écris seulement lorsque je suis inspiré. Maintenant je comprends tout et c'est complètement incroyable. Ce que j'ai de fait jusqu'à présent se mélange ou s'adapte à la perfection avec notre livre. C'est tellement étonnant que j'en suis presque bouleversé d'émotions. Je me souviens tu m'as dit que ça serait un bon sujet à développer. Vois-tu comment le Seigneur opère? Notre livre fut commencé, il y a plus de deux ans, mais toi et moi nous pensions juste le commencer.

Penses-tu que j'ai mis trop de conversations entre Danielle et moi dans le livre de Précieuse Schéba?" "La plupart des hommes ne savent pas de quoi discuter avec leur femme, ça fait du bien de voir quelqu'un qui a des choses intéressantes à dire." "Je sais seulement que je pourrais écrire des pages et des pages de nos entretiens. Je voulais juste faire certain de ne pas ennuyer nos lecteurs, c'est tout.

Voici une chanson dont j'ai composé le 1er mai 2001 en pensant à celle que j'aime.

Dans mes rêves, tu m'appartiens
Quand je me couche à chaque soir, je pense à toi.
Quand je m'éveille chaque matin, je pense à toi.
Entre les deux, là dans mes rêves, tu es à moi.
Mais tout le jour, je marche seul, tu n'es pas là.
Refrain
Lui; Précieuse Princesse, c'est toi qu'je veux, je le confesse.
Elle; Prince charmant, je sais que c'est toi maintenant.

Mon âme sœur, celle (celui) qui vie là dans mon cœur.
C'est le Seigneur qui nous a créé ce bonheur.

2

Nous avons toute l'éternité, pour nous aimer.
Car ce que Dieu a uni, nul peut séparer.
Il a tracé pour nous une belle destinée.
Dans sa demeure, Il nous a tous deux invité.

Refrain

Précieuse Princesse, c'est toi qu'je veux, je le confesse.
Prince charmant, je sais que c'est toi maintenant.
Mon âme sœur, celle (celui) qui vie là dans mon cœur.
C'est le Seigneur, qui nous a donné ce bonheur.

3

Quand je me couche à chaque soir, je pense à toi.
Quand je m'éveille chaque matin, je pense à toi.
Entre les deux, là dans mes rêves, tu es à moi.
Mais tout le jour, je marche seul, tu n'es pas là.
Je marcherai seulement qu'avec toi.

MON RÊVE DU 5 MAI 2001

Je ne sais pas si c'est le fait de l'avoir mentionné ou ce que c'est exactement, mais j'ai fait un rêve hier soir qui est passablement révélateur. Il se peut aussi que Dieu me révèle des choses à venir à travers des rêves et des visions. Une chose dont je suis sûr, c'est que j'ai vécu une semaine angoissante me demandant ce que Schéba pense de ce que je lui ai laissé à lire de notre livre. Je sais aussi que c'est quelque chose que j'ai déjà écrit il y a de ça trois années dans mon premier livre de Précieuse Princesse.

J'ai vécu cette semaine les mêmes sentiments, les mêmes angoisses, ce à quoi je ne suis pas du tout coutumier. Il m'ait traversé l'esprit aussi que Dieu parlait à Jésus de la même façon, c'est-à-dire en rêve et en visions.

J'ai rêvé que mes études bibliques étaient désormais connues à la grandeur du monde et que le diable les détestait autant qu'il déteste Dieu. Un jour comme je m'en entendais une armée de policiers est venue sur ma propriété pour arrêter ce qu'ils ont osé appeler le meneur de la secte. Ce qui fait que je suis sorti seul pour faire face à l'ennemi après avoir insisté auprès des autres afin qu'ils soient épargnés. Une fois que j'ai eu grimpé la petite colline où se trouve la barrière de l'entrée je leur ai demandé pourquoi ils étaient venus en si grand nombre. Il y en avait au moins trente.

'Vous êtes sous mandat d'arrêt par ordre de notre roi.'

C'était une voix qui se faisait entendre à travers un gros cornet semblable à ceux qu'ils mettent sur la route pour diriger le trafic. Je leur ai demandé:

'Avez-vous entendu le tonnerre?' Puis presque tous se bouchaient les oreilles avec leurs mains, les uns se cachaient derrière les arbres et d'autres ont même essayé de ramper sous les autos. La pluie était tellement forte qu'on avait peine à se voir les uns les autres. Lorsque le silence se fit, ils se sont assemblés autour de moi et je leur ai encore demandé:

'Avez-vous entendu parler du tremblement de terre de la semaine dernière?'

J'ai alors vu la terre trembler sous leurs pieds et la plupart d'eux étaient terrifiés et criaient à pleine tête.

'Dites-moi, pourquoi crachez-vous le sang comme ça? Vous essayez de me faire peur ou quoi? J'en vois un qui n'a pas de sang sur les lèvres; j'irai donc avec lui et avec nul autre. J'ai encore un peu peur du sida vous savez? De plus mon Dieu ne veut pas que je mélange mon sang avec celui de son ennemi.'

L'un d'eux est alors sorti de son rang et il s'est approché de moi, puis il m'a dit:

"Bonjour mon frère." "Salut! N'as-tu pas peur comme tous les autres?" "Non, Dieu est mon bouclier." "Bonjour mon frère, où est-ce que nous allons?" "Il me faut t'amener à un autre domaine pour leur laisser le temps de digérer ce dernier orage et ce tremblement de terre."

Ce qui fait que j'ai embarqué dans l'auto de cet homme qui je pense était mon ange gardien, puis il m'a conduit je ne sais où puisque j'ai dormi pour la plupart du trajet. Cependant durant ce sommeil j'ai eu un autre songe ou un rêve. Ce n'est pas toujours facile de faire la différence. De toutes façons j'ai vu dans cette vision ce qui s'était passé avec les autres agents après notre départ. Ils sont retournés à leur chef qui, j'ai pensé pourrait bien être le diable lui-même.

"Où est donc l'homme dont je vous ai envoyé chercher? Un autre policier l'a emmené." "Il ne l'a pas emmené ici. Que vous est-il arrivé pour la sainte enfer?" "Il y a eu un orage comme nous n'en avons jamais vu auparavant et aussitôt que cet homme a prononcé les mots tremblement de terre, la terre s'est mise à trembler comme nous n'avons jamais entendu parler." "Nul de vous n'a pu faire tomber du feu du ciel comme ceci?"

Au même moment un feu descendit du ciel et a consumé trois de ces agents en quelques secondes. Un autre officier a dit à son chef que la pluie était tellement torrentielle, tellement forte que sa flamme n'aurait pas pu y résister.

"Vous n'êtes qu'une bande d'imbéciles et de vauriens. Je ne peux rien faire faire de mal à moins que je le fasse moi-même." "J'aurais bien aimé voir ton feu contre cet orage." "Toi, va en enfer immédiatement, tu n'es pas supposé aimer quoi que ce soit ni qui que ce soit."

Chapitre 4

Mon rêve du 6 mai

Le moins qu'on puisse dire c'est que les rêves peuvent être merveilleux et quelques fois très étranges. Il est trois heures du matin; je viens tout juste de me réveiller; la température est trop élevée dans la maison; j'ai soif et je me suis ouvert une canne de 7up. Me voici donc en train d'écrire le rêve que je viens juste de faire.

Je me dépêchais pour arriver à temps à l'église où ma sœur Céline, son fils Stéphan et son mari Jean-Guy m'avaient invité à les accompagner. En autant que je sache, nul d'entre eux ne va à l'église. Non seulement ils ne vont pas à l'église, mais ils demeurent à trois mille milles de chez moi et je pense qu'ils ne vont jamais au bar non plus. Je suis arrivé juste à temps pour entendre la toute dernière phrase du sermon. Le prêtre disait que ce n'était pas ce que nous entendions qui était le plus important, mais ce que nous en faisions. Après l'église, Jean-Guy qui voulait me payer un verre et me jouer une partie de billard m'a emmené au bar qui est dans le même bâtiment que l'église. Les deux appartiennent probablement au même propriétaire. Il a donc commandé deux verres, l'un pour lui et l'autre moi, un verre de lait pour mon fils et un verre de pepsi pour Stéphan. Les deux jeunes ont pris congé avec leur consommation et Jean-Guy a demandé à la serveuse le montant de la facture.

'Dix-neuf dollars.' Elle lui a répondu.

"Quoi? Tabarslaque, c'est tout c'que j'ai. Je regrette, mais je ne peux pas te donner de pourboire. Combien est le lait?" "Quatre dollars le verre." "Merde, ça doit faire trente dollars la peinte. Combien est le pepsi?" "Ce n'est pas du pepsi, c'est du coke et c'est le même prix que le lait." "Maudit, mon garçon ne le boira même pas."

"Papa, c'est pas buvable ce que tu m'as donné, c'est pas du pepsi." "C'est probablement pour ça que coke vend plus que pepsi, nous n'avons pas toujours le choix."

"Pourrais-tu lui donner un verre d'eau?" "C'est deux dollars. Si quelqu'un veut sacrer après l'église c'est ici la place idéale."

"Jacques, pourrais-tu me prêter deux dollars STP?" "C'est peut-être tout ce que j'ai, mais le voilà." "Tiens ton verre Jacques, hourra pour la maudite trappe dans laquelle on est poigné. Je n'avais que vingt-cinq dollars de dépenses pour ma semaine. Les trois bancs de l'église m'ont coûté six dollars et ici j'ai dépensé le reste. Je te dois deux dollars et je n'ai même pas assez d'argent pour te jouer une partie de billard. J'ai un bon travail qui me rapporte bien, j'ai rarement manqué une journée de travail depuis trente-cinq ans et laisse-moi te dire que je ne suis pas beaucoup plus avancé que je l'étais au commencement." "Laisse-moi t'encourager un peu Jean-Guy, tu aurais été chanceux de pouvoir jouer de toute façon, je me sens dans une forme superbe." "Oui, oui, tourne le fer dans la plaie, les paroles sont à bon marché." "Moins élevées que ta facture, ça c'est vrai. Parlant de fer, j'ai emmené mes fers à cheval, allons jouer." "Ça serait le restant des écus s'il pleuvait maintenant." "S'il pleut, je te battrai au crible." "Ça, ça reste à voir." "Merci pour le rye et n'oublie pas de t'informer des prix avant de commander la prochaine fois." "Cela montre bien que je ne vais pas souvent au bar." "Qui peut se le permettre de nos jours? C'est la place idéale pour ceux qui veuillent nourrir la bête et payer la dette du pays. Je pense qu'ils taxent même le lait et l'eau dans ces places-là"

LES RÊVES

Qu'est ce qu'il y a de plus étrange que les rêves? Ils peuvent vous transporter très loin dans le future ou encore des milliers d'années en arrière. Ils peuvent vous transporter à des distances incroyables avec des gens que vous n'avez jamais connus et d'autres qui ont depuis longtemps disparus. Jésus a dit que nous serions comme des anges. Pouvez-vous vous imaginer? Vous n'avez qu'à penser Japon et vous y voilà en une fraction de seconde devant un cuisinier-boucher servant un touriste qui vient de commander le chien de son choix pour être abattu et cuit devant lui tout à son goût. Vous n'avez qu'à penser Israël et vous pouvez voir des milliers de pèlerins parlant à un saint mur glissant des notes sur du papier entre les fentes des rochers, se lamentant pour une réponse et croyant être entendu par Dieu. Plusieurs d'entre eux ont dépensé des milliers de dollars dans le système pour leur voyage. Cela vous montre bien qu'ils ne connaissent pas Dieu et jusqu'à quel point ils ont reçu un lavage de cerveau malsain.

J'ai entendu cette semaine aux nouvelles, qu'il y avait dans le monde chaque année deux millions d'enfants enlevés et vendus pour fin de prostitution. Il y a des milliards de dollars dépensés dans le système pour des futilités par des personnes qui se croient bonnes. Si ces argents étaient dépensés pour arrêter la méchanceté nous pourrions vivre dans un bien meilleur monde. Des millions ont peur du retour de Jésus tellement que certains se suicident. Personnellement je souhaiterais que Dieu soit venu, il y a longtemps pour arrêter et détruire cette abomination.

Aujourd'hui le 7 mai une autre chose un peu étrange est survenue. Un homme assez étrange, je dois l'admettre est venu prendre des renseignements sur le supposé st Paul, le supposé apôtre. Je lui en avais glissé quelques mots auparavant, lui qui aime à prêcher un peu à tout le monde. Il m'avait quitté dans une rage totale l'an dernier, lorsque je lui ai dit que l'un des Jeans de l'évangile n'était pas le Jean de Jésus, puisqu'il y avait là beaucoup trop de mensonges. L'un de ces Jeans a actuellement fait Jésus menteur. Or moi je sais que Jésus n'a pas menti, c'est donc l'un des écrivains qui l'a fait. Je sais aussi que le Jean de Jésus, le vrai apôtre n'a pas menti lui non plus. C'est donc dire qu'il y a là un imposteur qui lui est un menteur. Voir Jean 8, 39-44. Jésus leur dit qu'ils ne sont pas les enfants de Dieu n'y d'Abraham, mais qu'ils sont les enfants du diable. Puis dans la même conversation, voir Jean 8, 56. Ce Jésus leur dit; 'Abraham votre père a tressailli de joie pour ma venue.'

Toujours est-il que cet homme était furieux de m'entendre dire que ce Jean là était un menteur. C'est aussi un homme qui m'a dupé dans le passé. Il était venu me voir un jour tout alarmé, me disant preuves à l'appuie qu'il allait tout perdre ce qu'il avait en entrepôt faute de payement. Il m'a dit qu'il me rembourserait un peu chaque mois avec son chèque de bien-être. Ce n'était que deux cent dollars, mais quand même, je ne suis pas riche moi non plus. Après un certain temps, lorsque je me suis aperçu qu'il m'évitait et qu'il cherchait à se cacher de moi, je suis tout simplement allé lui dire que je ne voulais pas qu'il soit condamné à l'enfer pour $200.00, qu'il pouvait le garder, je lui donnais.

Mais aujourd'hui il dévorait mes paroles comme un chien qui n'a pas mangé depuis trois jours gruge sur un os. Il aurait bien voulu avoir mon livret, mais je lui ai dit qu'il se vendait pour trois dollars. 'Je t'emmènerai l'argent, c'est bon marché.' Qu'il m'a dit!

"Il y a des choses, des vérités là-dedans qui peuvent peut-être te rendre fou." "Je le suis déjà, ça ne changera pas grand chose." "Ça, je le sais, mais je ne voudrais pas te rendre encore pire. J'ai aussi un peu peur que tu te donnes du crédit pour le travail que j'ai fait. Je ne voudrais pas que tu t'attires la colère de Dieu."

Je lui ai donc montré une vingtaine d'autres contradictions et de mensonges qui l'ont un peu bouleversé.

"Nous ferions bien de détruire toutes ces Bibles, de les brûler." "Qu'est-ce que tu auras comme preuve et pour argumenter lorsqu'on viendra te dire que ces contradictions et ces mensonges n'ont jamais existé?"

Une semaine plus tard il était chez moi pour m'acheter un de ces livrets à trois dollars, me disant qu'il avait ramassé et vendu assez de canettes.

Il y a déjà aujourd'hui des gens qui disent; 'Ne lis pas la King James, elle est dépassée.' D'autres disent de ne pas lire la Bible de Louis Second, il y manque des choses. D'autres vous disent de ne pas lire une internationale, ils y ont changé des choses. D'autres vous disent de ne pas la lire du tout, parce qu'elle peut vous rendre fou. Il est vrai que cela peut porter à la confusion de rencontrer autant de mensonges et de contradictions dans la Sainte Bible, surtout après s'être fait dire que c'était la vérité absolue, principalement si on croit ceux qui nous ont menti.

Les Gédéons ont enlevé l'Ancien Testament au complet et ne distribuent que le Nouveau. 'Adieu la loi de Dieu pour des millions d'innocents dans le monde et tournez-vous vers Jésus notre dieu que nous avons fait, soit Jésus, soit Paul.'

Au temps de Moïse ils ont fait un veau d'or. On a fait de Jésus, non seulement un agneau, mais un dieu. C'est donc dire qu'on a fait d'un homme un dieu, qu'on dit Dieu fait homme. Dieu est Dieu et l'homme n'est qu'un homme qui aime à manipuler Dieu, mais Dieu est Tout-Puissant et Il ne se laisse pas manipuler n'y par les hommes n'y par les bêtes. Ses ennemis sont sur le point de devenir son marchepied. Savez-vous ce que ça veut dire?

Deux jours plus tard l'homme qui veut la boite de camionnette m'a téléphoné. Il a dit qu'il viendra la nettoyer le lendemain. Il m'a aussi dit qu'il a envoyé le livret que je lui ai donné à quelqu'un qu'il connaît et que ce dernier en enverrait plusieurs copies à des connaissances incluant un prêtre de Penticton. De toutes mes connaissances, c'est lui le premier dont j'entends dire qu'il a répandu la bonne nouvelle de la vérité. Ça aussi c'est une vérité qui fesse, mais c'est moi la victime. Ça m'a fait un peu mal de voir que ce sont mes ex ennemis qui me courent le plus après pour avoir la vérité et la répandre. Ma mère que j'aime de tout mon cœur m'a répondu qu'elle n'aimait pas la propagande lorsque je lui ai demandé combien de livrets elle me commanderait. Je lui ai dit qu'elle connaissait beaucoup de personnes que je ne connaissais pas.

La plupart des autres n'ont pas eu le temps de le lire. Ce n'est qu'une lecture d'une demi-heure, mais un grand ami à moi n'a pas trouvé le temps de le lire en quarante-cinq jours. Plusieurs me disent aussi qu'ils n'aiment pas la chicane. C'est pourtant une bien petite croix à porter. Plusieurs personnes qui se disent pieuses refusent de répandre la parole de Dieu. Je me demande bien ce qu'ils auront à dire lorsque le Grand Juge leur demandera où sont leurs œuvres qui accompagnent leur foi.

Le 21 mai j'ai composé, je pense l'une de mes plus belles chansons et elle s'intitule Demain. Elle est selon moi une belle chanson pour un mariage et pour les noces.

Demain

Demain si mon Dieu le veut bien.
Demain se joindront nos destins.
Demain je te tiendrai la main
et je dormirai sur ton sein.
Depuis si longtemps je t'attends.
Je t'ai écrit en t'attendant.
Des chants, des livres pour te dire
combien je t'aime en mourir.
Le chœur chante: Combien il t'aime en mourir.

Demain commence notre vie,
une vie nouvelle, vie éternelle.
Sur la route vers l'infini,
toute pavée d'or comme elle est belle.
C'est pour nous deux que j'ai tant crû
à l'amour, à l'éternité.
Tu me demandes comment j'ai su,
c'est le Seigneur qui m'a guidé.
Le chœur chante: C'est le Seigneur qui l'a guidé.

Demain tu seras pour mon œil
l'arbre de vie, l'arbre de joie.
Demain tu seras pour moi seul
racine et faîte de ma foi.
Il m'a montré comment t'atteindre
et comment faire pour te plaire.
L'amour qui ne peut pas s'éteindre,
il nous vient de Lui sur la terre.
Le chœur Chante: Il nous vient de Dieu sur la terre.

Demain si mon Dieu le veut bien.
Demain se joindront nos destins.
Demain je te tiendrai la main
et je dormirai sur ton sein.
Le chœur chante: Oui il dormira sur ton sein. Demain.

LES JEUX DU MONDE ET DE LA VIE

Les jeux sont plaisants pour les uns et frustrants pour les autres. À l'âge de dix-sept ans je jouais aux fers à cheval sur la plage. J'y avais mis une petite annonce qui disait; N'importe qui $10.00 la partie. C'était devenu à un point tel que plus personne ne voulait jouer contre moi, du moins pour de l'argent.

Un jour la plus âgée de mes sœurs où je demeurais m'a réveillé en me disant que mon scooter n'était plus là où il devait être. C'était devenu mon seul moyen de transport. Il avait été volé et je ne l'ai pas rapporté à la police immédiatement, puisque je n'avais pas de permis de conduire ni l'enregistrement pour mon véhicule. Tout ce que je possédais était ma preuve d'achat. En fait, je n'avais même pas de plaque. C'était une petite moto toute neuve que j'ai payé cinq cents dollars content directement du concessionnaire. Elle n'était plus neuve du tout lorsque je l'ai récupéré de la police. Les trois frères qui me l'ont volé ont appris à conduire avec elle. Ils ont obtenu un mois de prison pour leur méfait. Et bien j'ai pensé que ce n'était pas assez de punition pour ce qu'ils m'avaient fait.

Ce qui fait qu'à leur sortie de prison je me suis mis à leur recherche. Lorsqu'ils ont appris que je les cherchais et avant même que je les trouve, ils ont volé une auto et ils l'ont conduit directement à la station de police et puis ils ont démoli une auto de patrouille avec cette dernière. Je ne me croyais pas aussi apeurant, que j'avais une telle réputation. Lorsqu'ils ont comparu en cour je suis allé voir ce qui se passait. Ils riaient et ils avaient bien l'air de s'amuser. Le juge leur a alors demandé ce qui ferait leur affaire, qu'ils donnaient l'impression d'apprécier la prison et il leur a demandé combien de temps ils désiraient. Ils ont ri et répondu; 'Donne-nous ce que tu voudras, un an, deux ans, on s'en fout.' Le juge a alors regardé à des papiers sur son bureau et a déclaré; 'Trois ans, ça vous va?' C'était le grand maximum qu'il pouvait leur donner et en ce temps-là le temps condamné était le temps purgé. Ils riaient plutôt jaune et je leur ai fait des byes, byes.

Cependant lorsque j'étais sans mon véhicule j'ai dû faire de l'auto stop pour me rendre à la plage où étaient mes fers à cheval qui est à huit milles de la ville où je demeurais. Un jour un gentil monsieur qui m'a laissé monté m'a demandé si je voulais conduire. Il n'a pas eu à me le demander deux fois je vous assure. Au volant je me suis assis et vers la plage j'ai conduit tout à sa satisfaction jusqu'à approximativement un demi mille avant ma destination. Il m'a alors demandé de me coller sur le bord de la route, ce que j'ai fait sans tarder. Il avait disait-il un besoin d'uriner. Aussitôt arrêté, il a ouvert la portière, il a descendu et il s'est éloigné dans le boisé.

Il va bien loin j'ai pensé, mais il y a des gars qui sont gênés. J'ai attendu pendant près de dix minutes et puis j'ai saisi. Je ne l'ai plus jamais revu. J'ai regardé dans l'auto et j'ai trouvé un revolver de calibre trente-huit et des munitions. Je les ai pris, car j'étais intéressé dans ces objets-là, probablement parce que j'avais beaucoup d'ennemis. Personne n'aime à perdre.

Puis j'ai essuyé le volant et les poignées de la porte. Ensuite je me suis rapidement éloigné sans courir et je m'en suis allé sur la plage où déjà une demie douzaine de personnes m'attendaient; puisque j'étais deux heures en retard. Une heure plus tard il y avait des policiers sur la plage aussi qui questionnaient les gens.

Ils ne m'ont pas parlé et je ne me suis pas déplacé non plus. J'étais là tous les jours et j'avais de bonnes références. C'est aussi cette journée-là que j'ai battu mon record de rings. J'en ai mis vingt-et-un d'affilé dans la tige. Les gars contre qui je jouais ont dit que c'était du jamais vu. Je gagnais plus d'argent de cette façon-là que je gagnais à travailler mon chiffe de nuit. Lorsque je me suis rendu compte qu'il me faudrait attendre plus de vingt ans pour avoir un travail de jour à cette usine, j'ai tout simplement démissionné.

J'ai dû voyager plus de vingt mille milles en faisant de l'auto stop. Je me suis fait attaquer trois fois par des homosexuels. À une occasion j'ai dû me battre contre un qui était un peu trop entreprenant. Je sais aussi que je lui ai cassé le nez, puisque j'ai entendu le craquement et aussi je l'ai senti se briser sous mon coup. En autant que je suis concerné, ils méritent tous le même sort. Il avait pris une sortie de l'autoroute transcanadienne en disant qu'il avait une envie qui ne pouvait pas attendre. Il avait déjà passé deux garages où il aurait pu s'arrêter, mais il ne l'a pas fait. Il a dit qu'il m'emmènerait peut-être chez ma mère où je m'en allais. Être jeune veut aussi dire ne pas connaître grand chose de la vie et fait qu'on puisse être un peu lent à comprendre quelques fois. Il m'a demandé deux fois et je lui ai dit que je n'étais pas intéressé. La deuxième fois qu'il l'a fait, j'ai ouvert la porte en même temps. Lorsqu'il a essayé une troisième fois, j'ai tenu sa main sur le siège et de ma main droite je lui ai asséné un solide coup de poing sur le nez.

Il voulait aller chier et il s'est ramassé avec un emmerdant de nez saignant. Ce ne serait pas si pire s'ils s'en prenaient à leurs semblables, mais lorsqu'ils s'en prennent à des jeunes innocents comme je l'étais et bien pour tout vous dire, c'est un coup de poing que je n'ai jamais regretté. Il se doit d'être vrai qu'il y a plus de plaisir à donner qu'à recevoir.

Une autre fois je suis monté dans une auto où il y avait trois jeunes hommes qui ont décidé à un certain moment de me donner du fil à retorde. Et bien j'ai planté les deux gars sur la banquette arrière et quand j'ai demandé au chauffeur de me laisser descendre, il ne s'est pas fait prier trop longtemps.

La toute première fois où j'ai joué au billard, j'ai dû monter sur une caisse de bois, car je n'étais pas assez grand autrement. Je ne pouvais jamais obtenir un sou de mon père, même si je travaillais six jours par semaine pour lui. Je m'arrangeais pour avoir un vingt-cinq sous de ma mère pour donner à l'église le dimanche. Elle le savait bien que c'était pour jouer que je le voulais. J'essayais toujours de jouer ma première partie contre un gars avec qui j'avais au moins une chance de gagner avec une mise de dix sous. Nous tirions au sort pour savoir qui payerait les dix sous de la table. En 1959 j'ai gagné un gros tournoi. Puis vingt-cinq années plus tard j'ai complètement cessé toutes les gageures et même les jeux de hasards. C'était devenu irritant d'entendre derrière moi; '$10.00 qu'il ne l'a fait pas et je gage.'

Après mon tire c'était; 'Il a fait par exprès, vous êtes de connivences.' Ce qui fait que d'une manière ou d'une autre, il y en avait toujours au moins un qui n'était pas content.

J'ai gagné un autre tournoi en 1982 sous les yeux de mon fils émerveillé. Jusqu'à il y a quelques jours je n'avais pas encore compris ce qui c'était vraiment passé ni pourquoi. Une chose très étrange s'est passé dans la toute première partie contre mon premier adversaire. Après la casse c'était mon tour de jouer, mais il n'y avait pas à première vue une seule possibilité pour moi. À première vue même moi j'étais d'accord ainsi que la foule et les juges. J'ai quand même étiré mon temps pour une minute et puis j'ai nommé un tir. 'Une bande, combinaison, double cross side.'

C'était un coup qui demandait une précision extrême. Pas assez fort et la boule ne se rendra jamais et un peu plus et la boule blanche se retrouve par terre éliminant de ce fait toutes mes chances de gagner. Après mon coup la boule nommée s'est lentement rendue dans le trou commandé. Puis la boule blanche est venue se localiser au même endroit sur la table en me laissant encore une fois avec aucune possibilité. Encore une fois tous étaient d'accord que je n'avais rien à jouer.

Je me suis tâtonné le menton pour une demie minute et puis j'ai nommé un autre coup. Le coin de la poche du centre combinaison dans le coin du même côté. La boule nommée est tombée à l'endroit indiqué au chuchotement de tous. Ce que j'ai encore de la peine à comprendre aujourd'hui, c'est que la boule blanche est venue se loger pour la troisième fois au même endroit me laissant une fois de plus avec rien à jouer. Plus personne n'osait se prononcer désormais excepté mon adversaire. Il a dit; 'Il n'y a plus rien à faire.'

Même l'arbitre a dit qu'il n'y avait plus aucune possibilité. Je lui ai alors dit que c'était un tournoi important et que je devais avoir droit a une minute de réflexion. Il me l'a donc accordé. Il y avait une de mes boules collées sur la bande à ma gauche à un pied du coin sur mon côté et la seule façon de l'atteindre était par le même coin de la poche du centre de la table du côté opposé. Je l'ai nommé, puisqu'il n'y avait rien à perdre de toutes façons et il n'y avait aucune autre possibilité. Encore une fois cette boule est tombée. J'ai essayé celle-là des centaines de fois par la suite sans succès.

Puis je n'ai pas eu besoin de chercher un autre coup, puisque mon adversaire a tout simplement démissionné. Avec mes trois premiers coups je dois le dire qui étaient absolument formidables, j'ai démoli la confiance de cet homme qui était le favori pour remporter le tournoi. Il a jeté sa baguette dans un coin et il s'en est allé. Je suis encore persuadé jusqu'à ce jour que s'il était demeuré sur place cet homme aurait gagné cette partie et possiblement ce tournoi. J'ai eu de la chance de faire ces trois boules, mais personne ne peut dire que j'étais chanceux avec les positions.

Après le tournoi un des participants a insisté pour que je lui joue quelques parties et il les a gagnées toutes les deux. Je n'avais plus rien a prouver et cela lui a fait un plaisir immense, mais moi j'avais le trophée et la victoire.

Je pariais au jeu aussi avec les quilles. Je jouais dans une équipe à Montréal où j'avais une moyenne de deux cent dix et à Granby où j'avais une moyenne de deux cent cinq. Les capitaines des deux équipes n'aimaient pas ma marque, mais je n'étais pas intéressé à leurs positions du tout. Je jouais le mercredi soir à Montréal, la ville où je travaillais et à Granby le vendredi soir, la ville où se trouvaient mes amours.

Comme elle travaillait dans un magasin le vendredi soir et le samedi toute la journée, cela me laissait avec beaucoup de temps à essayer de m'occuper. Alors après la compétition le vendredi et toute la journée le samedi, tout en pratiquant, je pariais contre tous ceux qui le voulaient. Si Je faisais deux cent et plus, ils devaient tous me payer deux dollars chacun et si je faisais moins de deux cent, c'est moi qui devais leur payer cette somme. Il y a en eu jusqu'à dix qui pariaient en même temps contre moi. Je faisais souvent plus d'argent de cette façon que je gagnais avec mon travail sur la construction.

Je m'étais aussi mis à jouer au poker, mais c'était un champ qui m'était inconnu. Votre meilleur atout dans ce jeu est de bien connaître vos adversaires et de ne jouer qu'avec ou contre ceux qui sont honnêtes. Après avoir perdu plusieurs de mes payes un jour j'ai fait semblant de dormir; lorsque la dame où je demeurais est venue m'interpeller pour jouer. J'avais loué une chambre dans la maison où l'on jouait le plus souvent. C'est à ce moment-là que j'ai tout compris leur stratagème et que je n'avais aucune chance de gagner quoi que ce soit.

Je les ai entendus discuter des mots clés, leurs mots de passe-passe. Si l'un d'eux prononçait le mot bleu, cela voulait dire qu'il avait une foule. Si l'un parlait d'une auto, cela voulait dire qu'il avait trois pareilles. Une grosse auto, trois grosses cartes, une petite auto, trois petites cartes. Si l'un parlait d'une grosse maison, il avait quatre grosses cartes et s'il parlait d'une petite maison, il avait quatre petites cartes. Les quatre, cinq ou six autres joueurs étaient de mèche contre moi et lorsque j'étais complètement lavé, ils se partageaient ma paye pour jouer entre eux. Tout ce que j'avais gagné en quarante heures de travail avait disparu en quelques heures en faveur des charlatans. L'un d'entre eux était un constructeur de maisons et un autre un vendeur d'autos. Je me considère quand même chanceux d'avoir appris assez jeune; considérant le nombre de personnes qui sont prisonnières de ce vice.

Un de mes oncles m'a avoué un jour que la seule fois où il a gagné à ce jeu, il avait été suivi par quatre des joueurs qui étaient à sa table, battu et volé de tout ce qu'il avait en poche.

Mon père et son cousin étaient allés aux bois pour une tournée de six mois avant leur mariage. Pour le cousin de mon père c'était ce qu'ils appelaient dans ces jours-là une tournée de mariage. Sur la veille de leur retour son cousin qui était aussi son meilleur ami s'est laissé tenter pour une partie de poker. Tout ce qu'il avait gagné en six mois lui avait été enlevé en moins de quatre heures. Il pleura amèrement sa lune de miel, mais il était trop tard. Mon père l'a pris en pitié et a décidé d'essayer de récupérer un peu de sa perte. Il s'est assis à la place de son cousin et avec une chance de démon il a tout repris ce que l'autre avait perdu. Lorsqu'il eut tout repris ce que l'autre avait perdu, il s'est levé de table. Père n'était pas un joueur, mais s'il l'eut été, il aurait sûrement pu supporter sa famille mieux qu'il l'a fait avec son travail, puisqu'il ne travaillait pas pour la plupart du temps. Cependant, il était l'un de ceux qui semblaient toujours savoir où chaque carte se trouvait.

CHAPITRE 5

———— ❦❦❦ ————

LE TRAVAIL

Mon père m'emmenait aux bois depuis que j'étais très jeune. Je n'avais que onze ans et cette été-là il avait engagé une bonne demi-douzaine de jeunes hommes de quatorze à dix-huit ans pour écorcer des arbres, du tremble. Père faisait tomber les arbres, ma mère et l'oncle de mon père ébranchaient et enlevaient une languette de l'écorce pour nous permettre d'y glisser notre lame à ressort aiguisée qui servait à écorcer. Le premier qui avait terminé avait le droit de crier pour obtenir le prochain arbre. J'en ai plumé jusqu'à quatre-vingt-dix-huit par jour. Cela faisait environs cinq cordes de bois dans un jour. Nul autre n'a réussi à m'égaler à cette course et tous savaient qu'ils ont tous essayé avec toute la ferveur du monde. Nous avions cinq sous de l'arbre pour ce travail, c'est-à-dire, ils ont été payés. Mon père payait tous les autres devant moi le samedi après-midi entre quinze et vingt-cinq dollars chacun et lorsque je lui demandais vingt-cinq sous, il me disait qu'il n'avait plus de change. C'était plusieurs parties de billard que je m'étaient fait dérober.

L'année suivante il a engagé quelques six ou sept équipes de bûcherons professionnels. Parmi ces équipes se trouvaient le frère de mon père et son fils, mon cousin âgé de vingt-et-un ans. De toutes façons, ils étaient deux hommes formés. Nous travaillions du lundi matin au samedi midi, l'heure de la paye. Mon père étant le patron ne travaillait pas à notre production à partir de vendredi midi au samedi midi, puisqu'il devait mesurer la production de tous les autres. Même à cela nulle autre équipe n'a réussi à produire autant que nous et tous savaient que mon père n'était pas le meilleur ni le plus travaillant. Un jour en prenant sa paye mon oncle me regardant de sa hauteur, car il était assez grand et il m'a dit; 'P'tit colisse!' Et comme il parlait en bavant, il en bavait tout un coup. Il n'avait pas aimé se faire dépasser et il me blâmait pour ce fait, moi qui étais haut comme trois pommes. Ces hommes gagnaient entre deux et trois cents dollars par semaine, mais moi je n'ai jamais rien reçu. Cependant il y a une chose que j'ai appris de cette expérience et qui m'a été très bénéficiaire durant ma carrière de contracteur en construction.

C'est que deux hommes ensemble produisent douze heures en seize heures et que deux hommes séparés produisent presque leurs seize heures. C'était ça le truck qui a fait que mon père et moi surpassions la production de tous. Ils étaient tous des bûcherons professionnels.

Mon père abattait les arbres sans se soucier de moi qui était quelques fois jusqu'à un demi mille derrière. Pour la même raison il n'avait jamais besoin d'attendre que je m'enlève de son chemin non plus, comme j'ai souvent vu mon oncle le faire. Puis mon père était bien trop égoïste pour leur dire aussi. Je le suivais derrière en ébranchant, en mesurant et en marquant les arbres à tous les quatre pieds et en enlevant les branches de façon à ce qu'il ait le chemin libre lorsqu'il revenait au début. Lorsqu'il avait terminé d'abattre, il revenait au début du chemin et il coupait les billes à son goût. Lorsque à mon tour j'avais terminé aussi, je revenais pour piller le bois en corde ou pour ranger les billots de façon à ce que le cheval ait le chemin libre.

Pas une seule fois j'ai entendu après lui pour ranger un billot, peu importe s'il pesait sept ou huit cent livres. Je m'étais fait un levier et je trouvais le moyen de les déplacer par moi-même. Il n'y avait qu'un seul danger à première vue pour moi et ça, c'est que j'aurais pu être attaqué par un ours. La forêt en était infestée et j'ai remarqué à plusieurs reprises la marque de leurs griffes sur les arbres avec lesquels je travaillais. Mais Dieu était avec moi et je pense que si l'une de ces bêtes m'avait attaqué, je lui aurais fait un mauvais parti avec ma hache.

Une fois après le lunch, j'ai demandé à mon père de me rouler une cigarette et il m'a répondu que lorsqu'on fumait l'ouvrage n'avançait pas. Je me suis précipitamment levé et je me suis mis à lui lancer des bûches, lui qui était justement assis sur la pille où les bûches devaient aller. Il ne c'était jamais levé aussi vite à ma connaissance. 'Va fumer ailleurs que dans ma face.' Je lui ai dit, si t'es trop sans cœur pour me donner une cigarette. Moi, je suis heureux que mon Père du ciel soit juste et équitable, Lui me rendra justice.

J'ai quitté l'école assez jeune et je n'étais qu'au commencement de ma septième année. C'était pour moi une nouvelle école dans une nouvelle ville et elle était toute différente de celles que j'avais connues. Le professeur aussi était différent des belles maîtresses que j'avais connues. Il était un homme grand dans la trentaine. Un jour je l'ai vu tirer les cheveux d'un autre élève et je me suis dit; 'Si jamais tu me le fais à moi, tu vas le regretter.'

Le jour suivant à partir du tableau où il se tenait, il a lancé une brosse à effacer en direction de l'élève qui se trouvait juste derrière moi. Il ne m'a manqué que par un cheveu. Je me suis donc levé et j'ai marché vers l'arrière de la classe, j'ai ramassé la brosse et je lui ai lancé de toutes mes forces par la tête en lui disant de préparer mon bulletin, que j'en avais assez de sa jungle de classe. Je suis sorti de cette classe et je ne l'ai jamais regretté. En moins d'une demi-heure j'avais déjà trouvé un travail dans le plus gros restaurant de la ville. C'était un travail de six jours par semaine et de douze heures par jour. La place était ouverte trois cent soixante-trois jours par année. J'étais nourri autant que je pouvais bouffer tous les jours et deux fois par semaine je pouvais y emmener un invité de mon choix.

Je ne l'avais pas réalisé jusqu'à présent, mais travailler ce nombre d'heures a sûrement été une bénédiction pour me garder hors des ennuies. Je m'en étais allé chez moi par la suite pour annoncer à ma mère, elle qui était d'une sévérité peu commune, que j'avais quitté l'école.

"Tu arrives de bonheur aujourd'hui?" "Oui, j'ai quitté l'école." "Il te faudra trouver du travail." "Certainement, j'en ai déjà un." "Ha oui et où est-ce?" "Au restaurant Belval." "Ils n'ont pas pensé que tu étais trop jeune?" "Non, j'ai menti sur mon âge et je me foute de ce qu'ils pensent, j'ai un travail." "Il te faudra emmener vingt dollars par semaine pour ta chambre et pension." "Il ne me restera donc rien pour mes dépenses. Je pense que tu ne devrais pas me prendre plus de quinze, je suis nourri au travail." "Combien te payent-ils?" "Cinquante sous de l'heure."

Ça se passait en 1959. Elle n'avait pas besoin de savoir combien d'heures je travaillerais. Je lui ai aussi laissé le soin de l'apprendre à mon père. Nous avions eu déjà tellement de chicanes et de batailles que je pensais qu'un jour nous nous tuerions l'un l'autre. Mais il ne l'a pas mal pris du tout, il était plutôt content de ne plus avoir à me nourrir et de me voir emmener de l'argent à la maison. Tout ce que je peux dire à propos de mon coût de vie est que je ne leur dois pas grand chose si je leur dois quelque chose. Depuis l'âge de onze ans il m'a emmené aux bois plus souvent que j'étais à l'école. Depuis l'âge de six ans je vidais la maudite chaudière de merde et je rentrais le bois de chauffage. À l'âge de dix ans j'étais à l'hôpital pour une opération dans l'aine. À l'âge de onze ans j'y étais encore une fois pour m'avoir coupé le pouce avec une hache. Je fendais les éclisses très fines pour allumer le poêle le matin, car c'est moi qui devais me lever à trente sous zéro. J'y mettais le papier, le bois et le feu et je retournais au lit en vitesse pour ne pas me laisser geler le cul. Lorsque la maison était réchauffée un peu, mon père et les autres se levaient.

Pour revenir à mon travail au restaurant, mon père s'est aperçu que je travaillais autant d'heures et le prix de ma pension a monté à vingt dollars par semaine, puis il n'avait même pas besoin de me nourrir. Je fumais déjà depuis trois ans et ça me coûtait un gros cinq dollars par semaine. C'est lui aussi qui était responsable de ma mauvaise habitude, puisqu'il me fallait rouler ses cigarettes. Comme vous le savez, on ne joue pas avec le feu sans se brûler un jour. Mais c'est lui qui était le patron et j'ai avalé jusqu'au jour où j'en ai eu assez de la situation.

Je suis donc allé me louer une chambre et à ma grande surprise, elle n'était que de six dollars par semaine. Merde, que je me suis dit, je me faisais posséder à la maison. Par ce temps-là j'avais une petite amie et la dame de la maison de chambres avait peur que nous couchions ensemble dans son établissement. Elle nous espionnait sans cesse. Je ne sais pas trop pourquoi, puisqu'elle était ce qu'ils appellent une chiennette, vous savez les femmes qui vont avec des chiens. Elle avait dû se rendre à l'hôpital avec un chien qui ne pouvait pas s'en sortir. Pauvre chien! Elle était aussi la présidente du club.

Cela se devait donc d'être une raison de légalité qu'elle nous avait mis cette restriction. Peut-être aussi voulait-elle me voler mon amie. Néanmoins, ma petite amie était tout aussi vierge quand je l'ai laissé que lorsque nous avons commencé de sortir ensemble. J'en ai toujours été fier aussi et surtout libre de culpabilité. C'est elle qui aimait ma mère un peu trop. Nous sommes allés passer une fin de semaine chez ma mère comme nous le faisions assez souvent. Nous jasions et tout d'un coup elle était trop fatiguée et elle m'a dit qu'elle voulait aller se coucher et dormir. Ça c'était acceptable, car il était onze heures. Une heure plus tard ma mère est arrivée et les deux ont jasé jusqu'à cinq heures du matin. C'était son choix, mais je ne l'ai pas bien pris du tout, surtout qu'elles m'avaient empêché de dormir tout ce temps-là. C'est la sorte de chose que l'on pardonne, mais qu'on a de la difficulté à oublier et lorsqu'elles se sont trop accumulées, elles pètent au fret.

J'aimais bien mon travail au restaurant, mais il y avait un homme qui travaillait là depuis plus de treize ans, qui lui ne m'aimait pas la face pour quelques raisons que se soient. Il me poussait sans cesse et me regardait toujours comme si j'étais un chien sale. J'en ai parlé une fois ou deux avec le gérant qui lui m'a demandé d'essayer de le tolérer. C'est ce que j'ai fait jusqu'au jour où j'en ai eu assez. Je l'ai complètement assommé d'un coup de poing au front et il est resté étendu jusqu'à ce que les ambulanciers viennent le ramasser. Cela a aussi marqué la fin de mon emploi. Le gérant a bien essayé d'arranger les choses, mais comme je lui ai dit, l'un de nous deux devait partir, si se n'était pas l'autre ça se devait d'être moi.

Ce qui fait que j'ai pris la porte de moi-même aussitôt que l'autre était prêt à revenir au travail. Chaque fois que j'ai rencontré cet homme par la suite, il était bien poli et respectueux. Ce fut comme plusieurs personnes disent, un mal pour un bien.

J'ai très rapidement trouvé un autre travail dans une manufacture de gomme. C'est là que j'ai appris à soulever aisément des boites de soixante livres avec un seul doigt. Puis je me suis mis à lever un gars de cent soixante livre par la ceinture aussi à l'aide d'un seul doigt. C'était lui qui avait un bon bicycle à me vendre pour vingt dollars.

Mon père à souvent dit à ma mère qu'il me faudra manger bien des croûtes avant de pouvoir me mesurer à lui. Un jour après avoir donné mes salaires pendant plusieurs mois, j'ai demandé à mon père cinq dollars de dépense de plus pendant quatre semaines pour m'acheter une bicyclette afin de voyager à l'ouvrage. Il me l'a refusé et cette soirée-là, lui, ma mère et deux de mes sœurs les plus âgées allaient à la danse à une trentaine de milles de chez nous. C'était une injustice que je n'allais pas laisser passer sous silence sans rien dire ni rien faire. Je me suis laissé emporter par la colère et j'ai viré sa chambre à coucher sens dessus dessous.

Lorsqu'ils furent de retour aux petites heures du matin et qu'il a vu dans quel état j'avais organisé sa chambre, je l'ai entendu dire à ma mère qu'il voulait me réveiller et me donner une raclé. Comme de raison je ne dormais pas et je m'y attendais! Je me suis levé sur le divan, puisque je devais coucher dans le salon et je lui ai dit de venir que j'étais prêt pour lui. Il a dû avoir peur que les voisins l'entendent et alertent la police, puisqu'il en n'a rien fait. Ma mère lui a dit d'arranger la chambre et elle m'a dit d'aller dormir. Elle le savait qu'un tort m'avait été fait et que j'étais prêt à tout pour mon droit, pour un peu de justice.

J'avais dix-sept ans lorsque lui et moi avons eu notre pire bataille. Nous étions tous les deux sur le chômage, ma mère et mes deux sœurs travaillaient. Les deux plus vielles aidaient aussi financièrement à supporter les plus jeunes. Je recevais vingt-deux dollars par semaine et j'en donnais quinze pour ma chambre et pension. Je n'avais pas de problème avec ça.

Cependant un jour que j'étais étendu sur le divan en train d'écouter un film à la télé, il m'a dit en sortant de la maison qu'il voulait que la vaisselle soit lavée avant son retour. D'ordinaire il partait pour une couple d'heures, mais cette fois-là, il était de retour en moins d'un demi-heure. Comme de raison la vaisselle n'était toujours pas lavée et le film n'était pas terminé non plus! Il est entré sans dire un mot et il est allé vers la cuisinette. Il est revenu où j'étais, il m'a agrippé, traîné et poussé au fond de la cuisinette avec force. Je lui ai alors dit que je ne la ferais pas et j'ai essayé de passer à côté de lui. Il m'a alors donné un coup de poing qui m'a fait rebondir au fond de la cuisinette une autre fois. Je rageais à ce moment-là et je suis allé à l'évier comme si j'avais cédé, mais j'ai pris le contenant avec la vaisselle et je l'ai laissé tombé à ses pieds.

Lorsqu'il a voulu me frapper de nouveau, je me suis lancé sur lui et nous avons lutté jusqu'à un point où j'avais le dessus sur lui. J'avais le poing fermé et prêt à le frapper, mais je ne l'ai pas fait. Honore ton père et ta mère. J'étais bien loin cependant de me rappeler ces paroles-là. Je lui ai dit cependant que s'il me touchait de nouveau, je le tuerais. Il ne l'a plus jamais essayé non plus.

Aujourd'hui je sais que c'est Dieu qui m'a empêché de commettre ce crime. Le diable, lui aurait été bien content que je brise ce commandement. Il m'en a tendu beaucoup de pièges comme celui-là. Je suis allé dans ma chambre chercher mes effets personnels et je suis allé demeurer chez un de mes amis, où j'étais beaucoup mieux traité. Il y avait sept filles et une femme dans notre maison et les policiers non pas compris pourquoi il voulait battre un jeune homme de mon âge pour laver la vaisselle. Mes jeunes sœurs haïssaient la laver et qu'est-ce qu'il n'aurait pas fait pour leur plaire.

Il n'y a personne de parfait, mis à part peut-être les hypocrites. Ceux qui ne sont pas assez honnêtes pour se regarder eux-mêmes. Prenez ma parole aussi, ceux qui pointent du doigt, ceux qui accusent et condamnent les autres sont les pires. Si vous ne me croyez pas peut-être croirez-vous Jésus. Voir Jean. 19, 11. 'Celui qui me livre à toi commet un plus grand péché.'

Personne n'est parfait. Regardez seulement aux politiques de nos gouvernements. Nous mettrions Dieu à la tête de nos gouvernements et nous trouverions un moyen de l'accuser de quelques choses, sûrement de dictature. Nul d'entre eux ne peut s'ouvrir la bouche désormais sans risquer de se faire actionner. Ce qui veut dire que tout ce que nous aurons dans le future comme représentants seront des avocats et se sont eux les pires de tous. Cependant ce sont des gens qui connaissent les lois et savent quoi dire et ne pas dire, quoi faire et ne pas faire pour être en sécurité. Stockwell Day en sait quelque chose après qu'il eut reçu une facture de plus de huit cent milles dollars de la province de l'Alberta.

Ce qui s'en suivra ne sera rien d'autre que l'enfer sur terre et vous savez quoi? Ce sera mérité. Quand la population ne peut pas pardonner à un chef d'état une action aussi simple qu'une petite affaire comme celle qui est arrivé au roi des États Unis! Un homme qui a eu une liaison avec une jeune femme consentante. N'a-t-il pas le même droit que tout le reste de la population du monde, dont la plupart est adultère? Qui voulez-vous, Dieu à la tête? Et bien vous L'aurez et laissez-moi vous dire que la grosse majorité de vous ne va pas aimer ça. Pour moi cela ne peut pas arriver assez tôt. Je vais tout simplement continuer à travailler pour Lui sans les risques de me faire tuer pour la vérité. Ça sera pour moi tout simplement magnifique.

Quelques-uns de vous me diront que Dieu n'a pas besoin de moi pour ça. Et bien je vous dirai qu'Il n'a pas eu besoin de Moïse pour nous donner la loi non plus et pour sortir son peuple d'Égypte. Il n'a pas eu besoin de Jésus pour nous convaincre qu'Il était Dieu le Père, Le seul vrai Dieu avec tous les pouvoirs. Si seulement vous Le connaissiez, vous ne penseriez, ni ne parleriez comme vous le faites.

J'ai vu Schéba de nouveau aujourd'hui et chaque fois que cela m'arrive, j'ai le cœur qui palpite et les mains qui suent à rien comme ça ne m'était jamais arrivé auparavant. Qu'est-ce qu'il y a avec elle qui me fait sentir ainsi? Je ne sue même pas quand je fais face à une assemblée de deux cents personnes. J'ai à peine sué lorsque j'ai fait face à un ours avec une petite vingt-deux à un coup. Elle doit être plus importante pour moi que n'importe quelle assemblée après tout.

Elle était un peu plus distante que la dernière fois cependant. Tellement différente qu'elle était, il y a quelques jours, lorsqu'elle m'a promis avec de l'émotion dans la voix qu'elle m'appellerait au début de la semaine. Chaque minute était comme des heures et chaque heure était comme des jours. Je n'ai pas osé m'éloigner de la maison au cas où le téléphone sonnerait. Lorsqu'il sonnait je prenais le récepteur comme s'il y avait eu un cas de vie ou de mort. J'avais conduit les cent kilomètres pour aller la voir un jour plus tôt que prévu, juste au cas où elle aurait besoin de moi ou que quelque chose lui serait arrivé.

Puis j'ai appris que sa jeune fille était malade et qu'elle prenait tout son temps. La pauvre petite a été obligé de demeurer seule à la maison, parce que sa mère est obligée d'aller au travail. Ça, c'est le coût de la vie d'aujourd'hui, le coût de notre style de vie. J'ai réalisé que Schéba s'est senti mal d'avoir à l'avouer. Je savais qu'elle n'était pas à l'ouvrage par choix. J'aurais voulu lui faire un miracle sur-le-champ et l'envoyer chez elle à l'instant même. Comme il aurait été merveilleux de guérir sa fille à distance, juste pour calmer l'esprit de la mère.

'C'est juste une chose après l'autre.' Qu'elle m'a dit presque en larmes! Puis je lui ai remis trois autres feuilles du livre incluant ma chanson; Demain et je lui ai annoncer que c'était la dernière fois que je lui en donnais jusqu'à ce que le livre soit terminé. Elle m'a souri en prenant l'enveloppe tout comme si je venais juste de satisfaire son désir et de comprendre ses angoisses. Il y a six jours elle m'a demandé si j'étais très occupé et je lui ai répondu que j'aurai pleinement de temps pour une jolie dame un jour. Elle a souri et elle n'a rien ajouté. Mais hier, tout d'un coup je me suis demandé si c'était parce qu'elle avait besoin de moi qu'elle m'avait demandé cela. Je m'en voulais de ne pas avoir saisi plus tôt. Lorsque je lui ai demandé elle m'a souri en me disant que ce n'était pas le cas. Quel soulagement se fut pour moi! Je sais seulement que je traverserais le pays et même plus encore pour venir à son aide.

Mais parlant d'être occupé, je souhaiterais qu'elle le soit un peu moins et qu'elle puisse m'accorder un peu de temps aussi. Je viens tout juste de réalisé que j'ai fait une terrible erreur un peu plus tôt dans un de mes conseils pour elle. Quand je lui ai dit qu'elle se devait d'être libre pour le bon partenaire à venir. Se faisant, elle donnerait à l'homme avec qui elle est une chance de trouver celle qui serait tout à lui, cœur, corps et âme, ce qu'elle n'est pas. C'était la bonne chose à lui dire, mais le conseil se devait de venir de quelqu'un d'autre que moi.

Après l'avoir vu, il y a quelques jours, j'ai entendu la plus étrange des histoires à la radio. C'était une petite épisode qui se nomme; 'Se concentrer sur la famille.'

Le médecin racontait l'histoire d'un homme qui aimait une femme à en mourir un peu comme moi quoi. L'homme lui avait écrit plusieurs petites notes et elle n'avait pas répondu à ses avances. Alors il a continué à lui écrire des lettres et des lettres, des centaines de lettres jusqu'au jour où elle a épousé le facteur. Puis le pauvre homme, ce n'était pas lui le facteur. Mais cependant cette histoire a peut-être été un bon avertissement pour moi. Peut-être que sans le savoir, je pressais Schéba un peu trop. Dieu est bon pour moi et je sais qu'Il m'aime. Je dois donc faire très attention à tous les petits indices. C'est pour cela que j'ai décidé de ne plus lui laisser lire quoi que soit avant que le livre ne soit terminé. De cette façon elle aura la chance de désirer ma lecture surtout si elle aime ce que je fais.

Lorsqu'il sera terminé, je saurai si je dois le considérer fiction ou non-fiction. Il y a une chose cependant qui joue en ma faveur et ça, c'est le fait que je lui ai donné tout mes lettres en main propre. Si elle épouse le facteur ou je devrais dire l'homme qui lui a délivré tous mes travaux, je serai au septième ciel. Ma chanson; Demain sera alors une prophétie accomplie.

Dieu, que je veux avoir un entretien avec elle, ne serait-ce que quelques heures. Il y a tellement à apprendre encore et tellement que je veux savoir sur elle. Dans un sens je sais que tout ira bien, mais que cette attente est démoralisante. Il n'y a cependant rien de plus que je puisse faire. Il me faut faire attention de ne pas faire des erreurs irréparables. Ses changements d'humeur pourraient bien être le résultat de trop de pression de ma part.

Il se pourrait aussi qu'à un certain point elle pensait que c'était elle la Princesse de mon livre et qu'à d'autres moments elle ne le pense plus. Je lui ai demandé à quelques reprises si elle savait qui la Princesse était et elle m'a dit qu'elle ne le savait pas. Maintenant je pense qu'elle est un peu brouiller à ce propos. L'affaire est que je ne veux plus être aimer parce que j'aime, mais pour ce que je suis. Il n'est pas facile cependant de l'aimer sans la désirer. Elle se doit d'être la plus jolie des femmes que je connaisse. Elle serait une reine parfaite. Je peux juste la voir captiver le monde entier avec moi.

Quelques fois j'ai l'impression qu'elle veut me montrer un côté froid d'elle-même, un côté d'une femme endurcie. Elle me dit des choses comme; 'Loin des yeux, loin du cœur.' En parlant de son fils qui s'est enfui et de son jeune frère qu'elle n'a pas vu depuis des années ou de son père qu'elle n'a jamais connu. Il y a beaucoup d'émotions de renfermées en elle et je pense que le Seigneur m'utilise pour les faire sortir. Je pensais qu'elle avait pleuré l'autre jour et quand je lui ai demandé, elle m'a affirmé que cela ne lui arrive jamais. Il est vrai que les pleures et les grincements de dent ne sont pas pour les enfants de Dieu.

Elle m'a aussi dit qu'elle était allée à un rodéo avec des amis près de Falkland, la première ville de ma collection de caps de roue du lundi de Pâques. Elle s'est surprise elle-même en train de regarder sur le côté de la route pour des caps de roue, surtout où il y avait une barrière à vaches en pensant que ce doit être ce que je faisais. J'ai pensé que j'étais peut-être loin de ses yeux ce jour-là, mais certainement pas loin de son cœur. C'était pour moi un petit brin d'encouragement de l'entendre me le dire. Je sais seulement que je ne peux pas agir selon le cœur des hommes si je veux l'avoir et la garder pour toujours, mais selon la volonté de Dieu. C'est la seule façon qu'Il me guidera sur la route toute pavée d'or qui mène à la nouvelle Jérusalem.

Je n'ai vu Schéba heureuse et surexcitée que trois fois en un peu plus de quatre ans. La première fois c'est lorsque je lui ai donné une carte à Pâques. Elle en dansant de joie sur son siège et la carte semblait lui brûler les doigts jusqu'à ce qu'elle la laisse tout simplement tomber sur son bureau et ça jusqu'après mon départ. La deuxième fois c'était lorsque je lui ai remis une partie du livre et un article sur moi et mes caps de roue dans un magazine de Toronto. La troisième fois c'était lorsque je lui ai remis une autre partie du livre. Je lui ai remis ces écrits même si elle m'avait dit qu'elle pouvait attendre. Et bien moi, j'étais bien heureux de la voir ainsi et surtout si c'est moi qui l'ai fait se sentir heureuse.

Cela m'encourage certainement à en faire un peu plus. Son anniversaire s'en vient à grand pas, le cinq de juillet pour être précis. Ce n'est que cinq jours après que notre famille célèbre le quatre-vingtième anniversaire de naissance de ma mère le trente de juin, ce que nous faisons à tous les cinq ans. La fête de ma mère est le 31 juillet, mais à cause des circonstances et pour avoir tous les membres de la famille ensemble, on a dû choisir une date antérieure. Ce n'est pas facile de réunir tous les enfants, les petits enfants, les arrières petits enfants et les arrières, arrières petits enfants le même jour.

Dans mon premier livre la Princesse est née sous le signe du Lion et lorsque j'ai demandé à Schéba sous quel signe elle était née, elle m'a tristement dit qu'elle était née sous le signe du Cancer. Je lui ai dit; 'Ne t'en fait pas, je pense que Dieu m'a donné un remède contre cette maladie.'

Cela est tout simplement de cesser de manger la nourriture que Lui nous a défendu et de cesser de nourrir la bête. Schéba m'a aussi demandé où nous fêtions ma mère lorsque je l'ai mentionné. Lorsque je lui ai dit que c'était au Québec elle m'a alors dit que c'était trop loin pour elle. Mais ce n'est qu'un trajet de cinq heures d'avion.

Ce qui fait que je lui ai acheté une carte de fête, j'y ai mis des photos de notre dernière assemblée en famille et une lettre d'invitation qui est aussi une déclaration de mes sentiments.

Tout comme je l'ai écrit dans mon premier livre à la Princesse, ou bien je vais l'avoir pour toujours ou la perdre à jamais. Est-il trop tôt? Est-il trop tard? Je pense que si je le fais c'est parce que c'est le bon moment. Il y a une chose dont je suis certain, c'est qu'elle va passer par toutes sortes d'émotions et qu'il vaut mieux qu'elle est un peu de temps pour s'en remettre. Les gens mentent pour toutes sortes de raisons, mais une chose certaine est que sous l'inspiration du moment, la réaction ne ment pas.

Voici ce que je lui ai écrit dans la lettre dont je lui ai remis avec la carte, le 25 de mai.

Le 25 mai 2001

Bonjour toi. Tu m'as demandé, il y a quelques temps que ton nom ne soit pas impliqué dans mes écrits et ça c'est quelque chose que je respecte. J'ai donc décidé de te nommer Schéba. Je ne sais pas si tu la connais ou pas, mais elle est celle que j'aime désespérément. Elle est la Précieuse Princesse de mon premier livre. Elle est celle pour qui j'ai écrit des milliers et des milliers d'heures. Elle, c'est toi. Il y a une quarantaine de jours avant ton anniversaire de naissance et j'ai pensé qu'il était temps que tu connaisses mon secret. Je ne sais vraiment pas si cela va te faire plaisir ou pas. Si cela te déplaît, je te demande de me pardonner pour m'avoir introduit dans ta vie comme ça et d'avoir voulu te donner un peu de bonheur. Je crois sincèrement que j'ai suivi les directions de mon Dieu dans tout ceci.

Une chose dont je puisse affirmer avec vérité, c'est que toute l'affaire et toi m'ont inspiré d'une façon extraordinaire. Comme tu le sais les histoires, la musique et les chansons sont presque incroyables. La façon dont j'ai décrit mon amour pour la Précieuse Princesse dans mon premier livre est la façon dont je t'aime. C'est à toi et de toi que je parlais dans ce livre. Si cela te déplaît de le savoir, alors je me retirerai et tu n'entendras plus parler de moi autrement que par les livres et les films qu'on en fera et peut-être aussi par mes chansons. J'ai pensé que je me devais d'être honnête avec toi et que tu te devais de le savoir. Je voulais aussi que tu puisses t'en remettre avant le cinq de juillet au cas où cela soit une trop grande surprise pour toi. Voilà, c'est ça la raison de cette carte de souhait prématurée. Notre histoire est unique et elle sera vue, lue et entendue par le monde entier. Je pense même qu'elle surpassera celle de Forest Gum et du Titanique en popularité. Je pense aussi que Céline Dion et son mari ainsi que Mickael Douglas, le cinéaste l'aimeront beaucoup. Je te laisserai le soin de changer ce que tu voudras après discussion, bien entendu.

S'il te plaît ne te moques pas de moi si je tremble ou si je sue lorsque je te remettrai cette enveloppe. J'ai fait beaucoup de choses dans ma vie, mais jamais une chose d'une telle importance. Ou bien je verrai le plus cher de mes rêves se réaliser ou je le verrai se faire fracasser. De toutes façons je mets toute mon existence et ma destiné entre les mains de Dieu. Il sait mieux que moi ce qui est pour mon bien. Une chose dont je suis sûr, c'est que je ne pourrai plus jamais aimer une autre personne comme je t'aime et je ne voudrai jamais me contenter de moins. Je ne suis peut-être même pas ton type d'homme, je ne le sais pas. Je sais cependant que mon cœur est un livre ouvert et que ce livre est entre tes mains. Personnellement je pense que tu peux si tu veux me garder loin te tes yeux, mais plus jamais loin de ton cœur. Bonne fête à toi, de celui qui t'aime d'un amour éternel et que Dieu te bénisse autant qu'Il m'a bénit. Jacques Prince, un fervent admirateur.

Les Difficultés De L'enfance

Lorsque j'ai parlé à une de mes sœurs de ce que j'écrivais sur la famille et surtout sur mon père et mon enfance, elle m'a dit qu'il était mort et enterré. Elle m'a dit que c'était comme si je voulais déterrer les morts. Et bien les morts doivent être déterrés pour passer au jugement de toutes façons. 'Notre père est enterré et ce qu'il a fait est enterré avec lui.' M'a-t-elle dit.

"Oui mais moi je suis vivant et ce qu'il m'a fait est encore vivant, même si je n'ai aucune rancune." "Ne penses-tu pas qu'il serait mieux de laver notre linge sale en famille?" "C'est justement du linge sale qui n'a jamais été lavé ni en famille ni ailleurs. Il y en a dans ma famille qui on dit à mes anciennes compagnes que j'étais un petit vicieux dans mon enfance. Moi aussi je croyais que c'était mort et enterré. Et bien celle que j'aime maintenant et qui est sur le point d'entrer dans notre famille n'aura pas à l'apprendre de personne d'autre que de moi ce que j'étais, c'est moi qui vais lui dire. Il y a un gros bagage de linge sale dans notre famille qui n'a jamais été lavé. Il y en a beaucoup d'accumulé et il pue. Peut-être est-il justement temps de le faire passer par la buanderie?

Oui, il est temps que nous passions tous par le nettoyage pour être pur et propre devant l'Éternel. Il est temps que nous cessions d'être des hypocrites et de dire; 'Quelle belle famille nous sommes!'

Quelques-uns de nous avons des problèmes pour se parler dix minutes par année. Quelle fraternité! Le Seigneur a dit; Voir Matthieu 5, 24. 'Va d'abord te réconcilier avec ton frère.'

'L'amour du plus grand nombre s'est refroidi.' Voir Matthieu 24, 12.

Maintenant vous savez pourquoi Dieu ne vous écoute pas toujours.

Oui, nous avons un gros tas de linge sale et vous avez beau essayer de l'enterrer tant que vous voudrez, il puera toujours, tant et aussi longtemps qu'il ne sera pas tout lavé.

L'une de vous me bavait et m'irritait jusqu'à ce que je n'en voie plus clair et puis elle allait se cacher derrière son père. Il était devenu son chum. Elle pouvait tout faire à sa guise de petite peste qu'elle était et il la protégeait.

Un matin en allant aux bois mon père conduisait à cent milles à l'heure, lui qui pouvait à peine rouler soixante. Je lui ai dit de ralentir sinon j'allais sauter hors de la voiture. Il m'a dit d'ouvrir la porte et de sauter si j'en avais envie. C'était le même jour où sans m'en rendre compte il s'est retrouvé derrière moi avec sa scie à chaîne en marche. Lorsque j'ai lancé une bûche ce qui faisait parti de mon travail, j'ai atteint la chaîne de la scie qui s'est heureusement logée entre deux doigts de ma main droite. En le voyant et en réalisant ce qui c'était passé, j'ai pris peur et je me suis enfui à toute vitesse. J'ai couru au moins un bon mille avant qu'il puisse me rejoindre. Je savais aussi qu'il me courrait après. J'avais le petit doigt déchiqueté jusqu'à l'os et cette fois-là ce n'était pas à cause de ma maladresse comme quelques-unes de mes sœurs l'ont mentionné.

Ce ne sont pas tous qui ont la chance d'avoir un père terrestre, mais plusieurs auraient été plus chanceux de ne pas en avoir un dans leur vie. Ce n'était certainement pas parce que je ne l'aidais pas qu'il était méchant avec moi.

Néanmoins nous vivons des fléaux d'enfer. Dieu a dit qu'il bénissait jusqu'à quarante générations ceux qui L'aimaient. Moi je l'aime de tout mon cœur, heureux devront être ceux de ma postérité.

Oui, mon père était possédé par des démons qui avaient une grippe sur lui dont il ne pouvait pas se défaire. Je sais qu'il a regretté quelque peu de ce qu'il avait fait, puisque je l'ai vu pleurer de temps à autres et il a admit devant mes sœurs qu'il avait été trop dur avec moi.

Cependant la méchanceté qui nous vient du malin nous ne pouvons pas nous en défaire à volonté. Il nous faut d'abord aimer Dieu de tout notre cœur et prier pour qu'Il nous délivre du mal comme Jésus nous l'a enseigné. Si vous aimez Dieu de tout votre cœur, Il vous délivre et si vous ne L'aimez pas, pourquoi le ferait-il? Le Tout-Puissant a ce pouvoir et Il est plein de compassion pour ceux qui L'aiment et Lui obéissent. Il peut vous sortir de l'enfer dont vous êtes prisonniers. Cela comprend n'importe quoi, comme la drogue, la boisson, la cigarette, l'esclavage du sexe, le jeu, le vol, le meurtre et toutes les immoralités.

Il y a eu en quelque sorte un accident la semaine dernière dans une rue de Kelowna très tôt le matin. Il y avait un homme de cinquante-huit ans qui se promenait à bicyclette un samedi de bonheur le matin alors qu'une auto qui venait à l'encontre avait ses phares à haute tension. Le cycliste mécontent d'être aveuglé lui a montré le doigt du milieu, ce que le chauffeur de l'auto n'a pas du tout apprécié. Il a stoppé, il a mis sa voiture en marche arrière et il a heurté le cycliste lui cassant un poignet et les deux jambes, puis il s'est enfui par la suite. Non ce n'était pas un hit and run, mais plutôt un frappe par exprès et sauve toi.

Cela démontre bien qu'il puisse être très dangereux de rencontrer plus méchant que soit et qu'il vaut mieux être gentils avec ses ennemis. Maintenant, si l'individu s'était servi d'une arme à feu pour commettre son crime, nous dirions qu'il nous faut ramasser toutes les armes, puisqu'elles sont trop dangereuses. Que feront-ils des autos qui sont de beaucoup plus dangereuses que les armes à feu? Il y a des milliers de fois plus de morts causées par les autos qu'il y en a causées par les armes à feu.

Est-ce que j'ai déjà pensé à tuer quelqu'un autre que mon père? Je n'ai jamais vraiment pensé à tuer qui que se soit sinon, je l'aurais sûrement fait. Il y a des gens qui sont tuables, je pense.

Une fois, je n'avais que quinze ans, nous venions tout juste de finir de bâtir notre grande maison et mon père a pris une très mauvaise décision. Je devrais plutôt dire, qu'il a pris la bonne décision avec la ou les mauvaises personnes. Nous avions travaillé toute une saison à des travaux forestiers pour apprêter le bois nécessaire afin de nous bâtir une belle maison. Il ne restait que quelques petites choses à terminer comme les armoires et un peu de finition.

Un prêteur est venu lui parler et lui a dit de commander tous les matériaux nécessaires pour terminer les travaux et qu'il avancerait l'argent nécessaire pour payer les factures. Ce qui fait que mon père avec son peu d'instruction a aveuglément et naïvement tout commandé. Lorsque est venu le temps d'obtenir le prêt le bon monsieur n'était plus d'accord. Il n'avait plus la langue dans sa poche, la poche dans sa langue, il a tout simplement refusé de prêter l'argent sous prétexte que nous n'avions pas d'eau courante ni d'égouts.

La dette était de trois milles cinq cents dollars et on l'avait déjà mis en collection. Puis un de mes oncles qui travaillait pour l'église a suggéré à mon père de demander au curé qui venait tout juste d'hérité d'une grosse somme. Le curé Tremblay d'Omerville a pris toutes les informations nécessaires et il est allé acheter la créance, puis il nous a donné quarante-huit heures de notice pour quitter les lieux. Nous étions une grosse famille et avant même que les quarante-huit heures furent écoulées, le salaud a commencé à peinturer les fenêtres de la maison, regardant avec le sourire aux lèvres mes sœurs pisser dans la chambre de bain.

Je le pensais alors et je le pense toujours que le prêteur, le curé et tous ceux qui auraient pu nous aider à sauver notre maison et ne l'ont pas fait méritaient que je les enterre dans le puits que j'étais en train de creuser. Il était déjà quatorze pieds de profondeur et il n'était pas assez grand pour contenir tous ceux qui auraient mérité d'y être ensevelis.

Cela n'a pas été facile d'oublier cette maison dont nous avons travaillé si durement pour rassembler et bâtir, mais sa perte nous a permis de sortir non seulement de ce village mais aussi du Catholicisme, chemin de l'enfer et de faire notre premier pas vers la discipline de Jésus. Maintenant je sais que c'était un mal pour un bien, une bénédiction quoi. Encore là, seul Dieu pouvait m'empêcher de tuer ce prêtre qui sans aucun doute dans mon esprit était possédé du diable.

Ce n'est pas quelque chose dont j'aime vraiment à parler, mais ce sont quand même des choses qui sont arrivées. Mon frère m'a tenté à quelques reprises lui aussi.

Un jour je suis allé à mon garage habituel et le garagiste qui était aussi mon ami m'a dit que mon frère était accompagné de mon beau-frère et que les deux me cherchaient pour me tuer. J'avais laissé ma femme et ils se sont pris tous les deux pour des bourreaux qui devaient me le faire payer. Je pense sincèrement qu'ils ont été très chanceux que je ne les trouve pas cette journée-là. Je pense aussi que le beau-frère en question avait vraiment des instincts meurtriers, puisqu'il a passé plusieurs années en prison pour meurtre quelques années plus tard. Devinez qui lui a donné du travail à sa sortie de prison et à son retour au Canada. Et oui, personne d'autre ne voulait l'employer. On pardonne, mais oublier complètement c'est je pense quelque chose d'humainement impossible. Ho, il y en a qui prétende bien sûr, les hypocrites surtout.

J'ai une sœur qui est juste un peu plus âgée que moi. Elle me cherchait toujours la chicane et ça surtout lorsque mes parents n'y étaient pas. Un jour lorsque mes parents étaient partis faire l'épicerie, elle m'a cherché et elle m'a trouvé. Elle était des plus garçonnière et son plaisir préféré était de me frapper dans la figure. Cette fois-là c'en était assez pour moi. Lorsqu'elle m'a frappé c'était la toute dernière fois qu'elle l'a fait. Je lui ai donné un coup de poing, pas de toute ma force, mais assez fort cependant pour la faire plier en deux et lui faire perdre le souffle. Lorsque mes parents arrivèrent, je les ai entendues toutes de connivence le dire à mon père ce que j'avais fait. Il est venu ouvrir ma porte de chambre et je l'attendais de pieds fermes avec mon bâton de hockey brandit dans les airs et prêt à le frapper. Il a dit; 'Laissons-le faire pour le moment.'

Et il a fermé la porte derrière lui.

Il devait avoir un sixième sens qui lui disait quand il y avait danger.

Je me demande toujours lequel des deux conduisait lorsque l'auto a frappé la bombe à hydrogène qui se trouvait au milieu du boulevard cette journée-là. Elle aussi savait qu'il la défendrait pour obtenir de ses faveurs. Elle aussi profitait de la situation. Il y a beaucoup de linge sale et ça pue. Cependant, il se doit d'être lavé avant le jugement.

Je pourrais vous en raconter des centaines de ces histoires vécues, mais je pense que vous avez une bonne idée de ce que fut mon enfance maintenant. Oh, je n'étais pas un ange moi non plus et je ne prétendrai jamais que je l'étais, mais je peux vous dire que j'ai dû combattre beaucoup d'injustices jusqu'à présent et que c'est quelque chose dont je ferai jusqu'à ma mort. Oui j'avais un père, mais ni moi ni ma mère a besoin de compter très loin pour marquer tous les bienfaits qu'il nous a fait.

Un de mes beaux-frères m'a dit un jour après m'avoir écouté jouer du violon que moi j'avais eu un héritage de lui (mon père) et que les autres n'avaient rien reçu. Pauvre innocent j'ai pensé, mon père n'a pas passé cinq minutes dans tout son existence pour me montrer quoi que ce soit qui n'était pas pour son bénéfice personnel. Il ne voulait pas de compétition ni avec ses filles, ni avec son violon. Il s'est efforcé de montrer à ses filles ou bien à danser ou bien à jouer de la guitare, mais essayez de vous rappeler quand il a essayé de me montrer quoi que soit. J'ai la réponse pour vous et ça c'est jamais. De m'en décourager, il l'a fait souvent.

Je lui ai pardonné ainsi qu'à tous les autres, mais il reste quand même du linge à laver. Peu importe comment fut remplis d'épines mon enfance et mon passé, cela ne m'a pas empêché de trouver la route toute pavée d'or qui mène à Dieu. Le malin a bien essayé par tous les moyens possibles de me faire tomber d'une chute insurmontable, comme vous pouvez le constater, mais l'Éternel m'a aimé et Il m'a gardé sous son aile. Il m'a protégé contre des milliers de dangers et je suis sûr que je n'ai pas eu connaissance de la plupart d'entre eux.

Il y a bien des gens de nos jours qui disent que ceux qui ont condamné Jésus étaient méchants. Ces mêmes gens qui ont condamné Jésus n'ont pas voulu jeter la première pierre à la femme adultère tandis qu'aujourd'hui, il y en a plusieurs qui lancent la pierre comme on l'a fait à Bill Clinton et au Prince Charles. Jésus a dit qu'il était nécessaire que les scandales arrivent. Ces deux-là ont payé très cher pour leurs fantasmes, parce qu'ils sont des figures connues, des hommes publics. Ceux qui ne sont pas connus devront payer aussi.

Juste avant ma dernière bataille contre mon père je suis allé dans un studio pour apprendre à soulever des poids. L'entraîneur m'a dit que j'avais tout ce qu'il fallait pour devenir un champion de ma catégorie et que je pourrais me rendre aux olympiques. Je pouvais lever trois fois mon poids au-dessus de ma tête, ce que je pense aurait bien pu être un record en ce temps-là. Cependant l'entraîneur aimait prendre mes mensurations un peu trop souvent et c'était toujours de plus en plus près de mes testicules. Un jour je lui ai dit ma façon de penser et j'ai cessé d'y aller. Je ne pouvais pas me permettre des poids et altères comme je l'aurais voulu avec mon petit cinq dollars de dépenses par semaine, alors je m'en suis fait un avec deux grosses bûches d'érables dont je me suis procuré dans une cour a bois près de chez moi.

Un jour à travers la fenêtre et à son insu j'ai observé mon père qui voulait l'essayer. J'ai bien eu le fou rire cette fois-là. C'est à peine s'il pouvait le soulever de terre. Mon altère pesait trois cents trois livres. Son père, c'est-à-dire mon grand-père Prince a été surpris à lever une enclume de deux cent dix livres d'un seul bras au-dessus de sa tête.

Ma mère pouvait renverser bien des hommes aux poignets. La dernière fois où elle a osé m'essayer, c'était il y a huit ans. Je lui avais dit alors; 'Un autre que moi peut-être maman, mais pas moi, je regrette beaucoup.'

Elle a maintenant quatre-vingt-neuf ans et elle est encore surprenante. Elle aura quatre-vingt-dix ans cette année et elle se souvient de tout. Elle pourrait vous en raconter long elle aussi. J'ai bien l'intention d'écrire son histoire très prochainement aussi, un livre que j'appellerai; Le Tour Du Jardin De Ma Mère.

Un jour, peu après avoir frappé un gros cochon avec une hache, lorsque j'avais sept ans, le gérant de la ferme où nous habitions m'a couru après. Je me suis sauvé en criant jusqu'à la maison. J'ai instinctivement pris la hache pour me défendre lorsque ma mère est sortie de la maison pour faire face à mon ennemi. Elle lui a parlé en anglais, ce que je ne comprenais pas en ce temps-là, mais quoi qu'il en soit, elle a ramassé la scie a bûches et elle la brandit devant sa face jusqu'à ce qu'il s'en aille. Elle lui en a assez dit pour qu'il disparaisse. Je ne comprenais pas ses paroles, mais je comprenais très bien ce qu'elle faisait.

À son soixante-quinzième anniversaire de naissance, nous ses enfants, nous avions à raconter une anecdote concernant notre mère durant notre enfance. J'ai raconté cette histoire en y ajoutant que lorsque nous avons une mère comme elle nous n'allons pas nous cacher derrière notre père, mais plutôt derrière elle quand le besoin se fait sentir.

Un jour j'ai bien surpris et intrigué le père de mon amie. Il était un homme de bonne corpulence, très fort et il ne se gênait pas pour en parler non plus. Un jour où il était fâché contre l'une de ses filles, il a donné un coup de poing dans le milieu d'une table solide de bois et les deux parties ont tout simplement volé jusqu'aux murs de chaque côté. Il a aussi tué un bœuf d'un seul coup de poing dans la panse ou le flanc. Il aimait s'en vanter aussi. Un jour il m'a dit que sa mère pouvait marcher avec deux sacs de cent livres sans aucun effort.

Lorsque je l'ai connu il chauffait un autobus scolaire. Un bon matin il y avait plein de verglas et le devant de son autobus était planté dans un banc de neige et il ne pouvait pas le reculer. Ma petite amie m'a demandé d'aller lui aider. Je lui ai dit alors que je ne pourrais rien faire dans mes souliers de danse. Je suis quand même sorti pour lui faire plaisir. C'est à peine si je pouvais me tenir debout. Puis une idée m'est venue. L'autobus avait le nez planté dans la neige, la pente était vers l'avant et même une remorqueuse n'aurait pas pu le tirer de là sans des chaînes.

Dans ce temps-là j'étais un contracteur général en construction et vu que l'arrière de ma Javelin était très léger, j'y avais mis des bardeaux d'asphalte pour le poids et aussi en cas de nécessité sur la glace. J'ai fait bien attention qu'il ne me voit pas et j'ai déposé les quelques feuilles derrière l'autobus. Puis je suis allé lui dire de garder le véhicule en marche arrière et de donner le gaz lentement à mon signal. Je suis allé derrière l'autobus encore en faisant bien attention à ce qu'il ne voie pas ce que je faisais.

Puis j'ai mis les feuilles dessous les roues avec le côté le plus rugueux sur la glace. Ensuite je me suis installé au pare-chocs sur son côté pour qu'il voie bien ce que je faisais. Je lui ai fait signe de laisser aller et j'ai fait semblant de tirer l'autobus avec mes bras. Il a été capable de reculer les six ou sept pieds qui lui étaient nécessaire et puis il est parti. Quand j'y pense aujourd'hui, c'est actuellement l'autobus qui me tirait. Il était déjà en retard et il n'avait pas le temps de venir voir ce que j'avais fait.

Toute cette journée-là il disait à son frère et à ses confrères de travail que j'avais tiré son autobus en montant sur la glace. Ils lui ont dit que j'ai dû faire quelque chose qui lui a échappé.

Je l'ai trouvé bien soucieux et penseur à l'heure du repas, mais il n'a rien dit avant que le souper ne soit terminé. Il s'est alors assis en souriant dans sa chaise berceuse et puis il lâcha la question.

"Maintenant tu vas me dire ce que tu as fait pour me sortir du pétrin ce matin et ne viens pas me dire que tu as tiré cet autobus-là avec force de bras." "Je croyais que vous m'aviez vu de vos propres yeux." "Il y a des choses dont j'ai vu et je pense qu'il y a aussi des choses dont je n'ai pas vu."

Je me suis donc éclaté de rire en lui dévoilant mon secret, puis j'ai ajouté que la force n'était pas seulement dans les bras. Il l'a plutôt rit jaune celle-là.

CHAPITRE 6

──❦──

LE SABBAT

Lorsque je me suis réveillé ce matin, j'ai souhaité une bonne journée à mon Dieu. Puis je me suis demandé ce que je pouvais bien faire pour Lui être agréable. En moins de temps qu'il ne le faille pour le dire j'avais la tête pleine d'idées pour ce livre. J'ai donc allumé la lumière, j'ai pris le papier et le stylo dont je garde près de moi sur ma table de nuit juste au cas où quelque chose du genre arrive. Je suis chanceux d'avoir trouvé un stylo à pression qui peut écrire la pointe en l'air. De cette façon je peux écrire quand bien même je suis couché sur le dos dans mon lit. Puis ma lumière est soudainement devenue sombre, puisque la batterie s'est affaiblie.

Alors je me suis levé et je suis allé m'asseoir là où la lumière du jour est plus généreuse. Je n'ai pas fait bien long, car mon stylo si merveilleux soit-il a manqué d'encre. J'ai donc décidé d'appeler une de mes sœurs à Montréal, qui elle n'avait pas le temps de me parler. Elle élève ses trois petites-filles de son fils unique qui lui ne les supporte pas ni ne paye pour leur entretient. Il n'a que vingt et un ans et il a déjà trois enfants avec deux femmes différentes. Je ne sais pas ce qu'elles pensent, mais ce sont des jeunes beautés que ce gars-là met enceinte. J'ai dit à ma sœur que si je n'étais pas un homme né de nouveau, je voudrais faire parti de son club.

J'ai laissé mon ordinateur et mon générateur sous silence aujourd'hui, puisque qu'ils peuvent être fatigants à la longue.

C'est aujourd'hui le jour du repos, un jour pour plaire à mon Dieu.

C'était très silencieux depuis les derniers neuf mois, mais depuis quelques jours une autre famille de souris s'est introduite dans mon plafond. Ces petites pestes fond plus de bruit que six ou sept petits chiots qui courent et qui jouent sur le plancher. Elles m'ont réveillé à cinq heures du matin les deux derniers jours. Hier cependant j'ai prédit qu'aujourd'hui elles me laisseraient dormir.

Je suis allé magasiner dans une ferronnerie. J'ai bien essayé de les prendre dans une trappe, mais elle aussi me semble-t-il ont une intelligence qui s'est accrue. C'est presque une chose impossible pour elles d'entrer et de sortir vivantes de ces trappes, cependant l'une d'elles l'a fait à trois reprises. Je me suis fait mal aux mains à force de frapper le plafond de bois afin de les faire partir.

Elles m'ont irrité au point de vouloir faire des trous dans le plafond pour y mettre des trappes, mais il n'y a quand même pas assez d'espace. Ce qui fait que je me suis levé au milieu de la nuit et je suis allé chercher mon marteau pour soulager mes mains. Lorsque je frappais, je pouvais entendre danser sous les coups la nourriture de chien qu'elles m'ont volé.

Lorsque j'ai eu frappé assez longtemps et assez fortement elles se sont éloignées un peu, mais je pouvais encore les entendre tout autant lorsqu'elles étaient au-dessus de la chambre de bain. Je me suis levé et je suis allé frapper là aussi et la lumière s'est décroché de son trou. Voilà le trou dont j'ai besoin, j'ai pensé tout de suite.

Je sais qu'il fut dit; 'Tu ne tueras point.'

Mais je faisais face à deux dilemmes ici. Ou bien je peux ou bien je ne peux pas me reposer le jour du Sabbat. Il est écrit aussi dans la loi des hommes de ne pas nourrir la vie sauvage, mais hé, ils n'ont pas à vivre avec ces petites pestes ces gens-là. De retour de mon magasinage hier, j'ai mis du poison à rat dans le trou de la lumière. C'est quelque chose que je ne puisse pas utiliser n'importe où, ayant trente-six chiens. Cela pourrait les rendre malade ou encore pourrait les tuer.

Après avoir écrit pour un bout de temps, j'ai senti mes yeux s'appesantir et je suis retourné m'étendre. Je me suis réveillé à la sonnerie du téléphone et je suis allé voir sur mon écran ce qu'il en était. Je me suis vite rendu compte que ce coup de téléphone était dans mon rêve. Je suis donc retourné m'étendre de nouveau. Après quelques minutes j'ai entendu courir au-dessus de ma tête quatre souris, l'une après l'autre, puis elles ont ralenti et puis plus rien.

C'est bien je me suis dit, ça marche. Une autre est venue et puis elle est retournée. Elle courrait trop vite pour s'apercevoir qu'il y avait un dîner de servi. Elle aussi est venue s'étendre avec les autres. Moi aussi souvent je m'endors après un bon repas, surtout du spaghetti. J'ai entendu quelques grattements et puis plus rien.

J'en ai compté douze de file et j'ai pensé que c'était une famille tout aussi grosse que celle de ma mère. Elles faisaient plus de bruit que nous tous aussi, jusqu'à ce que je découvre la vérité en tous cas. Puis une autre est venue, une treizième d'une direction différente cette fois-là. Elle devait être la contremaîtresse. Elle courait et puis soudainement elle a ralenti considérablement. Elle s'est sûrement demandé ce que toutes les autres faisaient étendues comme ça à ne rien faire lorsqu'il y avait encore tant à faire. Elle aussi est allée pour son dernier repas au-dessus de la chambre de bain et elle est venue se coucher avec les autres.

Maintenant c'est la paix de nouveau et je peux me reposer afin de plaire à mon Dieu le jour du repos. Il est écrit que même les animaux doivent se reposer le septième jour sur vos terres ou sur votre propriété. Voir Deutéronome 5, 12-15.

Le 29 de mai je suis allé visiter mon voisin et ami. Il est un chanteur et joueur de guitare. J'ai emmené avec moi ma toute dernière chanson ainsi qu'une cassette sur laquelle j'ai enregistré la musique. Il est français, mais il parle l'anglais beaucoup mieux. Il doit chanter dans une noce très prochainement. IL aime ma chanson, mais il m'a demandé s'il pouvait la changer pour satisfaire son style. Voici ce à quoi j'ai pensé. Il est le propriétaire d'un Cadillac 1955 tout à fait immaculée.

"Je voudrais te faire une suggestion Don." "Qu'est-ce que c'est?" "Que dirais-tu si tu enlevais tes deux pare-chocs de ta Cadillac et que tu les remplaçais par deux pare-chocs de ma Volks Wagon que j'ai chez moi? J'ai aussi une belle capote et un beau couvert de valise. Je te parierais n'importe quoi que cela ferait rire à pleurer les gens de la noce." "La même chanson fut changée pour Elvis, pour Hank Snow et pour Hank William." "Peut-être, mais l'original est toujours l'original et chaque fois qu'on la change, on obtient la permission de l'auteur et il se doit d'être rémunéré." "T'es bien sensible aujourd'hui je pense." "Et toi Don? Que penses-tu de mon idée pour ta Cadillac?" "Ho, je ne voudrais pas qu'on y change quoi que se soit. Elle est jolie comme elle est." "Ma chanson aussi est jolie comme elle est Don.

N'importe qui peut changer n'importe quoi sur n'importe lesquels des autos dans le monde, mais je ne pense pas que le dessinateur apprécierait cela tellement." "Tu as écrit cette chanson, n'est-ce-pas?" "Oui, je l'ai écrit et je pense qu'elle est plus jolie que ta Cadillac. Pour moi elle vaut plus que ta Cady, probablement parce que je l'ai créé de toutes pièces. Va à ta noce et chante-la comme je l'ai fait, on verra bien combien les gens l'aiment. Si on t'applaudit beaucoup, on la laissera comme elle est, si tu te fais huer, on la changera à ta façon. Que dis-tu de ça?"

Il arrive bien toutes sortes de choses en tout temps. Aujourd'hui, le 6 juin, mon ex m'a appelé au milieu de l'après-midi. Elle a commencé par me demander si je connaissais quelqu'un qui aurait besoin d'une guitare électrique et d'un amplificateur. J'en ai bien de besoin, mais je ne peux pas me le permettre pour le moment, même si elle a une bonne aubaine à offrir.

Puis elle m'a admit qu'elle avait laissé son mari il y a quelques semaines après seulement un an de mariage. Ce ne fut pas une surprise pour moi du tout. Ce n'est pas parce qu'on achète une licence que la fornication n'existe pas, surtout devant Dieu.

Je l'ai rappelé dans la soirée, car j'ai senti qu'elle était un peu déprimée. Après avoir parlé avec elle un bout de temps, je lui ai chanté ma toute dernière chanson. Elle en était renversée de sa qualité et puis tout à fait surprise de l'évolution de mon chant. Puis je lui ai lu ce que j'ai écrit sur ma vision du jugement et de l'enfer. Elle fut totalement émerveillée et elle m'a dit que ce n'était pas moi qui parlais, mais que c'était Dieu Lui-même.

'Jacques, tu te dois d'être un vrai prophète.'

Maintenant elle a de la peine pour attendre de reprendre sa maison afin que j'y donne des études bibliques. Moi, j'en suis tout ému. Ceux qui étaient mes ennemis achètent et distribuent mes livrets presque avant moi et de voir que mon ex femme m'offre sa maison pour donner des études bibliques. Qu'est-ce que c'est que ça, si ce n'est pas le bras de Dieu qui agit, un miracle? Elle a aussi payé pour faire imprimer deux cent cinquante de mes petits livrets. Plus encore, elle m'a fait un chèque de dix milles dollars pour que j'achète le camion qui m'intéressait et elle m'a donné la guitare électrique ainsi que l'amplificateur et aussi un banjo flambant neuf. Elle a dû avoir du remords durant cette année de lune de miel pour m'avoir fait perdre quarante-cinq milles dollars avec ma propriété et un autre trois cents milles dollars de l'héritage pour lequel moi aussi j'étais assis sur le testament avant qu'elle ne me quitte. La personne décédée m'avait dit que j'étais un héritier a part égale avec elle.

Je viens tout juste de finir de souper et je ris encore une histoire que je viens d'inventer avant même de l'écrire. Elle va comme ceci.

Je suis arrivé à la maison après le travail et la vaisselle n'était pas lavée contrairement comme c'est le cas d'ordinaire. Je me suis demandé ce qui n'allait pas comme de raison, puisque ce n'est jamais arrivé auparavant. J'ai donc demandé à ma femme si tout allait bien. Elle m'a dit un petit mensonge en me disant qu'elle avait eu à faire un petit travail pour le Seigneur. Je lui ai donc demandé si cela la dérangerait de me dire ce qu'elle avait à faire. 'Pas du tout.' M'a-t-elle dit pensante. "J'ai prié pendant quelques heures pour un ami qui est dans le besoin." "Il doit vraiment avoir besoin d'aide, est-ce que je peux aider?" "Non, il sera bien maintenant que j'ai prié pour lui." "C'est beau d'avoir la foi. Maintenant tu sais que ça me ferait mal d'apprendre que tu m'as menti, tu sais cela, n'est-ce-pas? Tu sais aussi que Dieu me parle." "Oui, je le sais."

Je l'ai vu rougir un peu et j'ai abandonné la torture.

Un peu plus tard j'ai demandé à mon fils pourquoi il n'avait pas coupé le gazon comme il me l'avait promis. Il ne savait pas où mettre de la tête et comme de raison il avait honte d'avoir manqué à sa parole. Voici l'excuse, qu'il m'a donné.

"Mon meilleur ami a insisté pour que je vienne lui aider et j'ai pensé que c'était une priorité, ce qui fait que j'y suis allé. Serait-il correct si je coupe le gazon à première heure demain matin?" "Ça va en autant que tu gardes ta parole cette fois-ci. Tu sais que Dieu me parle et je le saurai si tu m'as menti."

Je l'ai entendu prendre une grande respiration lorsque j'ai commencé à m'éloigner de lui.

"Aie fiston, où est ta sœur? Nous devions pratiquer ma dernière chanson ce soir, elle n'a jamais manqué une de ces occasions." "Je ne sais pas pa, je ne l'ai pas encore vu ce soir." "Qu'est-ce qui se passe ce soir avec vous tous?" "Je ne sais pas. Que veux-tu dire pa?" "Il y a quelque chose d'étrange, c'est tout."

Puis il est venu le jour du Sabbat et personne ne ment surtout ce jour-là dans notre maison. À l'heure du dîner ils m'ont tous souhaité une bonne fête des pères en admettant qu'ils ont dû tricher un petit peu pour organiser la fête et pour magasiner. Puis tous avaient la même question pour moi.

"Dieu qui te parle, qu'est-ce qu'Il t'a dit au juste papa?" "Il m'a dit que vous me diriez la vérité tôt ou tard."

LA CONNAISSANCE ACCRUE

Même un jeune enfant de nos jours peut comprendre que si Dieu est Tout-Puissant, Il a tous les pouvoirs et Il sait tout. Alors Il n'a pas eu besoin de venir en tant qu'homme pour savoir ce que c'est que d'être tenter, ce que c'est d'aimer, ce que c'est d'avoir des ennemis et de la douleur, ce que c'est de vivre et de mourir. S'Il a tous les pouvoirs, Il savait tout ça avant même de créé l'homme. Même un enfant de trois ou quatre ans de nos jours pourrait si vous lui montrer un calendrier vous dire où sont les premiers et les derniers jours de la semaine, que c'est bien le samedi le dernier. Je me console en sachant qu'il y a des hommes de bien sur la terre, des hommes qui connaissent Dieu, l'aiment, le prient et Lui obéissent vraiment.

Aujourd'hui Dieu m'a montré dans une vision pourquoi il me faut attendre pour celle que j'aime tant. Si je la prenais avant qu'elle ne soit complètement prête, complètement engagée envers moi et qu'elle aille avec un autre, même si c'était un ex mari ou un ex amant, je ne pourrais plus jamais aller avec elle.

Quelques-uns me demanderont si c'est parce que je ne pourrais pas lui pardonner. Je pourrais lui pardonner si elle le regrette, ainsi que Dieu le fera, mais je ne pourrai pas commettre une abomination devant l'Éternel. Cela serrait donc l'enfer pour moi, car je ne pourrais pas cesser de l'aimer. Cependant je préfère être en enfer pour un peu de temps sur la terre que de l'être pour l'éternité.

Le roi David a fait séquestrer jusqu'à leur mort ses dix concubines qui ont couché avec son fils Absalom pour la même raison. David a pleuré son fils qui s'est révolté contre lui, de la même manière Dieu pleure ses enfants qui se détournent de la vérité. Pour ceux qui en doutent, allez donc lire Deutéronome 24, 1-4.

Des millions de personnes ont commis cette abomination et le font toujours, puis on se demande pourquoi il y a tant de divorces. Dieu ne peut tout simplement pas bénir ces faux mariages. Des mariages d'un adultère à un autre. Ils ne sont pas mariés ou unis par Dieu, mais par la bête. Ces mariages ne valent donc rien aux yeux de Dieu et pas plus à mes yeux.

Il y en a qui me demandent pourquoi Dieu me parlerait et pas à eux. Moi je te dis que s'Il le faisait, tu voudrais peut-être te cacher derrière les arbres ou encore sous les autos. Si vous n'écoutez pas Moïse, Jésus et les autres prophètes dont Dieu nous a envoyé, alors la voix de Dieu sera un tonnerre étourdissant pour vous, comme elle l'a été pour le peuple Juif près du mont Sinaï.

Le Jugement, Les Conséquences et L'enfer.

Voici quelques visions que j'ai eu sur le jugement et l'enfer. Les habitants qui se lamentaient se lamentent toujours et c'est au diable qu'ils le font désormais, mais ils le font bien en vain. Il s'est bien moqué de tous et il continue de le faire en riant, en pleurant et en grinçant des dents. Il est fidèle à lui-même et il n'écoute personne, puis de toutes façons son pouvoir est réduit à néant. Auparavant il avait le pouvoir de tenter les âmes justes, mais maintenant il n'a même plus cette jouissance. Il est devenu bien petit. Il n'a plus de plaisir désormais avec ces êtres tout aussi pire que lui. C'est tout comme s'il se voyait dans un miroir. En regardant tous les autres il ne voit que la laideur, leur monstruosité, leur abîme. Ils voient aussi ce que nous avons et ça c'est tout un enfer pour eux.

Il y en a qui ont eu la surprise de leur existence lorsqu'ils sont arrivés au jugement; lorsqu'ils ont paru devant le Grand Juge avec leur petit bagage, Lui qui sait et qui voit tout. J'en ai entendu une Lui dire qu'elle avait été fidèle toute sa vie et qu'elle n'avait jamais cessé de prier Dieu. Voici ce qu'Il lui a répondu.

"Oui, Je vois que tu as prié toute ta vie depuis ta toute jeune enfance; cela m'a donné bien des démangeaisons dans les oreilles. Je vois que ton sourire vient de s'éteindre ma petite. Je t'ai entendu prier des milliers de fois, mais pas une seule fois pour mon plaisir. Toutes tes prières étaient centrées sur toi-même, égoïste et orgueilleuse que tu es. Tu voulais de bonnes notes pour bien paraître en classe. Tu voulais du beau linge pour que les garçons te regardent passer. Puis tu voulais que tes parents demeurent ensemble pour te couver. Tu as prié pour un beau, grand et fort mari qui ne te trompe pas et ne te donne pas trop de misère. Tu as prié pour avoir de bons enfants qui ne te donnent pas trop de peine. Tu as prié pour de bons amis, la paix et le bonheur. Tu as prié pour une belle maison, une belle auto et une belle piscine." "Et Toi Seigneur, Tu m'as tout accordé ces belles et bonnes choses." "Oui, Je t'ai accordé toutes ces choses, ce à quoi tu t'es attachée et lorsque J'ai envoyé mon enfant pour te demander de prendre ta petite croix et de me suivre, qu'as-tu fait? Tu lui as dit; 'Que Dieu me parle Lui-même!' Et tu l'as envoyé se promener. Et bien il est allé se promener vers d'autres personnes que J'ai voulu avertir et Moi, Je te parle aujourd'hui, mais tu ne vas pas aimer ce que J'ai à te dire. Tu as ignoré mes paroles et celles dont mon serviteur Emmanuel a souffert pour t'amener. Tu as aussi ignoré mes lois dont mon serviteur Moïse t'a donné. Tu as ignoré mes fêtes et mes sabbats que tu célébrais au plaisir de mon ennemi, le diable. Quand tu chantais le jour du soleil, Je me cachais la face pour ne pas t'entendre, toi à qui J'ai donné tous ces petits caprices. Je t'ai pourtant envoyé d'autres de mes serviteurs pour t'ouvrir les yeux. Qu'as-tu fait alors? Eux aussi tu as envoyé se promener. C'est à mon tour de t'envoyer te promener. Vas voir aux enfers, il y a une place de préparée juste pour toi. Ce n'est pas la pire, mais ce n'est pas la meilleur non plus. C'est cependant celle dont tu as mérité, mais elle est loin d'être une place comme celles qui sont réservées à ceux qui ont pris leur croix pour me suivre, m'écouter et m'obéir."

Il y a aussi un gros monsieur que j'ai vu paraître devant Le Juge avec un bagage énorme, puisse qu'il était riche. Il a alors déclaré tout ce qu'il avait fait de bien sur la terre. C'est alors que Le Seigneur lui a dit ce que ses actions valaient.

'Tu as donné pour ta propre satisfaction à des gens dont tu espérais un retour ou de la reconnaissance et pour te faire valoir.

'Regardez-moi et voyez comme je suis généreux.'

Tu te reconnais? Tu as rarement donné ce que tu avais besoin toi-même. Tu as répandu le mensonge au lieu de la vérité, c'est ce à quoi a servi ton argent. Tu as donné des milliers et des milliers à la bête, mais très peu à mes enfants. Tu as aidé des gens pour te donner une satisfaction personnelle. Lorsque finalement un de mes disciples a frappé à ta porte, qu'as-tu fait? Oui, tu l'as mis dehors et tu l'as méprisé. Tu te faisais appeler enfant de Dieu, mais ton dieu ce n'est pas Moi.

Ton dieu est celui que tu as servi. Où est-il maintenant? Lui était bien content de toi, mais Moi, J'ai pleuré sur toi. Pense seulement à tout l'argent que tu as dépensé futilement. Si seulement ces argents avaient été dépensés pour faire cesser les avortements ou encore pour nourrir les pauvres du monde, la terre aurait été peuplée un peu plus à mon goût. Tu as ignoré des gens dans la misère, même ceux de ta propre famille. Non, mes enfants n'ont pas fait ces choses-là. Ho, tu faisais de belles grimaces lorsque tu priais dans les assemblées. Tu étais brillant pour te défigurer. Pourtant mon serviteur Jésus l'avait bien dit d'aller dans ta chambre pour prier." "Oui, mais Paul a dit de prier en tous lieux." "Qu'est-ce qu'Emmanuel, mon serviteur t'a dit? Il a dit que si tu n'assemblais pas avec Moi, tu dispersais. Pourquoi n'as-tu pas écouté celui que Je t'ai envoyé? Tu as écouté celui qui s'est déguisé en ange de lumière pour te tromper. Toi aussi tu as écouté le menteur, mon ennemi, celui qui a travaillé pour ta perte. Il y a une place de préparée pour toi selon tes œuvres, mais elle n'est pas avec mes enfants." "Mais Jésus n'est-il pas mort pour mes péchés?" "Jésus a sacrifié sa vie pour t'emmener la vérité, celle dont tu as ignoré. Je regrette, car tu as eu l'opportunité de faire le bien, de répandre la vérité, mais tu as choisi le menteur et les mensonges. Va donc rejoindre celui que tu as servi, Il est content de toi et il t'attend."

Chapitre 7

Angie, Ma Petite Chienne Miracle!

Angie, une petite femelle qui n'est pas très attrayante, je dois l'avouer, mais elle est l'une des plus soumises dont j'ai connu; simplement parce qu'elle a été un peu trop longtemps sous la dominance de ses deux sœurs. Vraiment toute la portée n'était pas désirée pour la simple raison qu'elle était le produit d'un chien que je n'aime pas beaucoup, un boarder collie qui m'a causé passablement d'ennuis.

Ce chien appartient à un homme que j'ai déménagé ici venant de la Colombie-britannique. J'ai réussi à donner le frère d'Angie à une femme qui je le sais va l'aimer sans borne. Je savais dès que cette femme l'a pris qu'il serait un chien gâté au maximum. La sœur d'Angie et un autre de ses frères ont été adoptés par mon employé qui j'en ai bien peur sera surpassé en intelligence par ces deux derniers.

J'ai mis plusieurs petites annonces dans le journal pour essayer de trouver quelqu'un qui voudrait bien adopter Angie, mais aussitôt que les gens la voient mettre sa queue entre ses pattes et ramper comme une couleuvre quand quelqu'un lui parle; ils abandonnent et ils la laissent derrière eux sans aucun regret.

Ce qui fait que j'ai décidé de lui donner quelques leçons de dressage, comme s'asseoir proprement, marcher en suivant son maître avec une laisse, venir à moi lorsqu'elle est appelée et de se taire lorsqu'elle semble japper pour aucune raison.

Un jour lors d'un de ces entraînements où elle devait demeurer assise au milieu de la rue pour un certain temps, elle s'est soudainement mise à hurler comme un loup. Il faut dire que ce n'est pas un chemin achalandé du tout. Je lui ai demandé quel était son problème quand j'ai été surpris par le klaxon d'un gros camion qui m'a fait sursauter et l'appeler à s'enlever du chemin. Elle en était venue à ne plus bouger à moins que je lui ordonne. J'ai quand même trouver cela très étrange en me demandant pourquoi hurler au lieu de japper. A-t-elle réellement voulu m'avertir qu'un camion venait vers nous et du danger dans lequel nous étions? Quoi qu'il en soit, après un mois d'entraînement intensif j'ai pensé qu'il était temps de mettre une autre petite annonce dans le journal afin de pouvoir trouver quelqu'un qui voudrait bien l'adopter.

Comme je n'aime pas terminer un animal à moins bien sûr que cela soit absolument nécessaire et que plus souvent qu'autrement le donner à la SPCA veut dire une mort certaine, j'ai fait tout en mon pouvoir pour lui trouver une maison d'adoption. J'ai reçu quelques appels, mais personne n'est venu la voir. Une femme m'a demandé lorsqu'elle a appelé si je ne pouvais pas l'emmener dans sa ville à soixante milles de chez moi. Je n'ai pas pu m'empêcher de demander à cette dame si elle voulait que je lui donne cent dollars en plus. Un homme m'a dit qu'il viendrait la voir, mais il ne l'a jamais fait.

J'ai regardé Angie avec un soupir de désespoir en me demandant ce que j'allais faire d'elle. Elle a tout simplement semblé comprendre ce que je lui disais en mettant sa tête entre ses pattes et libérant une sorte de pleure, une sorte de lamentation.

'Tu peux bien te cacher la face, mais ce n'est pas drôle du tout. Il faut que tu partes. Tu n'es pas la race de chiens que je veux élever.'

Ce qui fait que j'ai continué à la dresser, sachant très bien que c'était là probablement la seule et meilleure chance qui me restait de pouvoir me débarrasser d'elle sans la faire mourir. Je me disais que si elle était bien dressée et qu'elle agisse normalement un jour ou l'autre quelqu'un la prendra. C'était peine perdue, personne ne venait la voir et si quelqu'un venait, il virait de bord en disant que ce n'était pas ce qu'il cherchait.

Un jour en la promenant avec une laisse, elle s'est mise à hurler de nouveau. Je lui ai demandé quel était le problème en m'agenouillant près d'elle. J'ai levé la tête pour regarder dans la même direction qu'elle regardait et soudainement j'avais des frissons partout sur le corps. Il y avait près de cinq cents pieds de nous un énorme loup qui courrait dans notre direction. Par chance pour nous, nous n'étions pas très loin d'un vieux garage où nous nous sommes réfugiés sans perdre une seule seconde. Nous avons eu juste le temps de nous y rendre et de fermer la porte derrière nous. Cette bête féroce était assez affamée pour moi et cette petite malamute croisée de boarder collie qui sans aucun doute venait de nous épargner pour le moins un très mauvais quart d'heure. C'est la deuxième fois qu'elle m'avertit du danger, j'ai tout de suite pensé.

Était-ce juste une coïncidence ou savait-elle exactement ce qu'elle faisait? Mais cette bête grattait toujours à la porte et elle était sans contredit encore intéressée à nous. Ma pauvre petite Angie était mourante de peur et je n'étais pas trop sûr encore pour ma sécurité moi non plus. Par contre j'ai trouvé une pipe de fer d'environ trois pieds de long et à partir de ce moment-là j'ai pensé; tu peux maintenant entrer mon bâtard, je vais m'occuper de toi, mais un automobiliste qui passait par-là a klaxonné, faisant ainsi s'enfuir la bête qui est demeurée sur son appétit. Après cette expérience peu commune, je n'étais plus sûr du tout si je voulais donner ou garder cette petite bête qui je pensais n'était pas si bête après tout. Puis je me suis dit que ce n'était qu'un simple adon; qu'elle est trop stupide et inutile pour être autre chose qu'un animal de compagnie. Mais encore là, j'avais la tête et le cœur plein de doutes. Que faire si elle savait exactement ce qu'elle faisait, puis son minutage ne pouvais pas être plus à point. Et bien, il aurait pu être un peu plus tôt, mais encore là, peut-être que plus tôt je n'aurais pas vu le danger et si nous aurions été un plus loin du garage cela aurait été la catastrophe.

J'ai eu beaucoup de mal à dormir ce soir-là. Cette petite bête m'a certainement donné de quoi penser. Le gars qui a fait peur au loup m'a dit que ce n'était pas habituel de voir cette bête dans les parages.

"Je ne sais pas exactement pourquoi, mais depuis ma toute jeune enfance j'ai connu toutes sortes de choses inhabituelles. À l'âge de sept ans j'ai frappé un gros ours à coups de poing sur le nez et il est parti sans me faire aucun mal."

Puis je lui ai mentionné ce que ma petite Angie venait de faire pour nous protéger.

"C'est ce qu'elle a fait, han!" "Oui, et c'est la deuxième fois qu'elle m'avertit d'un danger éminent." "Penses-tu qu'elle pourrait être bonne autour des vaches?" "Je n'en ai aucune idée; elle ne s'est jamais trouvée près d'elles." "Crois-tu que nous pourrions l'essayer?" "Peut-être bien, mais je ne suis plus sûr du tout de vouloir me débarrasser d'elle maintenant. Tu sais que ce n'est pas tous les jours qu'un chien nous sauve la vie." "Je pourrais l'acheter si elle est bonne pour moi." "Cela ne coûterait pas grand chose de l'essayer." "Pourquoi ne l'amènerais-tu pas chez moi un de ces jours, juste pour voir comment elle se comporte autour des vaches?" "Moi aussi j'aimerais bien le savoir, dis-moi juste quand ça sera le bon temps pour toi." "N'importe quelle heure demain, cela m'irait." " Et bien, je te verrai donc demain aux alentours de neuf heures. Bye" "Bye" "Ho, quel est ton nom?" "Mon nom est Fred." "Moi c'est Jacques, on se voit demain et merci encore pour ton aide." "Ce n'est rien, j'ai déjà klaxonné pour moins que ça, crois-moi. Voici comment tu peux te rendre chez moi."

J'ai rêvé ce soir-là que ma petite Angie était une espionne pour la police et pour le gouvernement. Quel rêve de fou, j'ai pensé, je ne peux même pas la donner à qui que ce soit. Mais encore là, je ne pouvais pas oublier la façon dont elle m'a averti du danger. Bien sûr que ce n'était pas une chose facile à oublier. Que fait-on avec un chien qui a fait une telle chose? Et si Fred voulait la prendre maintenant que je ne suis plus très sûr de ce que je devrais faire avec elle? Ah, il serait bon de savoir ce qu'elle pense des vaches de toutes façons.

Le lendemain, un peu après neuf heures j'étais chez Fred avec Angie. Nous l'avons amené au pâturage où il y avait quelques centaines de vaches. Comme nous approchions de ces grosses créatures, ma petite Angie s'est mise à ramper de frayeur. Elle tremblait tellement que je me suis senti obligé de la prendre dans mes bras.

'Je ne pense pas qu'elle aime les vaches.' Fred m'a dit en la voyant. "Elle est terrifiée." "Je ne pense pas que tu obtiendras un chien de vaches avec elle." "Non, tu as raison, mais peut-être sera-t-elle bonne avec les moutons? Allons l'essayer, si tu veux?"

Comme nous marchions vers les moutons Fred m'a demandé de laisser partir Angie.

"Es-tu sûr que c'est une bonne idée?" "Nous ne le saurons pas à moins de l'essayer. Laisse-là partir, on verra bien."

J'ai donc relâché Angie en lui pointant les animaux à fourrure abondante. Elle n'y est allée à bouche morte en sautant sur un petit mouton et elle l'a terrassé le tenant par la gorge et si nous n'étions pas intervenus avec empressement elle l'aurait tué en très peu de temps. Ce que j'ai conclu, c'est qu'elle a pensé que je voulais qu'elle m'attrape un animal. Bien, j'ai tout de suite pensé, mais je n'en ai rien dit à Fred.

"Ce n'est pas ce que je cherche Jacques. J'ai besoin d'un chien qui peut être assez agressif avec les vaches et gentil avec les moutons, mais elle est ni l'une ni l'autre." "Je comprends Fred. Je pense qu'elle ne peut qu'être qu'un animal de compagnie." "Je suis quand même très impressionné par ce qu'elle a fait hier devant le danger." "J'ai une idée de ce que je vais essayer avec elle à partir d'ici." "Et qu'est-ce que c'est?" " C'est juste une idée pour l'instant. Je vais la mettre à l'épreuve." "Et bien, je te remercie d'être venu Jacques. Je devais savoir et je pense que ça valait le coup d'essayer. Si jamais tu as un chien qui serait bon pour moi, laisse-le-moi savoir. Tu sais ce qu'il me faut maintenant." "Je n'y manquerai pas Fred."

Je lui ai serré la main et j'ai pris le chemin du retour avec Angie. En chemin je n'arrivais pas à croire l'intelligence de cette petite femelle. Elle a vraiment tout fait pour ne pas être adoptée par quelqu'un d'autre et je pense aussi qu'elle savait exactement ce qu'elle faisait. Puis je lui ai dit:

'Tu fais tout ce qu'il faut pour rester avec moi, ma p'tite juive. Nous verrons bien où cela te mènera.'

Comme je conduisais sur la route du retour Angie s'est soudainement mise à hurler sur la banquette arrière de l'auto.

'Ah, tais-toi. Qu'est-ce qui te prends de hurler comme ça dans l'auto maintenant?'

Comme je me détournais la tête pour regarder le chemin, j'ai brusquement appuyé sur les freins tout en sortant de la route, puisqu'il y avait venant à notre rencontre, sur mon côté du chemin un véhicule à toute allure. Il, cet imbécile dépassait un autre véhicule dans une courbe et encore là, sur son côté invisible de la route. Il n'aurait pas mieux fait s'il était suicidaire. Si je n'étais pas sorti de la route quand je l'ai fait, j'aurais été impliqué dans une collision frontale avec très peu de chances de m'en sortir vivant. Je roulais à la vitesse limite de soixante milles à l'heure et l'autre roulait encore plus vite que moi. Je me suis dit qu'il devait être un chauffeur ivre au volant ou encore un européen peu habitué aux règles des routes américaines et canadiennes. Mais Angie, ce petit ange avait encore senti le danger. Elle ne pouvait même pas voir l'autre véhicule venir. À partir de ce moment-là, il n'y avait plus aucun doute dans mon esprit, cette petite bête pouvait sentir le danger quelques instants avant le moment critique. Je me suis dit dès lors que je ferais bien de faire attention à elle. Elle est tout un numéro celle-là. Je pense qu'elle est en quelque sorte un chien miracle. Ça fait trois fois maintenant. Cela ne peut tout simplement pas n'être que des coïncidences. Je l'ai pris dans mes bras avec tant d'amour et je savais à partir de ce moment-là que je ne pourrais plus jamais la laisser partir, me départir d'elle.

Angie est une petite femelle, la fille de Bonnie qui elle est l'une de celles qui ont échappé au désastre de la Colombie-britannique au Canada en juillet 2002. Six de mes soixante-dix précieux chiens ont échappé à ce désastre. Ils sont Buster, mon premier Muteshep, Fluffy, Précieuse, la mère de Bonnie et grand-mère d'Angie, Bonnie et ses deux sœurs, Fannie et Princesse. Buster fut prisonnier de la SPCA pendant quatre mois et il m'a été retourné avec une toux qu'il n'a jamais pu se défaire.

Cette maladie est sûrement contagieuse puisqu'elle fut transmise à d'autres chiens également. Fluffy, un chien qui était demeuré à Westbank avec mon employé à la collection de caps de roue et Précieuse l'ont aussi contacté et ils en étaient affligés jusqu'à la fin de leur vie. Pauvre Précieuse, elle ne pouvait plus jamais courir sans tousser. Je veux spécifier quelques chose ici à propos de la SPCA de Kelowna en Colombie-britannique. Il me semble que les officiers de la Saskatchewan ne sont pas aussi vilains et qu'ils ont un peu plus de bon sens. Je ferais bien néanmoins de me croiser les doigts et de toucher du bois. On ne sait jamais.

L'assistante du gérant de la SPCA de Kelowna, Cathy Woodward a déclaré aux médias que mes chiens Mutesheps n'étaient pas adoptables parce qu'ils n'avaient jamais vu un plancher de cuisine, une télévision ni entendu une porte se fermer. Femme stupide, mes chiens sont des chiens d'extérieur avec une fourrure capable de soutenir une température de moins soixante degrés. Ils sont des chiens qui aiment à faire leur propre caverne dans la terre, leur propre lit de façon à ne pas avoir à souffrir du mal de hanches en vieillissant comme plusieurs chiens le font.

'Cathy et compagnie vous êtes trop stupides pour savoir combien cruelle vous avez été quand vous avez saisi mes chiens de leur paradis pour les mettre dans des cages sur un plancher de ciment.'

Un des employés de cette même SPCA m'a dit qu'un de mes chiens s'est usé les pattes complètement sur le ciment en essayant de se faire un lit comme il avait l'habitude de faire dans la terre et qu'ils l'ont supprimé pour éviter les critiques. C'est peut-être à cause de celui-là qu'ils ont fait venir un psychiatre de Vancouver pour évaluer mes chiens.

Le peu de chiens que j'ai maintenant ont de vraies maisons avec de vrais planchers, des vraies portes, mais ils peuvent sortir quand ils en ont envie et non, je ne peux pas encore me permettre une télévision pour chacun d'eux, surtout pas en couleur, puis les chiens s'en foutent complètement.

Bonnie, la doyenne, une femelle qui était située tout près d'une dune de terre se faisait toujours une caverne à l'intérieur de celle-ci pour y loger ses petits chiots. Je prenais ses sept ou huit chiots et je les mettais dans sa confortable niche de peur qu'un éboulement vienne ensevelir ces derniers, mais elle les ramenait toujours dans la caverne. Je la disputais à chaque fois et je ramenais ses chiots dans sa niche, mais elle aussi était entêtée et elle remettait ses petits dans le trou de la terre. Puis j'ai décidé qu'elle savait mieux que moi ce qui était bon pour sa famille et pour elle-même. C'est sûr que dans sa caverne elle n'avait pas autant de nettoyage du plancher à faire avec sa langue. C'est juste après cette expérience que j'ai commencé à faire des cabanes à chien sans plancher. De cette façon les chiens, mâles ou femelles peuvent faire leur lit comme ça leur plaît.

Quand Buster eut atteint un âge assez avancé à sa dernière année, j'ai essayé de le garder dans la maison pour le préserver des intempéries! Cela ne lui a pas plu du tout même avec une belle grosse oreillette. Il l'a déchiqueté cette dernière à deux reprises, puis je l'ai remis dehors où il a retrouvé le sourire et la joie de vivre à nouveau. Je n'oublierai jamais le jour où il ne pouvait plus marcher et que j'ai dû terminer ses jours pour abréger ses souffrances. C'était le jour D, la fête du débarquement le 12 juin 2004. Il était âgé de quatorze ans et demi. Il fut et de loin mon meilleur ami à vie sur terre après Dieu.

Les cinq autres rescapés du désastre de la Colombie-britannique sont Fluffy, ma belle Précieuse et ses trois filles, Fannie junior, Princesse junior et Bonnie junior, la mère de Angie qui n'étaient seulement qu'âgées de quatre jours à ce moment-là. Ma précieuse Précieuse est décédée frappée par une auto à l'entrée du village de Goodadam en Saskatchewan où je vie maintenant. Elle était ma dix-huitième génération et fille de ma très chère Princesse que je n'oublierai jamais.

On ne peut pas trouver des chiens plus silencieux que mes Mutesheps. Précieuse et ses trois petites femelles de quatre jours n'ont émis aucun son dans toute la journée où les employés de la SPCA de Kelowna ont passé chez moi. Il y avait en plus deux vétérinaires, des policiers et les chauffeurs de camion. C'est quelque chose qui n'est pas facile à croire de quatre femelles.

Princesse senior, la mère de Précieuse fut tuée à l'entrée d'un village elle aussi, mais elle c'était à Beaverdell en Colombie-britannique. Elle était allée sur la route dans l'intention de ramener un jeune mâle, dont elle était la mère. C'est celui qu'ils ont appelé Chewy, un très beau chien que Cheryl Purillo voulait adopter, mais qu'on lui a refusé. Vous pouvez le voir sur le site de advocates.com. Si vous y êtes, allez dont voir aussi Cathy Woodward avec mes chiens sur la photo et jugez vous-mêmes si mes chiens sont méchants. Cette photo fut prise dans les jours suivants leur saisie. Ils n'ont pas pu trouver quoi que ce soit d'anormal physiquement sur mes chiens et c'est pourquoi ils ont fait venir un psychiatre pour animaux de Vancouver pour les évaluer. Il fallait bien qu'ils trouvent quelque chose pour expliquer leurs actions criminelles au public. Ils avaient déjà menti deux fois au juge pour obtenir des mandats contre moi, il leur fallait donc aussi trouver quelque chose pour mentir au public comme mes chiens ont le giardia comme vous et moi et presque tout ce qui bouge sur la terre.

Des conducteurs qui roule à cent ou plus dans une zone de cinquante à l'entrée d'un village ont tué Précieuse et sa mère Princesse senior. C'est lors d'une visite à une amie que Princesse qui me suivait partout où j'allais est allée sur la route pour ramener ce chien que je lui avais donné. Elle me l'a retourné après cet accident. Quand j'ai ramassé Princesse j'ai versé une larme, car je venais vraiment de perdre ma meilleure amie. J'ai pourtant noté une chose très étrange dans les circonstances. Elle n'avait aucune autre marque sur le corps autre que son cœur était complètement sorti de son corps et était étendu sur le pavé devant elle. Il n'y avait pas de sang non plus. C'est la sorte d'animal qu'elle était. Elle a donné sa vie pour sauver celle de son fils, alias Chewy. Elle est donc morte comme elle a vécu. Les employés de la SPCA de Kelowna n'en feraient pas autant, surtout pas les gérants.

Les deux sont mortes de façons identiques, les deux à l'entrée d'un village, frappées par deux chauffeurs qui faisaient de la vitesse. Ils n'ont pas pu s'arrêter pour un chien et ils n'auraient pas pu s'arrêter pour un enfant non plus.

Si vous aviez vu ma Princesse avec moi à la chasse, vous auriez du mal à en croire vos propres yeux. Elle pouvait sentir un chevreuil à un demi mille et une souris à mille pieds de distance. J'aurais beaucoup d'histoires à raconter sur les aventures de Princesse, mais j'y reviendrai plus tard.

Précieuse a été tuée à Goodadam lorsque j'étais à Kelowna pour subir mon procès pour ce crime que je n'ai absolument pas commis. Lorsque j'étais parti, ce même boarder collie, le père d'Angie est venu chez moi traînant sa chaîne qui s'est emmêlée avec celle de Précieuse. Précieuse a réussi à se libérer et je pense qu'elle est allée à ma recherche vu que j'étais long à revenir à la maison.

Non seulement ce chien c'était emmêlé avec Précieuse, mais il a fait la même chose avec Princesse junior, puisqu'elle aussi était détachée lorsque je suis revenu. Elle aurait très bien pu se faire tuer elle aussi.

Mon ami Michel qui prenait soin de mes chiens en mon absence a dû appeler le propriétaire de ce chien errant pour qu'il vienne lui aider à démêler son chien, puisqu'il ne pouvait pas le faire à lui seul. Il était cette fois entremêlé avec la chaîne de Bonnie. Il m'a dit qu'ils étaient tellement pris serrés que lui ne pouvait pas glisser un seul doigt sous le collet de celle-ci.

Quel gâchis et tout ça a commencé avec la traîtrise de la SPCA de Kelowna et par ceux qui les ont forcés à faire cette monstruosité! Maintenant je garde mes chiens à l'intérieur. J'ai donné une maison à Fannie et Princesse et un garage à Angie et sa mère Bonnie. Cet enfant de chienne de chien est entré dans le garage en brisant une vitre et a mis Bonnie enceinte une autre fois. J'ai demandé au maire du village et à la police de faire quelque chose à ce propos, mais jusqu'à ce jour rien du tout n'a été fait. J'ai donc décidé de faire une trappe pour pendre ce chien malfaisant moi-même.

J'ai pris ce bâtard de chien une semaine plus tard dans la cabane piège et je l'ai gardé prisonnier et lorsque son maître s'en est aperçu, il était fou de rage. Lorsqu'il est venu chercher son chien je lui ai dit que si je le reprenais de nouveau, il ne le verrait plus jamais vivant.

Mais pour revenir au désastre de la Colombie-britannique, je peux dire que c'était un piège très bien tendu. Les gens du district régional d'Okanogan pour quelques raisons que se soient se sont arrangés pour que les gens de la réserve indienne de Westbank me forcent à sortir mes chiens de la réserve. Mon avocat m'a dit que c'était une question politique. On s'entend bien sur le fait qu'ils peuvent être salauds.

C'est sur cette réserve que je gardais ce que je crois être la plus grosse collection de caps de roue du pays avec cent vingt-sept milles caps.

Le 12 mars 2002, la veille de mon anniversaire j'ai été forcé par la direction de la réserve indienne de Westbank d'ou bien me débarrasser de mes chiens ou de les déménager ailleurs dans les trente jours qui suivent. Ils m'avaient auparavant dit que j'avais besoin d'un permis spécial pour élever et de vendre des chiens sur la réserve. Lorsque j'en ai fait la demande il m'a été refusé pour des raisons absolument stupides comme je n'ai pas réduis la quantité de mes chiens comme ils me l'ont demandé alors que se sont eux qui m'empêchaient de les vendre sans permis.

Le 9 avril, quelques jours avant l'expiration de l'avertissement qui m'a été donné Brad et Cathy de la SPCA de Kelowna sont venus chez moi à Westbank pour s'informer de l'état de mes chiens. Je leur ai dit à ce moment-là qu'ils ont été déménagés à Beaverdell sur ma propriété. Cela ne m'a pas inquiété outre mesure, puisque tous mes chiens étaient en bonne santé et qu'ils avaient tout ce qu'ils avaient besoin. Le 10 avril, le lendemain Brad et Cathy, les enquêteurs de la SPCA de Kelowna accompagnés de cinq autres employés sont venus inspecter mes chiens à Beaverdell. Ils m'ont demandé de leur livrer 4 chiens.

Elles étaient des femelles qui nourrissaient leurs portées de chiots pour les dernières huit, neuf et dix semaines et pour cette raison elles n'étaient pas les plus grasses sans pourtant être maigres, ce qui est tout à fait normal. Elles étaient Minie, Beargirl, Blanche et Buddyna. Mais ils ont trouvé une autre femelle qui elle était enceinte et qui se nommait Golden. Elle était tellement grosse qu'on aurait dit qu'elle était prête à exploser à chaque minute. Minie, blanche et Beargirl étaient sur ma liste de celles que je voulais donner, ce qui ne m'affectait pas trop de les voir partir, mais Boddyna était l'une de mes préférées et cela commençait à me mettre en rogne. Ils n'avaient en tout que quatre cages avec eux, ce qui fait qu'ils ont échangé Golden pour Buddyna, mais Golden était ma préférée elle aussi en plus d'être mon gagne-pain présent. Elle était juste sur le point de me donner une portée de chiots et c'est ce qui me permettrait de pouvoir acheter de la nourriture pour tous les autres chiens. Cathy m'a dit à ce moment-là qu'ils trouveraient un terrain d'entente pour celle-là. Je ne l'ai plus jamais revu ni elle ni ses bébés. Je vendais pour environs six milles dollars de chiens par année et il m'en coûtait environs huit milles par année pour les nourrir tous.

Avant que mon nombre de chiens soit accrût à ce point les ventes et le coût des opérations s'équivalaient. Je me suis donc opposé à ce qu'ils prennent Golden avec eux en leur disant que si elle avait besoin de voir un vétérinaire, je pouvais l'amener moi-même voir le mien immédiatement. Ils m'ont dit à ce moment-là qu'ils ne régleraient pas la facture. Je leur ai demandé ce qui arriverait si je ne la laissais pas partir. Ils m'ont dit qu'ils porteraient des accusations contre moi. Si cela n'est pas du chantage, je me demande bien ce que ça peut être.

Dans les jours suivants je suis allé trois fois leur demander des informations sur Golden et ses petits chiots et ils ont refusé de m'en donner la moindre et de me laisser la voir. C'est par les nouvelles dans le journal que j'ai appris qu'elle avait eu treize petits chiots. Cela a dû leur rapporter quelques milliers de dollars en plus de satisfaire une bonne douzaine de leurs clients. Je ne suis pas sans savoir que plusieurs de ceux qui voulaient un de mes chiens et qui ne voulaient pas payer le prix que je demandais se plaignaient à la SPCA dans l'espoir que ces derniers saisissent mes chiens pour les avoir à meilleurs prix et avec leurs vaccins par-dessus le marché payé par le public en général. Je vendais les femelles pour $250.00 et les mâles pour $350.00.

Vingt jours plus tard, le trente d'avril ils sont revenus avec un mandat disant que j'avais trente chiens enchaînés aux arbres comme si c'était un crime d'attacher un chien, ce qui était un pur mensonge de toutes façons. Ils étaient sept employés de la SPCA, deux vétérinaires et deux policiers et c'est l'un d'eux qui m'a conseillé d'appeler un avocat. Ils ont saisi trois femelles avec leurs chiots et deux jeunes adultes. Les mères étaient Belle avec six chiots de vingt-quatre heures, Clémentine avec trois chiots de quarante-huit heures et Fluffle avec un chiot de huit semaines. Aucun d'eux ne montrait des signes de maladie quelconques.

Ce n'était rien d'autre que du vol qualifié, pur et simple et avec l'aide de la police et de la cour par-dessus le marché.

Puis Buddyna qui était, selon leur dire si mal en poing le 10 avril ne montrait plus aucun signe de maigreur et ça sans aucune aide autre que son état naturel. Durant leur inspection j'ai entendu la vétérinaire dire à son assistante qui marquait le résultat à la suite de l'examen d'un de mes chiens qu'il était maigre. J'ai pris le chien et je lui ai demandé si elle croyait vraiment que ce chien était maigre. Elle a à ce moment dit à son assistante de marquer qu'il était normal. J'ai compris à ce moment-là qu'ils étaient prêts à tout pour m'inculper et que mentir faisait simplement parti de leur plan.

Quelques jours plus tard je retenais les services d'un avocat. Le onze juin Brad me téléphonait pour me dire que deux de mes chiens avaient contacté le Parvo, une maladie d'animaux très contagieuse. Il n'y avait aucun signe de cette maladie sur ma propriété. Le treize juin ils sont revenus pour ce qu'ils ont dit une petite inspection très rapide, mais ils n'ont pris aucun chien.

L'inspecteur de la SPCA de Grand Forks lui m'a dit que je pouvais faire le commerce que je voulais sur ma propriété et qu'il n'y avait aucune restriction que c'était une zone E. Il m'a aussi dit que lui et ses employés ont dû euthanasier vingt-et-un chiens dans leur établissement à cause du virus de la Parvo également. Ce sont des paroles qui me disent que mes chiens étaient de beaucoup plus en sécurité sur ma propriété en plus d'être aimés et bien traités.

Un de mes jeunes chiens avait une patte endolorie sans montrer aucun signe de lésion. Je pense qu'il s'était simplement coincé la patte entre l'arbre et sa chaîne. Ils m'ont dit que ce chien devait voir un vétérinaire immédiatement. Je leur ai dit que je devais aller à la ville le lendemain. Brad m'a dit que ça ira. Ayant plusieurs années d'expériences avec des animaux, spécialement des chiens, je savais très bien que ce chien serait bien dans un jour ou deux. C'est la même chose avec moi-même, quand je me fais mal et que je ne vais pas mieux dans quelques jours je vais voir le médecin, mais si au contraire je vais beaucoup mieux le lendemain, je sais alors que ça va aller.

Le lendemain ce chien était cent pour cent mieux tout comme je l'avais prévu. À cinq heures de l'après-midi le vendredi 14, Brad a appelé pour me demander si le chien avait été vu par le vétérinaire. Je lui ai dit dans quelle condition le chien se trouvait et il m'a dit qu'il devrait le voir. Le samedi suivant, le 15 j'ai demandé à un de mes voisins qui lui aussi a beaucoup d'expériences avec des chiens de venir voir mon chien et de me dire ce qu'il en pensait, lui qui en possédait cinq aussi. Lui aussi en a conclu que le chien avait un peu mal à la patte mais qu'il pouvait mettre tout son poids sur elle et qu'il allait très bien autrement. Deux jours plus tard, lundi le 17 Brad est venu chez moi à Beaverdell, mais je n'étais pas à la maison et il a laissé un mot à la barrière daté du 16 juin 2002. Il est revenu le lendemain le dix-huit accompagné d'une femme pour inspecter le chien qu'il pensait boiteux. Il a dit que ce chien ne semblait pas être le même. Je lui ai dit que c'était lui et qu'il allait très bien. Il a demandé ce que je lui avais fait. Je lui ai dit que je savais comment m'occuper de mes animaux. Il m'a alors demandé s'ils pouvaient faire le tour des autres chiens. Je leur ai dit chemin faisant qu'ils le pouvaient, mais ils étiraient leur inspection sur toute ma propriété encore une fois et je leur ai dit que j'avais autres choses à faire. Je leur ai donc dit que ceci en était assez et je leur ai demandé de partir, puis je les ai reconduis à la barrière.

CHAPITRE 8

Ils étaient de retour le 3 juillet 2002 à neuf heures du matin avec un mandat disant qu'ils croyaient qu'il y avait un animal en détresse sur ma propriété. Lorsque le policier m'a montrer les papiers je lui ai demandé de me donner quelques minutes pour trouver la clef, mais avant que j'aie pu le faire, ils avaient déjà couper le fil d'acier et ils étaient déjà entrés sur ma propriété. J'ai demandé au policier ce qui arriverait si je libérais tous les chiens. Il m'a dit qu'il devrait m'arrêter pour obstruction à la justice. Ils sont venus avec la police, deux vétérinaires, deux gros camions et remorques, une douzaine d'employés, de l'eau en grosses bouteilles de cinq gallons et des contenants. Tout ça pour selon le mandat un animal en détresse, mais il n'y en avait aucun chien en détresse jusqu'à ce qu'ils arrivent. À neuf heures trente ils commencèrent à mettre mes chiens dans des cages et de les embarquer dans la remorque. Ils sont partis avec leur premier chargement à midi trente, mais l'eau était demeurée non touchée sur la terre devant ma maison. J'ai des raisons de croire que mes chiens en leur possession sont tous demeurés sans eau par une journée de grande chaleur pour plus de quatre heures et demie.

Ils ont aussi passé plus de vingt minutes à essayer de capturer un chien à l'intérieur de son enclos. Je leurs ai offert de venir les aider quand je me suis aperçu dans quel état ils mettaient ce chien, mais Brad m'a dit qu'ils ne voulaient pas me voir à l'intérieur de cet enclos. Cinq minutes plus tard Cathy m'a demandé de venir les aider me disant qu'ils ne voulaient pas mettre plus de stress sur le chien qu'il en était nécessaire.

Le pauvre chien était sur le point de s'écrouler, puisque l'écume lui coulait de la bouche. Je n'ai pas pu m'empêcher de leur dire qu'ils étaient une bande d'idiots et qu'ils feraient bien d'apprendre à manœuvrer des chiens avant de s'engager dans ce travail. Juste avant j'avais demandé au policier qui était réellement cruel avec mes chiens. Lui aussi regardait ce qui se passait. Il m'a répondu qu'ils devaient faire leur travail. Je lui avais aussi montré ce qui était écrit sur le mandat, surtout en pointant un animal en détresse. Il m'a alors dit qu'il ne pouvait rien y faire. Puis je suis entré à l'intérieur de l'enclos et j'ai appelé le chien qui est immédiatement venu à moi et je l'ai mis dans la maudite cage, qu'il n'avait jamais vu auparavant. Je ne l'ai pas fait pour eux, mais bien pour mon chien qu'ils ont mis dans une détresse terrible et incomparable.

Une balle dans la tête aurait été beaucoup moins pénible pour lui et si j'avais su ce qu'ils feraient de mes chiens, c'est exactement ce que j'aurais dû faire avec eux avant qu'ils en arrivent là. Presque tous mes chiens ont connu une grande détresse cette journée-là et l'année qui a suivi. Ceci est en quelques sortes prendre des enfants de leurs parents et de les emmener là où ils pensent qu'ils vont mourir ou encore ne plus jamais revoir leurs parents. Nous n'avons pas besoin d'être psychiatres pour savoir et comprendre ça.

Il y a un autre chien qu'ils ne pouvaient pas embarquer et ça surtout parce qu'ils en avaient peur. Il était un chien que j'ai entraîné pendant trois ans pour devenir un chien de garde pour une cour de recyclage, communément appelée, cour de scrap. Il était celui qui était attaché près d'un camion où il y avait des morceaux d'auto dans la boite arrière. Ils ont pris tous ceux qu'ils ont pu voir incluant mon Buster qui était avec moi depuis douze ans et demi. Plusieurs de mes chiens pouvaient souffrir de dépression entre leurs mains, simplement pour être loin de moi que tous sans exception aimaient beaucoup.

Quand je dois partir en voyage pour visiter mes enfants et ma famille, je demande à ceux qui doivent prendre soin de mes chiens en mon absence de leur donner du steak et de la sauce s'ils cessent de manger leur nourriture de tous les jours.

Je ne pouvais pas rejoindre mon avocat cette journée-là parce qu'il était hors de la ville et je me suis senti pas mal désespéré et c'est pour cette raison que j'ai appelé mon voisin pour qu'il vienne évaluer l'état de mes chiens. Son nom est Don et il est venu avec sa caméra.

Tous mes chiens avaient une niche à l'épreuve de la chaleur et du froid et étanche, des arbres pour leur donner de l'ombre, de l'eau et de la nourriture en abondance, puisqu'ils n'avaient pas eu droit de terminer leurs derniers repas chez moi. Don a répété par la suite que la condition de mes chiens n'était pas du tout ce que les membres de la SPCA de Kelowna voulaient laisser croire à la population.

En fait, tous ceux qui sont venus chez moi indépendamment des gens de la SPCA pouvaient dire que mes chiens étaient très bien traités et ils peuvent en témoigner. Je suis sûr que le policier qui était sur les lieux ce jour-là pourrait en témoigner lui aussi, comme de raison s'il n'a pas été payé trop cher pour se taire.

C'est lui qui cependant m'a dit qu'il y avait sûrement quelqu'un que je pourrais appeler. J'ai donc eu la brillante idée d'appeler tous les médias et je leur ai demandé d'aller voir à la SPCA de Kelowna pour trouver un animal blessé ou malade ou encore trop maigre, un animal en détresse quoi. Tous les reporters m'ont dit et ils l'ont dit aux nouvelles qu'ils n'avaient pas pu voir aucun animal qui n'était pas normal.

J'avais une enseigne en haut de mes entrées à Beaverdell et aussi à mon commence de Westbank qui disait; chiens gratuits par appontement avec mes numéros de téléphones, mais je me suis fait voler des chiens et des chiots. Ces voleurs ont sûrement pensé qu'ils me faisaient une faveur.

Longtemps avant tout ceci, le treize octobre 2000 j'ai demandé au gérant (Russ Forand) de la SPCA de Kelowna s'il pouvait m'aider à trouver des personnes pour adopter une vingtaine de mes femelles adultes. Il m'a fit réponse qu'il ne pouvait pas en prendre aucune, parce qu'elles n'étaient pas adoptables. Au moment de cette même visite son assistante qui l'accompagnait m'a félicité pour mon système d'attachement de mes chiens et pour mes cabanes à chien. Je lui avais dit alors qu'elle était trop gentille pour ce genre de travail. Comme de raison je ne savais pas ce qu'ils avaient en tête!

Je ne savais pas que des êtres humains dans un pays civilisé comme le nôtre au Canada pouvaient être aussi cruels. Ils étaient définitivement beaucoup plus chien que mes chiens. J'ai fait une chanson sur eux qui s'intitule; Mes Chiens que j'ai affiché sur mon site Internet hubcap.bc.ca. Je ne pouvais pas penser qu'ils pouvaient forger tant de fausses preuves. Je ne crois pas avoir entendu autant de mensonges dans un si court laps de temps que le jour où l'avocat de la couronne a lu mon dossier au juge au début de mon procès.

C'est vrai, comme le dit ma chanson, qu'ils sont plus chien que les miens. J'ai plaidé coupable pour une seule raison et c'est que je ne pouvais pas me permettre financièrement de faire autrement. En plaidant non coupable le procès m'aurait coûté dans le moins dix milles dollars et mes chances de gagner étaient pratiquement nulles. Le fait que je n'avais pas d'argent, c'est-à-dire pas d'argent pour payer l'avocat, j'ai donc dû plaider de cette façon. Mon avocat m'avait déjà assuré que je n'aurais pas de dossier judiciaire. Ce qui fait que j'ai dû payer dix-sept cents dollars pour mon avocat et j'ai reçu une amande de deux milles dollars plus trois cents dollars en taxes luxueuses que je n'ai pas pu acquitter jusqu'à ce jour. Mon avocat m'avait déjà dit que je devais payer trois milles dollars pour obtenir un rapport de vétérinaires indépendants. C'était ça aussi de l'argent que je n'avais pas et de toutes façons, plus de la moitié de mes chiens étaient déjà morts ou vendus.

J'ai su plus tard qu'ils ont été assassinés par une personne non compétente qui a utilisé une aiguille au cœur, ce qui est apparemment très douloureux et illégale. Qui est vraiment cruel aux animaux?

L'avocat m'avait aussi dit que nous étions faits sans ce rapport de vétérinaire. De cette façon j'épargnais au moins six milles dollars, argent que je n'aurais pas du tout hésité à dépenser si je l'avais eu en ma possession. Quoique je crois bien avoir assez perdu dans cette épreuve!

Comme il a été écrit par un des journalistes, que j'avais été accusé, saisie, condamné et puni avant même de subir mon procès et d'être reconnu coupable.

Toujours parlant d'argent, il ne faudra pas oublier le coût exorbitant de la pension de mes chiens pour le temps qu'ils ont été prisonniers de la SPCA de Kelowna. Ils m'ont envoyé une facture de soixante milles dollars ($60,000.00) après treize semaines, oui $60,000.00. Ce n'est pas tout, la facture était montée à cent dix milles ($110,000.00) trois semaines plus tard.

Je ne suis pas très sûr si je peux appeler ça du chantage, mais je peux dire que cela lui ressemble étrangement. Mon avocat qui fait des tonnes d'argent m'a dit que lui-même ne pourrait pas se permettre une telle facture. Il a aussi déclaré qu'ils n'y étaient pas allés de mains mortes.

Voici maintenant l'entente de la BCSPCA que j'ai été obligé d'accepter bien malgré moi et elle date du mois d'octobre 2002.

Comme de raison elle m'a été donnée en anglais et je vais m'efforcer de bien la traduire pour vous, mes lecteurs.

REGLEMENT D'ENTENTE ENTRE

LA SOCIETE DE PREVENTION CONTRE LA CRUAUTE FAITE AUX ANIMAUX

DE LA PROVINCE DE LA COLOMBIE-BRITANNIQUE

322.470   RUE GRANVILLE
VANCOUVER, BC V6C 1V5
ET
Gaston Lapointe
Box 119, Lot B, Plan KAP48154, District Lot 31-38, Similkameen Div. of Yale Land District, Manufactured Home, Reg. # 06170, PID 017-931-363, on Highway #33, près de Beaverdell,
EN COLOMBIE-BRITANNIQUE

Re: Saisie de 67 chiens de la résidence de M. Lapointe par la Société de Prévention à la Cruauté faite aux Animaux («BCSPCA») pour prévenir la détresse en juillet 2002

LA BCSPCA AGRE COMME SUIT:

1. Elle va retourner à M. Lapointe son chien de tête, Buster moyennant la satisfaction des conditions suivantes;
2. Elle n'obligera pas M Lapointe à payer, ni cherchera à collecter par des moyens légaux ou autres, le montant significatif des soins encourus des autres animaux saisis en juillet 2002.

Gaston Lapointe CONSENT à CE QUI SUIT:

3. A TRANSFERER LE TITRE DE PROPRIETE DE SES 67 CHIENS, incluant toutes leurs progénitures exception faite Buster) à la BCSPCA qui pourront à leur guise adopter, donner, vendre, mettre à mort, traiter ou disposer des ou traiter de la façon que la BCSPCA considère approprié et ça à sa seule discrétion;
4. De ne pas essayer de s'approprier un seul des chiens saisis sur la propreté de M Lapointe ni l'un de leur progéniture à la suite de cette renonciation, l'abandon de ses animaux à la BCSPCA;
5. De ne pas garder ou d'être propriétaire de plus de huit (8) animaux en aucun temps;
6. De payer $400.00 pour récupérer (Buster) de la BCPSCA, ce qui représente le montant approximatif à réduction pour la neutralisation de (Buster) par la BCSPCA ($100) et les soins de vétérinaire, la nourriture et autre coûts et autres soins donné à (Buster) pour le temps qu'il était sous la garde de la BCSPCA ($300);
7. D'avoir tous les animaux qui lui appartiennent présentement, incluant mais non limité à une chienne et ses chiots, castré ou châtré comme il se doit au plus tard le 1er novembre 2002.

8. De permettre à la BCSPCA de suivre les progrès dans les trois premiers mois suivants l'exécution de l'entente moyennant deux jours d'avis et de coopérer et d'assister la BCSPCA lors de ces visites;

9. De permettre à la BCSPCA jusqu'au 31 décembre 2004 accès à sa propriété pour inspections moyennant deux jours d'avis, et de coopérer avec et d'assister la BCSPCA lors de ces visites.

10. De pourvoir à tous les animaux qui appartiennent à M Lapointe ample nourriture, de l'eau, abris, les soins vétérinaires, examens médicaux, traitements, exercices et espace de jeu, et des conditions de vie qu'un propriétaire d'animaux responsable suit et que des pratiques vétérinaires normales soient appliquées.

Cette entente doit être signée par les deux partis et peut être délivrée par fax car l'original suivra.

LA SOCIETE DE LA PREVENTION A LA CRUAUTE AUX ANIMAUX DE LA COLOMBIE-BRITANNIQUE Par:

_____

JOHN VAN DER HOEVEN Date:

_____

Gaston Lapointe Date:

_____

Ils ont oublié de mentionner dans cette entente que je dois fournir à mes chiens une télévision couleur, des portes de chambre, un plancher de cuisine et quant à y être, pourquoi pas un bain tourbillon?

$400.00, le coût pour mon Buster qui m'a été retourné, lui qui est né chez moi il y a treize années passées à la veille de Noël et laissez-moi vous dire qu'il était tout un cadeau. Pour quelle raison quiconque voudrait castrer un chien de treize ans de toutes façons? Je dirais qu'il a procréé au-delà de deux cents chiens. Que voulez-vous que je vous dise? La plupart des femelles ne voulaient que lui. Quand on l'a, on l'a!

Je me demande bien qui a fait les calculs pour en venir à soixante et cent dix milles dollars, parce que soixante-sept chiens à $400.00 chacun pour leurs soins ne se rapproche pas du tout de cent dix milles dollars. Puis je suis sûr qu'ils n'ont pas châtré ni castré tous mes chiens, puisqu'ils ont continué à faire reproduire mes chiens et cela fut dit par quelques-uns de leurs propres employés qui en furent témoins. Il a été dit qu'ils ont mis une femelle en chaleur dans la même pièce avec trois mâles qui se battaient pour l'avoir et ils la prenaient tour à tour et cela sans même savoir s'ils étaient frères et sœur. Je suis sûr aussi qu'ils n'ont pas castré ni châtré les chiens qu'ils ont mis à mort et s'ils l'ont fait, ils ont gaspillé l'argent des pauvres innocents qui ont payé pour les malheurs de mes chiens.

Ils (SPCA) passe leur temps à mendier de l'argent du public. C'est une bonne entreprise qu'ils ont là. Ils ont une très bonne façon d'éliminer la compétition aussi. Sérieusement, quelqu'un se doit d'enquêter sur ce qui se passe à l'intérieure de cette institution. En autant que je puisse le constater, ils ont trois façons de collecter l'argent et peut-être même plus. Premièrement ils reçoivent des octroies du gouvernement, puis ils ont des manières très particulières de mendier de l'argent à l'aide de commerciaux sur les journaux, la télévision et la radio, peut-être même l'Internet aussi en exploitant le cœur sensible des gens qui aiment les animaux peu importe à qui ils appartiennent. Puis comme vous le savez maintenant, ils peuvent saisir les animaux de propriétaires comme moi, qu'ils aient raison de le faire ou pas et de leur charger un bras en le faisant, sinon les yeux de la tête. Ils le peuvent et ils le font aussi, c'est de vendre des animaux comme tous les éleveurs.

Ils blâment ces derniers d'opérer des industries de chiots, mais eux aussi aiment à en avoir sous la main. Eux aussi gardent ces petits animaux entassés dans des cages sans espace et sur du ciment.

Je l'ai su dès le premier jour de ce complot quand ils ont pris mes femelles enceintes qui elles étaient en parfaite santé que ce qu'ils voulaient était mes petits chiots, probablement parce qu'ils avaient plusieurs clients à satisfaire. Une chose est certaine, ce n'était pas parce que mes chiens étaient mal en point non plus, parce qu'ils étaient tous en bonne santé et ils étaient tous bien traités. Ce n'est pas pour rien qu'ils ont retourné Buddyna pour prendre Golden, elle avait plusieurs signes de piastres sur la bedaine.

Celle qu'ils ont retourné était un peu sur le côté maigrichon, puisqu'elle finissait de nourrir quatre chiots. Cela n'est pas tellement facile pour la mère, surtout à l'approche de la fin du deuxième mois et je défie n'importe qui de me prouver le contraire.

Golden, celle avec des signes de piastres a eu treize chiots au centre de la SPCA de Kelowna quelques jours après son enlèvement. Elle leur a sûrement rapporté au moins $2000.00

La meilleure chose qui aurait pu arriver à Golden est qu'ils la laissent tranquille là où elle était, là où elle avait passé toute sa vie, là où elle se sentait en toute sécurité. La mère des chiots qui a tué ses chiots au centre l'a fait parce qu'elle avait peur pour ses bébés. Mais ils m'ont sûrement blâmé pour ça aussi. Ces idiots ont sûrement pensé qu'elle était folle ou arriérée. Ce n'est pas moi qui lui ai causé autant de stress ou de détresse. Elle aussi était bien chez-elle.

Avez-vous déjà pensé comment vous pourriez vous sentir si on vous enlevait et on vous emmenait là où vous pensiez qu'on va vous faire mourir? C'est exactement ce qui s'est passé dans la tête de mes chiens, mais je suis celui qui fut accusé de cruauté. Ils ont sûrement pensé ces imbéciles que mes chiens étaient fous pour agir de la sorte et c'est ce qui expliquerait la venue d'un psychiatre de Vancouver. Je sens presque le besoin de dire ce que Jésus a dit juste avant de mourir; 'Père pardonnez-leur car ils ne savent pas ce qu'ils font.'

Je peux toujours demander à Dieu de leur pardonner et je peux leur pardonner moi-même, mais je ne peux pas dire qu'ils ne savaient pas ce qu'ils faisaient, car ils savaient très bien qu'ils essayaient de détruire la vie d'un homme ou du moins sa carrière. Je ne peux pas dire non plus qu'ils ont détruit ma race de chiens, puisque jusqu'à ce jour je crois fermement qu'ils continuent à produire des chiots avec ceux qu'ils ont pris de moi. Ils se sont tout simplement servis de la loi et de la police pour voler mes chiens. J'ai désespérément demandé une enquête publique dans cette affaire, mais en vain.

Qui s'en fait de nos jours pour un pauvre homme français dans l'Ouest et qui dérange tant de monde? Vous pouvez lire sur le site de animaladvocates.com que beaucoup de gens s'inquiètent pour des animaux, mais qu'ils se foutent totalement des personnes. Ils ont perdu le sommeil et l'appétit à cause de mes chiens, mais ils n'ont pas eu un seul mot de compassion pour celui qui les a tous perdus. Je leur dirai quelque chose moi aussi et c'est que j'ai manqué à tous mes chiens sans exception, ça je le sais et ils me manquent tous encore aujourd'hui.

Ne vous est-il jamais effleuré l'esprit que j'aimais mes chiens et que mes chiens m'aimaient? N'avez-vous donc jamais entendu parler des chiens d'un seul maître? Si Buster ne m'était pas revenu, il serait mort de peine et d'ennui. Je suis également certain que plusieurs de mes chiens non pas réagis à leurs traitements parce que la seule chose qu'ils voulaient était de revenir chez-eux. Je suis heureux aujourd'hui que ma précieuse Princesse n'a pas eu à subir cette mésaventure. Elle n'y aurait pas survécu de toutes façons.

Contrairement à ce qu'il a été dit, mes chiens étaient bien abrités, bien nourri et cela fut dit aussi par le gérant de la SPCA de Kelowna, M. Russ Forand. Mes chiens n'ont en aucun temps manqué d'eau en ma possession, excepté le jour où ils ont été saisis par la SPCA de Kelowna et ça sous leur gouverne. Ils étaient flattés tous les jours et je jouais avec eux tous les jours. C'était l'euphorie chaque fois que je sortais de la maison. Tous et chacun voulaient être le premier à recevoir mon attention. Lorsque je sortais les harnais tous et chacun voulaient être le premier à prendre place devant le traîneau ou la voiture, dépendamment de la saison, comme de raison. Princesse était tellement possessive, qu'il me fallait la renfermer pour que Buster ait sa chance de prendre place devant la voiture.

Les uns me laissaient prendre leurs poils sans trop rechigner lorsqu'ils muaient, mais d'autres ne voulaient pas du tout me laisser faire et avaient plutôt l'air de penser que je les volais. Leurs poils valent aux alentours de $400.00 la livre. J'en ai recueilli de chacun d'eux sans exception. Un jour, quand je pourrai me le permettre je vais me faire faire un manteau avec les poils d'au moins quatre-vingt chiens différents. Leurs noms aussi seront affichés sur ce manteau. Tous ces noms témoigneront eux aussi de la méchanceté de ceux qui les ont fait mourir.

J'ai aussi patenté une demi-chaudière de cinq gallons de plastique que je mettais à la base des arbres pour recueillir l'urine des chiens mâles. Quelle idée stupide certains de vous avez déjà pensé! Ne jugez pas trop vite, vous pourriez peut-être le regretter. J'ai créé un produit répulsif pour tenir le chevreuil loin des routes. Le chevreuil peut le sentir à quatre cents pieds de distance et retourne sur lui-même aussitôt qu'il en a connaissance.

Ce très bel animal est celui qui tue le plus d'êtres humains en Amérique du Nord. Il y a plus de cent cinquante personnes par année en moyenne tuées par ce beau cervidé. J'ai offert mon idée au gouvernement de la Colombie-britannique, mais leur réponse fut qu'ils n'étaient pas intéressés pour l'instant. Seulement quand je serai mort, j'ai pensé.

Je pourrais continuer dans cette ligne, mais vous avez déjà le message. En fait, j'ai pensé que je pourrais être accusé de déranger la faune sauvage. J'ai actuellement expérimenté ce produit où il y a une source d'eau qui ne gèle pas même à trente degrés sous zéro. Le chevreuil et l'orignal s'y rendaient presque tous les jours avant que j'y dépose ce produit, mais par la suite seul un couguar s'y rendait.

Buster, celui qu'ils ont surnommé Grandpa avait le cœur brisé lorsque je l'ai repris au bureau de mon avocat. J'arrivais à peine à le reconnaître. Il était plutôt noir lorsque je l'ai perdu et presque tout blanc lorsque je l'ai repris. Il ne voulait plus me donner la main haute comme il était habitué de le faire. J'ai tout de suite dit que ce n'était pas mon chien, mais la secrétaire de mon avocat m'a repris en disant que c'était bien lui. Il est mort à quatorze ans et demi, mais ce chien-là était bâti pour vivre au moins vingt ans.

Je crois sincèrement aussi que les vaccins donnés à nos animaux réduisent leur durée de vie. Je me souviens que les chiens vivaient dix-neuf et vingt ans avant l'invention de ces vaccins et je crois sincèrement qu'ils sont là seulement pour enrichir les vétérinaires et les vendeurs de ces derniers. J'ai entendu un docteur dire à la télévision aujourd'hui qu'il y a eu seulement vingt-quatre cas de rage au Canada depuis 1954. Une vétérinaire de Penticton en Colombie-britannique m'a aussi dit en 1991 qu'il n'y a eu que trois cas de rage dans cette province en plus de vingt-cinq ans et c'est probablement la province avec le plus de vie sauvage du pays.

Une de mes tantes avait un collie qui a vécu vingt-et-un ans sans aucun problème de hanche et sans vaccin d'aucune sorte. Son chien est né en 1936 et il est décédé en 1957. Maintenant un chien de douze ou treize ans est comme un très vieux chien.

C'est peut-être là une autre raison pour laquelle ils ont agit contre moi et mon élevage, Ils avaient peut-être peur que je puisse prouver que leurs vaccins raccourcissent la durée de vie de nos animaux.

Belle, la mère de Buster était la petite-fille de la chienne de ma sœur aînée. Elle avait gagné le premier prix pour obéissance, réaction et beauté. Le genre de chien qui lorsqu'il a reçu l'ordre de demeurer en place se laissera mourir au lieu de désobéir. J'ai emmené Belle du Québec en 1987. Cela m'a pris deux jours de travail intense avant qu'elle accepte la randonnée en auto, mais après ça, elle ne voulait plus en sortir. De tout le trajet de Québec à Calgary, voyage de deux jours, elle n'a pas voulu manger, pisser ni chier. Tout ce qu'elle voulait était de se promener en voiture.

J'ai découvert un peu plus tard pourquoi les chiens aiment ça à ce point. La seule et unique chose qui pouvait empêcher Buster d'aller vers une femelle en chaleur ou encore de la laisser derrière lorsqu'elle était en chaleur était justement une promenade en camion.

S'il y en avait une autre ça aurait été d'être enfermé et incapable de la rejoindre, mais ça n'aurait pas été trop tranquille dans la cabane. Le moins qu'on puisse dire c'est qu'il fallait que ce soit quelque chose de passablement puissant pour qu'un chien comme Buster choisisse le camion au lieu de la femelle.

Leurs sens sont beaucoup plus sensibles que ceux des êtres humains, un million de fois plus élevées que ceux des humains, j'ai entendu une experte le dire à la télévision cette semaine. Prenez leur ouïe, leur odorat, leur sens du danger et beaucoup d'autres choses, mais aussi leur sexualité est sensible presque à l'extrême. La vibration du véhicule est ce qui les excite d'une façon peu ordinaire. Qui pourrait les blâmer? Plusieurs personnes se laisseraient mourir en se promenant.

Même si Belle était très intelligente et que je l'aimais beaucoup, je n'arrivais toutefois pas à la faire taire. Elle était une berger allemand pure et nous savons tous qu'ils aiment à japper. Peut-être qu'ils ne s'entendent pas quand ils jappent. Si une personne marchait sur le bord de la route envers ma collection de caps de roue, Belle commençait à japper lorsque cette personne était à plus de mille pieds et elle continuait son vacarme lorsque cette même personne était rendue à plus de quinze cents pieds plus loin. Heureusement le plus proche voisin était passablement éloigné, parce qu'elle m'aurait causé encore plus de troubles. Je ne peux pas compter toutes les fois que je suis sorti de la maison avec un journal roulé pour essayer de la faire taire.

Par contre elle était une gardienne des plus dépareillée. Je suis sûr que la SPCA, la bande indienne et la société de contrôle des animaux ont reçu beaucoup de plaintes à cause d'elle, surtout venant des voleurs qui avaient peur d'elle et Dieu sait qu'il y en avait beaucoup. C'est la raison principale pour laquelle je l'ai accouplé avec un pur malamute. Je voulais des chiens intelligents qui ne jappent pas trop, mais qui le font quand même quand c'est nécessaire. C'est ce que j'ai récolté, les fruits de mes efforts, des adorables Mutesheps. Peut-être que c'est ça aussi que les autorités n'aimaient pas, que j'aie une toute nouvelle race de chiens merveilleux. Je me fous totalement de ce qu'ils en pensent, moi je sais ce que je possède avec eux.

CHAPITRE 9

Buster était âgé de six mois lorsque je l'ai entendu japper pour la toute première fois. J'ai longtemps pensé qu'il ne le ferait jamais. Il était âgé de trois mois quand je lui ai fait faire son premier truck. Par contre, je ne conseil pas à personne de le faire, du moins pas avec le même article, puisqu'il peut être très dangereux pour l'animal.

J'avais dans la main une balle de golf et nous étions dans mon établissement de soixante pieds de longueur à Calgary. Buster qui était juste à côté de moi semblait se demander ce que je voulais de lui. J'ai donc lancé cette balle à l'autre extrémité d'une vitesse modérée. Encore là il me regarda et il semblait vouloir me demander ce que je voulais de lui. Il a regardé la balle rouler jusqu'à la porte d'entrée sans bouger et il me regarda de nouveau avec le même regard inquisiteur. Je lui ai donc demandé d'aller chercher cette balle. Il a marché lentement sans s'exciter jusqu'à la balle et se tenant au-dessus d'elle il me regarda de nouveau. Je lui ai dit à ce moment-là de la ramasser et il l'a fait sans bouger plus loin pour autant. Puis je lui ai dit de me la ramener et il l'a fait. Je l'ai félicité et il a compris que j'étais très content de lui. Il m'a toujours ramené ce que je lui demandais depuis. Je trouvais cela d'un aide incalculable lorsqu'il me fallait aller chercher un cap de roue sur un terrain où je n'y avais pas droit. Il était défendu aux personnes de traverser la clôture mais pas aux chiens. Non pas que ce soit un objet volé ou qui intéressait le propriétaire, mais il était quand même de l'autre côté. Lorsqu'il n'était pas trop loin je pouvais le récupérer avec une perche auquel j'y avais installé un crochet. Quelques fois le propriétaire des lieux lui-même le trouvait avant moi et il le suspendait à un piquet de clôture. Les cultivateurs m'en ont ramassé plusieurs de cette façon-là.

Belle, la mère de Buster pouvait sauter une clôture de six pieds et ça avec une chaîne accrochée à son cou. Sa mère pouvait sauter la toiture de la maison de mon père en essayant d'attraper un oiseau. Buster sautait en dehors d'un corral d'une hauteur de six pieds comme si cela avait été un petit trou d'eau. Je l'avais entraîné à me sauter dessus comme si j'étais l'ennemi, ce qu'il aimait beaucoup faire et ne voulait jamais manquer l'entraînement. J'avais dû y mettre fin un jour, parce qu'il était devenu un peu trop agressif et la dernière fois qu'on l'a fait, il m'avait fait deux grandes égratignures au buste avec ses dents. Son travail était de courir et de me sauter dessus et le mien était de l'attraper et de le jeter par terre. Cette dernière fois, j'avais pris peur en le voyant venir et je me suis juste tassé et c'est alors qu'il m'avait agrippé en passant. Il devait venir à trente milles à l'heure cette fois-là. C'est pour cette raison que j'ai cessé ce petit jeu qui était devenu un peu trop dangereux.

J'en ai passé des belles heures à jouer avec lui et à l'entraîner. Lui et Chimo ont passé des heures à se faire une compétition féroce, car ni l'un ni l'autre ne voulaient céder la balle à l'autre. Ce qui me faisait pouffer de rire à tous les coups c'était lorsque Buster se mettait le nez entre les pattes de derrière de Chimo et l'a faisait pirouetter ce qui lui a permis à quelques reprises de la devancer. Cependant Buster était et de beaucoup plus fort que Chimo et pour donner une chance à Chimo de temps à autres je retenais Buster quelques secondes après avoir lancé la balle. Mais je peux vous assurer qu'il n'aimait pas ça du tout, car il était un gagnant, un grand gagnant et un fier compétiteur. Par contre, si je ne lançais pas la balle trop loin Chimo pouvait l'attraper avant lui. Lorsque Buster en avait assez de ce jeu, il gardait la balle dans sa gueule et il n'y avait pas moyen de la lui arracher. J'ai essayé à quelques reprises de lui arracher, mais il avait une gueule d'une force herculéenne, elle était comme un étau.

Il était aussi d'une docilité presque déconcertante. Un jour alors que je marchais dans un parc avec mon amie et que je le tenais en laisse, il marchait devant nous sans forcer ni étirer la laisse, puis j'ai fait balancer la laisse du côté gauche et il s'est mis à tourner vers la gauche immédiatement, puis j'ai encore fait balancer la laisse du côté droit et il s'est mis à tourner vers la droite. J'ai demandé à mon amie si elle avait vu ça et elle m'a dit quoi. J'ai donc répété l'expérience pour ses yeux et elle avait de la peine à y croire elle aussi.

Buster n'avait à ce moment-là que six mois. C'était la toute première fois que j'essayais cette chose. Il semblait tout savoir avant même d'avoir reçu l'entraînement. Il m'avait drôlement impressionné une autre fois auparavant alors qu'il n'était âgé que de quatre mois. Nous étions sur la ferme du garçon de mon amie lorsqu'il est venue l'heure du départ où il jouait avec deux autres petits chiens. Je l'ai appelé et il est venu immédiatement. Je lui ai demandé d'embarquer dans l'auto et il l'a fait immédiatement. Je lui ai demandé d'aller sur la banquette arrière et il l'a fait sans hésiter. Je lui ai demandé de se coucher et il l'a fait aussi immédiatement. Il avait exécuté à ma grande surprise quatre commandements en l'espace d'une seule minute.

Ce n'est pas pour rien qu'il a terminé premier de sa classe à l'école de dressage de Westbank. Il y avait là vingt-six autres chiens de toutes races, plusieurs étaient de race pure, mais il était le seul chien bilingue. Il était une bénédiction pour moi et je le savais très bien. Tous mes chiens qui ont été assassinés par la SPCA de Kelowna auraient pu être aussi bons avec un peu d'amour et de temps.

Je pouvais lui donner des ordres en anglais ou en français et il les exécutait tous parfaitement dans les deux langues. Au début il se mêlait entre sit et shit (assis et chi), mais il a vite compris la différence.

La pureté d'un animal ne veut pas dire grand chose pour moi. Buster me disait-on n'était pas un chien de pure race, mais pour moi il était à la fois un pur shepherd et un pur malamute, un pur Muteshep, un shepherd silencieux!

Plusieurs me demandent pourquoi avoir autant de chiens. Et bien, cela n'était pas complètement volontaire et je ne l'avais pas planifié non plus, du moins pas le grand nombre de chiens. Avez-vous déjà essayé de contrôler une chienne en chaleur? Essayez donc avec trente. L'année avant la saisie du trois juillet 2002, j'ai demandé à Russ Forand, le gérant de la SPCA de Kelowna de m'aider à trouver des maisons d'adoptions pour au moins vingt charmantes femelles qui m'appartenaient et il a refusé. Je lui ai demandé en personne et une autre fois au téléphone. Il a refusé de m'aider. Je lui ai dit cependant que s'il allait les mettre à mort c'était quelque chose que je pouvais très bien faire moi-même. Sa réaction fut de me dire; 'Cela ne vient pas de moi, mais c'est probablement ce que tu devras faire.'

Il m'est traversé l'esprit à quelques reprises que la raison pour laquelle j'avais autant de chiens qui me sont demeurés sur les bras était en partie la faute des propriétaires d'animaleries, des amoureux d'animaux et de la direction de la SPCA qui n'ont perdu aucune occasion de salir ma réputation. La réputation d'un homme qui élevait quelques-uns des meilleurs chiens au monde et qui prenait soin d'eux comme une bonne mère prend soin de ses enfants.

Cela m'a été prouvé, il y a quelques années quand après avoir vendu un petit chiot à une famille qui m'avait supplié de leur vendre pour la modique somme de dix dollars. L'homme m'a ramené le chiot quelques deux mois plus tard. Il m'a donné pour excuse que sa femme avait découvert sur l'Internet que j'avais eu du trouble avec la BCSPCA et qu'ils ne pouvaient pas garder un chien qui venait d'un homme qui avait une telle réputation. Le moins qu'on puisse dire, c'est que cela peut être troublant.

C'était un homme, un inconnu à qui j'ai prêté quelques centaines de dollars quelques mois auparavant quand il est venu chez moi en pleurant; me demandant de lui avancer l'argent pour payer son loyer, car il risquait d'être jeté dehors de la maison avec sa famille en plein hiver. Je n'ai tout simplement pas pu ne pas aider si je pouvais le faire, aider un homme pleurant de détresse. Il faut dire ici que le règlement que vous avez au Québec concernant un abri garanti pour tous les mois d'hiver n'existe pas en Saskatchewan. Vous ne payez pas vous sortez.

Toute l'affaire du désastre de la Colombie-britannique a peut-être pu, en partie du moins être de ma faute. Après avoir terminé un chien que je savais inapte à vivre avec tous les autres et qui se battait chaque fois que l'occasion se présentait, j'ai prié Dieu pour qu'il vienne à mon aide, car mettre fin à la vie d'un chien, même s'il n'était pas le meilleur m'avait affecté. C'était un chien qui m'a accidentellement mordu durant sa dernière bataille de chiens lorsque j'ai voulu les séparer et il a refusé de m'obéir, ce que je ne permets pas à un chien adulte.

Je n'avais cependant jamais pensé que Dieu pouvait laisser le diable me faire autant de dommages. Il nous faut faire attention pour ce que nous prions, surtout si nous savons que Dieu nous écoute. Cela m'avait quand même brisé le cœur.

Cependant Dieu avait sûrement une bonne raison pour me sortir de la Colombie-britannique et c'est ce qu'Il a fait. Aujourd'hui j'ai comme l'impression que je suis sorti de l'enfer pour entrer au paradis, mais je n'oublie pas qu'au paradis, dans le Jardin d'Éden il y avait aussi des serpents.

Juste avant de partir j'ai dit que quelque chose de mauvais arriverait à Kelowna et dans la province. Il y a eu une grande quantité de feus depuis et beaucoup d'inondations et j'ai le pressentiment que ce n'est pas encore terminé.

Ces derniers mots sont exactement les mêmes que Russ Forand, le gérant de la SPCA de Kelowna a utilisé l'avant dernière fois qu'il est venu chez moi, juste avant le désastre de Beaverdell. Ces mots portent à croire que c'était un coup monté et prémédité. Mon avocat m'a dit plus tard que de six maisons qui sont dans un cul de sac à Kelowna, la seule qui n'a pas brûlé était la sienne. Je lui ai dit que c'était probablement parce qu'il m'avait aidé.

Comme vous le savez mon propriétaire à Westbank est un aborigène! Un jour lorsque nous parlions de choses et d'autres il a mentionné que leur jour de gloire viendrait lorsqu'ils seront riches et que le pouvoir vient avec la richesse.

Je n'ai pas pu m'empêcher de lui dire qu'ils avaient déjà eu ce jour de gloire. Ils nous ont montré à fumer ces aborigènes (calumet de paix) et maintenant la cigarette tue beaucoup de blancs. Je dirais même, que la fumée en a tué des millions et qu'elle continu toujours. Ce qui fait qu'ils gagnent à la fin. Il y a plus de blancs qui meurent à cause de la fumée qu'il y a eu d'indiens tués par la main des blancs. Qu'est-ce qu'il a rit lorsqu'il a entendu ces paroles!

Un officier de lois de la bande indienne de Westbank est venu me rencontrer un jour et elle m'a dit que ce n'était pas seulement mes chiens qu'ils voulaient hors de leurs terres, mais aussi moi et mes caps de roue. Je l'ai regardé directement dans le blanc des yeux et je lui ai dit qu'avant qu'ils me jettent dehors, je donnerai ma collection au propriétaire des lieux et que je travaillerai pour lui. Après ça vous essayerez de me jeter ou de le jeter dehors. Elle s'est vite retournée, car elle savait que j'avais le meilleur bout du bâton. Harcèlement, harcèlement, toujours du harcèlement!

J'ai été harcelé pendant plus de dix ans et par la bande indienne de Westbank et par la SPCA de Kelowna. Ils se sont aussi servis l'un de l'autre pour le faire. J'en ai conclu que des accusations de la SPCA sur une terre indienne ne tiendraient pas en cour et que c'est pour cette raison qu'on m'a forcé de sortir mes chiens de là et de les emmener ailleurs où ils pourraient procéder contre moi.

Ils ne voulaient pas seulement se débarrasser de mes chiens, mais ils voulaient aussi m'empêcher de continuer mon élevage. C'est pour cette raison qu'ils ont castré Buster. Il est peut-être même le seul de mes chiens qui a été neutralisé. Ceci fut fait dans l'illégalité, puisque je ne leur ai jamais cédé ce chien ni l'autorisation de faire quoi que ce soit sur lui. Ils n'ont jamais eu le droit de propriété de ce chien et je ne l'aurais jamais fait non plus.

Puis ils m'ont forcé à payer pour cette castration par-dessus le marché. Il n'y avait pas un meilleur chien au monde. Ils sont très intelligents et ils ne jappent pas à moins que ce soit important.

C'est probablement pour cette raison qu'ils n'ont pas compris mes chiens, ils étaient tous beaucoup trop intelligents pour eux. Si un de mes chiens jappe, peu importe s'il est trois heures du matin, je dois me lever, car ils ne jappent pas pour rien.

À Kelowna un chien n'a pas le droit de japper plus de cinq minutes à la fois ni plus de quinze minutes par jour. Les cordes à linge dehors ne sont pas permises non plus. Le chien n'a pas le droit de demeurer dans la cour devant la maison, il faut qu'il soit dans la cour arrière. Vous avez le droit d'allumer votre foyer seulement les jours qu'ils vous le disent. Il y a un gros prix à payer pour le soleil de la vallée d'Okanogan. Une chance que nous vivons dans un pays libre.

La seule fois que Buster a dû aller à l'hôpital, c'est une nuit où il s'est battu avec un porc-épic et c'était de ma faute, mais heureusement qu'il était obéissant, sinon ça aurait pu être encore bien pire.

Pensant que c'était des voleurs qui se cachaient dans le faussé à quatre heures de matin, je l'ai relâché et je l'ai envoyé après ce qui le faisait japper. Il avait de ces piquants partout dans la face et à l'intérieur de sa gueule. J'ai essayé du mieux que j'ai pu de l'aider, mais cela ne servait à rien, je ne faisais que d'empirer les choses. J'ai donc appelé l'hôpital des animaux et je l'ai entré à cinq heures du matin. Ils l'ont, je pense mis tout de suite sous anesthésie, mais je ne crois pas qu'ils ont travaillé sur lui avant huit ou neuf heures du matin.

J'ai sorti seize de ces piquants de sa tête un an après cet incident. Elles lui sortaient par les oreilles et plusieurs d'elles par le trou des yeux, ce qui était des plus inquiétant. Le vétérinaire qui l'a opéré m'a dit que plusieurs chiens à qui cela arrive meurent d'un piquant qui leur traverse le cœur même un an après l'accident.

Je pense qu'il a survécu un peu par miracle. Le tout aurait pu être pire s'il ne m'avait pas écouté lorsque je l'ai appelé. Quant à lui il serait retourné se battre avec la bête et il l'aurait probablement tué, mais il aurait sûrement perdu la vie aussi en le faisant. J'ai dû le rappeler à deux reprises. Cela se passait à l'été de 2001. Un jour où je travaillais sur une couverture à l'été de 2003, j'ai senti une terrible douleur à mon avant-bras gauche. Je me suis senti aussi comme si j'allais paralyser. Il y avait là un de ces piquants qui était sur le point de disparaître à l'intérieur de mon bras et il ne pouvait venir nulle part autre que de Buster. Il ne restait qu'un quart de pouce avant qu'il ne disparaisse à l'intérieur de mon bras, ce qui m'aurait plus que probable causé la mort. J'ai dû faire très vite pour l'arracher avec une paire de pinces. Buster a dû me transférer ce piquant lorsque je le scrutais pour lui enlever les poux de bois.

Mes malamutes sont aussi des chiens qui se nettoient eux-mêmes. Je n'ai jamais donné un bain à Buster et à ma connaissance il n'a jamais senti mauvais en plus de quatorze ans.

Je peux cependant comprendre pourquoi les gens de la SPCA en avaient assez d'entendre des plaintes. Je pense qu'ils en avaient assez d'entendre; 'Nous en avons trouvé un à la collection de caps de roue.'

Comme de raison, ils aiment à vendre leurs chiens eux aussi, surtout les petits chiots très attrayants comme ceux exposés sur mon site Internet et ils l'ont prouvé sans l'ombre d'un doute.

Je peux voir aussi qu'ils étaient pressés par différents groupes, comme des animaleries et des libérateurs ou secouristes d'animaux. Je suis avec eux à cent pour cent lorsqu'il s'agit de protéger des animaux, mais lorsqu'il s'agit de concurrencer contre les éleveurs, là je n'y suis plus du tout. Ils sont supposés protéger les animaux et non pas les tuer et de détruire les éleveurs.

Leur premier mandat de la cour stipulait qu'ils avaient reçu un coup de téléphone d'une personne qui se plaignait d'avoir vu cinquante chiens enchaînés aux arbres sur ma propriété à Beaverdell. L'officier en chef de la SPCA de Grandforkcs m'a avoué après coup que c'était lui qui avait appelé le centre de la SPCA de Kelowna pour se plaindre. Il m'a dit qu'il n'aimait pas voir des chiens enchaînés. Mais mes chiens n'étaient pas enchaînés du tout. Ils ont des lois qui forcent les propriétaires à ou bien attacher leur chien ou de les tenir dans un enclos.

Le fait est que j'ai été félicité par une femme, officier de la SPCA de Kelowna un an auparavant pour mon système d'attachement de mes chiens et pour mes cabanes fait d'un matériel isolé comme les portes de métal de vos maisons. En fait, ce matériel est justement des morceaux de porte qu'on a enlevé pour les remplacer par des vitres. Ces cabanes procurent de la fraîcheur pour mes chiens en été et de l'isolement contre le froid en hiver. Mes chiens aiment beaucoup se coucher sur le dessus du toit plat pour la hauteur et pour faire changement d'avec la terre.

Cette femme avait du mal à croire dans qu'elle forme physique mon Buster était pour un chien de douze ans et demi. Elle aussi cependant a dit que mes chiens n'étaient pas adoptables. Comme de raison elle avait bien reçu le message avant de venir chez moi! Elle aurait bien voulu néanmoins prendre deux de mes plus beaux chiots âgés de quatre mois et demi. Je lui ai dit que l'argent pour nourrir tous mes chiens venait justement de la vente des chiots. J'ai pensé qu'elle était beaucoup trop gentille pour ce genre de travail et je lui ai dit aussi.

Ils ont actuellement pris mes chiens d'un paradis pour animaux avec plus de trois milles arbres pour les mettre dans des cages sur un plancher de ciment où ils ont essayé de refaire leur lit comme ils en étaient habitués. Cela leur a causé des problèmes surtout aux pattes, qu'ils ont usé aux os à force de gratter. Ils ont tué mes chiens comme s'ils étaient des idiots et surtout parce qu'ils voulaient éliminer les preuves contre eux, la SPCA. Ils ont pris des chiens d'un homme qui ne voulait pas les voir morts et ils ont emmené mes chiens dans un endroit où ils allaient les faire mourir. C'était une chose que j'avais prédit d'ailleurs. J'ai désespérément plaidé pour empêcher ce massacre.

Mon système d'attachement pour mes chiens n'est rien d'autre qu'un câble installé d'un arbre à un autre d'une distance de quarante à soixante pieds sur lequel roule une poulie qui retient une laisse de dix à quinze pieds à l'aide d'une agrafe à pivot selon l'espace autour. De cette façon le chien a plus de liberté qu'un chien qui marche avec son maître au bout d'une laisse, car entre ces deux arbres l'animal va où il le veut quand il le veut. La raison pour mettre l'agrafe à pivot avec la poulie est pour empêcher que leurs poils s'y engouffrent et l'empêche de tourner proprement.

Si jamais la SPCA découvre un de vos chiens en train de s'étouffer et que c'est causé par les poils qui empêchent le pivot de fonctionner proprement, attention. Puis vous ne voulez pas voir votre animal mal en point non plus. J'ai eu des chiens qui avaient des poils jusqu'à six pouces de long, alors c'est une chose qui peut aisément arriver.

J'ai vendu un chien il y a quelques années qui lui a sauvé la vie de son nouveau maître. Les voleurs ont demandé à la SPCA de terminer ce chien disant qu'il était vicieux ou dangereux. L'affaire est que le chien n'a jamais mordu personne, mais il a simplement tenu le voleur en grognant et en montrant des dents jusqu'à ce que les policiers arrivent et ramassent ces truands. Ce chien-là est celui qui ressemblait le plus à Buster en caractère, en force et en intelligence. Un autre de mes chiens vendu a été reconnu pour être le meilleur pour sauver des victimes d'avalanches.

Les voleurs ont essayé d'entrer par infraction des centaines de fois à mon commerce de Westbank. J'en ai surpris plusieurs moi-même. Parfois je me demandais si je ne m'étais pas fait voler plus de caps de roue que j'en avais vendu.

Aujourd'hui j'en suis sûr, car mon ex employé m'en a volé des milliers et la police n'a pas voulu rien faire à ce sujet. Cela fait que, oui il était très important que j'aie des chiens à mon commerce de Westbank et sur ma propriété de Beaverdell.

Je suis persuadé que la SPCA de Kelowna a reçu plusieurs plaintes de la part des propriétaires des animaleries qui eux auraient bien voulu que mon commerce d'élevage soit détruit il y a de ça bien longtemps. Je suis aussi sincèrement convaincu que les agents et les employés de la SPCA de Kelowna auraient pu êtres mes meilleurs témoins lors d'un procès, puisqu'ils étaient chez moi au moins douze fois par année pour inspecter mes chiens et répondre à des plaintes non fondées.

La seule chose que Russ Forand a eu à me reprocher en dix ans est de ne pas avoir tout à fait assez de brins de scie pour mes chiots dans un enclos et il m'a demandé d'en ajouter. Ce que j'ai fait immédiatement. Il m'a répété à plusieurs reprises que ce que j'avais pour mes chiens était de beaucoup meilleur que ce qu'ils pourraient leur donner. Il l'a démontré par la suite.

Le treize octobre 2001 après avoir inspecté mes animaux, lui et un autre officier de la SPCA, un vétérinaire et un policier avec sa camera, Russ m'a dit sur son départ que ce n'était pas encore terminé. Je pense que je n'ai pas pris cet avertissement assez au sérieux, mais qu'aurais-je pu faire d'autre de toutes façons? Ce n'est pas tellement facile de déménager avec cinquante-trois chiens et pas beaucoup d'argent. Bien sûr que j'aurais pu tuer quarante chiens merveilleux comme ils l'ont fait, mais je n'aurais pas pu dormir jusqu'à ce jour. Eux en sont capables!

Pas une seule fois en dix ans Russ Forand ou un autre agent de la SPCA n'a pu trouver quelque chose d'assez grave contre moi pour m'inculper et ce n'est pas parce qu'il n'ont pas assez essayé. Cela a dû être passablement frustrant pour lui et quoi d'autre aurait-il pu dire à ceux qui mettaient tant d'efforts pour me détruire?

Les trois semaines précédentes j'étais au Québec pour visiter ma fille et ma parenté sur un voyage où j'ai laissé mon cd dans quarante-six stations de radio à travers le Canada. La famille aussi est très importante pour moi. Ils sont venus visiter mes animaux en mon absence et je me doute bien qu'ils ont pensé que c'était une bonne occasion pour me prendre les culottes baissées, façon de parler. Après leur visite il fut écrit dans les journaux venant de Russ Forand lui-même que la condition de mes chiens était acceptable.

Apparemment il y avait eu quand même un petit problème en mon absence. La seule personne que j'avais pu trouver et qui m'a été introduit par un de mes amis n'aimait pas râteler la merde des chiens. Nous savons tous que cela peut constituer une cause de persécution et de saisie par la charmante SPCA. Cet homme était superviser par mon employé de Westbank et par un ami de Beaverdell et aussi par son ami qui me l'avait présenté.

Ici je vais vous dire des choses que même les psychiatres de Vancouver ne semblent pas savoir ni comprendre et les employés de la SPCA encore moins.

Il faut comprendre la philosophie des chiens pour savoir que lorsqu'on enlève la merde des chiens, eux se sentent volés, dépossédés de ce qui leur appartient, leur seule production. Leur merde tout comme leur urine sers à marquer leur territoire. Lorsqu'un chien est seul chiez-lui le problème ne semble pas exister ou du moins ne pas être aussi sérieux, mais lorsqu'il y a cinquante autres chiens aux alentours, cela devient très important pour eux. Alors si vous faites disparaître leur merde tous les jours, l'animal cherche constamment un autre endroit plus sûr où déposer son trésor précieux. Vous avez sûrement déjà vu un chien mâle ou femelle faire cinquante tours avant de se décider à laisser tomber le caca. Très souvent aussi il va le déposer sur un petit arbuste ou encore dans une clôture, ce que je déteste d'ailleurs, puisque ce n'est pas toujours facile à ramasser.

Pourtant c'est justement par intelligence qu'il agit comme ça. Le chien se dit que le plus vous aurez de la difficulté à le ramasser les chances que ses dépôts resteront en banque seront meilleures. Si vous déposez votre argent à la banque vous ne voulez certainement pas que les agents de la SPCA viennent le retirer.

Alors pour calmer le chien de ses angoisses et l'empêcher de faire des tas un peu partout sur son terrain il vaut mieux râteler ses déchets avec de la terre et empiler le gâteau près de lui, mais quand même hors de sa portée et vous verrez qu'il fera toujours ses petits tas au même endroit par la suite et ça aussi près que possible de la pile, ce qui vous sauvera plusieurs heures de travail.

Le matin du trois octobre, lorsqu'ils sont venus pensant pouvoir accumuler assez de preuves contre moi en mon absence, j'étais en train de râteler lorsqu'ils sont entrés sur ma propriété à neuf heures du matin. Ils avaient manqué leur coup de peu. Ils étaient venus à quatre, deux policiers, Russ, le gérant de la

SPCA et un vétérinaire et ils étaient tous armés de cameras pour essayer d'accumuler assez de preuves contre moi. Ils voulaient me surprendre et c'est moi qui les ai surpris.

Russ m'a dit ce jour-là qu'il n'aimait pas le gars qui avait pris soin de mes chiens en mon absence. Je dois avouer que je ne l'aimais pas trop moi-même, puisqu'il a brûlé ma belle table de cuisine en bois.

Qu'est-ce qu'on fait lorsqu'on ne peut pas trouver assez de preuves contre quelqu'un qu'on veut démolir? Quand on est la SPCA de Kelowna, derrière Russ Forand et Cathy Woodward, on ment et on en forge. Il en va de même pour Brad Kuish.

Un jour bien avant tout ça une vieille dame est venue me visiter à ma collection de caps de roue et elle m'a demandé combien j'avais de chiens sur la propriété. Elle a stationné son véhicule illégalement sur la route de grand trafic et elle a marché une grande distance avec une canne, puisqu'elle avait une grande difficulté à le faire et elle pouvait à peine voir où elle allait. Elle voulait savoir combien de chiens je possédais. Je lui ai dit que la SPCA savait déjà combien de chiens j'avais. Je lui ai dit aussi de s'en aller chez-elle, de se reposer en paix et de laisser les autres faire de même.

Il y avait une femme, m'a-t-on raconté qui nourrissait son chien dans un bol de vrai cristal dispendieux. Ils ont dit aussi qu'elle allait encore prier sur la tombe de ce chien trois ans après son décès. Cela ne me dérangeait pas du tout jusqu'au jour où elle s'est plainte à la SPCA, parce que moi, je nourrissais les miens dans des caps de roue communément appelés (Dog dish, assiette ou plat pour chien). Lorsque j'ai raconté cette histoire à Brad Kuish, l'inspecteur de la SPCA qui est venu s'informer de mes chiens le 9 avril 2002, il m'a dit que c'était parce qu'ils étaient sales. Je lui ai dit que mes caps de roue étaient tout aussi propres que la vaisselle sur sa table avant son repas. J'espère du moins que sa vaisselle était aussi propre que les caps de roue que les chiens utilisaient. J'ai appris, il y a très longtemps qu'un cap de roue propre se vend plus facilement qu'un autre qui est sale.

Un jeune couple qui ouvrait un restaurant à Kelowna est venu me voir pour acheter cinquante caps de roue ordinaires et six autres caps de roue pour roulotte pour y servir de la salade. Je pense bien que si des caps de roue soient assez biens pour y servir à manger dans un restaurant, ils doivent être assez bons pour y nourrir des chiens.

Cette grosse bande de personnes responsables et respectables sont venues de Kelowna comme une bande de voleurs et ils ont aussi agi comme des voleurs. Le premier lot de mes chiens a subi le traumatise d'être mis en cages par des étrangers de neuf heures du matin à midi trente et ils ont quitté les lieux sans une seule goutte d'eau alors qu'ils avaient encore dans le moins des moins une heure de route à faire. Ils n'avaient jamais vu une cage non plus. Les cages ont été pillées dans leurs remorques comme des prisonniers de guerre. Aucun d'eux n'avait voyagé avec des étrangers avant non plus. Ils m'ont défendu de les nourrir et de leur donner de quoi boire. Ils ont sûrement eu peur des dégâts que ça pourrait leur causer. Je les avais déjà tous nourri et j'étais sur le point de leur donner de l'eau. J'étais plus matinal qu'ils l'auraient pensé ou souhaité.

Le policier m'a remis le mandat de saisie stipulant qu'un officier de la SPCA de Kelowna suspectait qu'il y avait un animal en détresse sur ma propriété. J'ai donc dit au policier et je lui ai montré le <u>un animal</u> et je lui ai demandé; 'Ont-ils besoin de douze employés, deux vétérinaires, deux gros camions et deux remorques et un policier pour un animal en détresse?" "Je ne peux rien y faire." "Que se passerait-il si je détachais tous mes chiens?" "Je devrai t'arrêter pour obstruction à la justice." "Tu oses appeler ça de la justice? Tout ça n'est qu'un tissu de mensonges." "Il doit se trouver quelqu'un dont tu peux appeler?" "Mon avocat est hors de la ville."

Je suis retourné dans ma maison et j'ai appelé Donald, un voisin qui est venu avec sa caméra. Heureusement pour moi il ne possède pas de chien, ce qui fait qu'il n'avait pas à se soucier des représailles venant d'eux. Don a pris plusieurs photos qui pourraient un jour me servir. Cela m'a fait quelque peu du bien et je me suis senti un peu moins seul contre cette armée qui m'envahissait.

Je me suis de nouveau senti désespéré lorsqu'il s'en est retourné chez-lui, mais je pense que c'est à ce moment-là que j'ai eu ma meilleure idée. J'ai appelé tous les médias dont je pouvais. Oui c'est moi-même qui a appelé tous les journaux, les stations de radio et de télévisions. Je leur ai dit que mes chiens étaient en route pour le centre de la SPCA de Kelowna et je leur ai demandé d'aller prendre des photos et des vidéos de mes chiens malades, estropiés et trop maigres qu'ils m'avaient enlevé. Comme de raison il n'y avait aucun et les voleurs, les chefs de la bande étaient encore chez moi. Ils ne pouvaient donc pas intercéder contre les journalistes. Mais surprise, on leur a refusé tout accès.

Quelques jours avant qu'ils ne me saisissent, ils m'avaient emmené plusieurs sacs de nourriture à chien.

Non pas parce que je manquais de nourriture pour mes chiens, mais un peu d'aide ce n'est jamais à dédaigner, surtout lorsqu'on a pas trop d'argent. J'ai bien vu que tous ces sacs contenaient que de la nourriture pour chiots, mais ce n'était que le lendemain. Je ne m'étais pas tout à fait assez méfié d'eux comme j'aurais dû le faire devant le piège qu'ils m'avaient tendu. Vous savez tous ce que de la nourriture pour chiots peut causer aux chiens adultes, n'est-ce pas? Je vais l'écrire quand même au cas où quelqu'un ne le saurait pas. Cela leur donne le va vite, une diarrhée assez sévère. Le moins que je puisse dire c'est qu'ils étaient venus chez moi pour faire d'la marde. Je le savais depuis longtemps ce que cette nourriture pouvait faire et je ne l'aurais jamais donné à mes chiens adultes. Comme de raison le matin de la saisie Russ Forand et quelques autres de ses employés se baladaient sur ma propriété le nez en l'air en espérant trouver ce qu'ils pensaient avoir causé ou semé et le résultat qu'ils avaient anticipé!

Ils avaient déjà pris toutes mes femelles enceintes et tous mes chiots avec leurs mères qu'ils avaient pu trouver, alors pourquoi m'emmener de la nourriture pour chiots sinon tenter de me tendre un piège emmerdant? Les sacs de Puppy Chow et les sacs de Dog Chow sont pratiquement identiques, seuls les écriteaux sont différents. Je suis retourné regarder aux sacs en les soulevant tous et c'est là que j'ai réalisé ce qu'ils avaient tenté de faire et ça c'était beaucoup de merde. Cette nourriture pour chiots ne peut pas faire de mal aux chiens adultes, mais le résultat ne fait pas le plus beau des décors sur la terre près des chiens. S'ils peuvent vous prendre avec de la merde pris dans les pattes de chien, vous êtes cuits.

Ils avaient déjà mentionné le giardia auparavant et Nicko qui avait le va vite depuis un bon bout de temps avait déjà été montré du doigt. De tous mes chiens il était le seul avec ce problème et il était déjà sous traitements depuis plus d'un mois. Il était selon Brad Kuish un chien vicieux et dangereux. Brad en avait peur probablement parce que Nicko était un très bon chien de garde. Je l'avais emmené chez mon vétérinaire et il avait reçu un examen complet. Nicko avait eu peur du plancher glissant en entrant, lui qui n'avait jamais vu un tel phénomène au préalable. Ce plancher était très brillant et glissant. Moi aussi j'ai peur de tomber quand je marche sur la glace et j'ose espérer que cela ne fait pas un idiot de moi pour autant, en plus que moi je sais ce que c'est de la glace. Aucune trace de la giardia ne fut trouvée en lui et le vétérinaire qui était un complet étranger pour lui n'a eu aucun problème pour faire son travail.

C'est lui qui m'a dit que presque tous les êtres vivants sur terre avait une forme de giardia. Mon chien avait un peu de problème avec le plancher en entrant dans cet immeuble qui lui était étranger, mais il n'a pas eu de problème du tout pour en sortir. Maintenant si le plus vicieux de mes chiens a pu s'adapter avec un plancher très glissant qu'il franchissait pour la toute première fois, rencontrer un pur étranger et le laisser travailler sur lui avec des instruments en moins de dix minutes, pourquoi tous les autres ne pouvaient pas s'adapter? Ce que je raconte ici est enregistré dans les dossiers du vétérinaire à Westbank en Colombie-britannique.

Peu après la saisie de mes chiens par la SPCA de Kelowna je leur ai demandé la permission de visiter mes chiens en compagnie de mon vétérinaire et on me l'a refusé. J'ai toujours pensé que tous avaient droit à une deuxième opinion. Quelques jours à la suite de la première saisie de quatre de mes femelles j'ai demandé à voir mes chiens et cela m'a été refusé également. Je suis allé au centre trois fois et on m'a refusé de me laisser voir mes chiens. Quelques dix-sept jours plus tard on m'a informé que j'avais perdu tous mes droits sur mes chiens parce que je n'avais pas réagi dans les délais de grâce prévus de quatorze jours. J'ai quand même pu noter qu'il y avait beaucoup de merde sur le plancher, comme si le hasard voulait me montrer qu'eux avec tous les employés qu'ils avaient ne faisaient pas mieux que moi seul avec mes cinquante-trois chiens. Je râtelais leurs déchets en les mélangeant avec de la terre et je pillais le tout près des chiens mais quand même hors de leur portée. En le faisant de cette façon je créais en eux le désir de toujours faire leurs besoins au même endroit. Cela me permettait de sauver beaucoup de temps et la senteur était bien meilleure que ce que j'avais constaté au centre de la SPCA de Kelowna. J'ai demandé qu'ils me remettent tous mes collets à chien. On m'a dit qu'ils le feront, mais ils ne l'ont jamais fait, ce qui constitue un vol qualifié avec la collaboration de la loi et de la police.

CHAPITRE 10

La moindre des choses qui peut être dite à propos de toute cette histoire est que c'était un chemin passablement tortueux. J'aurais bien voulu avoir avec moi avant ces malheurs un chien comme Angie qui aurait pu me prévenir du danger qui me guettait moi, mais surtout mes animaux. Peut-être aurais-je pu déménager mes chiens ailleurs et les préserver contre cet holocauste, au moins mon Buster. Une chose entre autres est certaine, il y avait sûrement une meilleure façon de contrôler cette situation de leur part.

Il m'est passé par la tête plusieurs pensées et elles n'étaient pas toutes des plus saines ni des plus saintes. Entre autres j'ai pensé charger ma 3006, désarmer le policier présent, faire décharger mes chiens par ces employés à la pointe du fusil, puis faire monter tout ce beau monde dans la remorque même les chauffeurs de ces deux camions à la place des chiens et fermer le tout sous clé. Ensuite, je les aurais mené au haut d'une côte très escarpée sur leur chemin, j'aurais mis le véhicule en fonction neutre et j'aurais laissé le hasard faire le reste.

Une autre idée qui m'est passée par la tête était de reculer mon camion à travers le mur devant l'immeuble de la SPCA de Kelowna, déposer une citerne de gaz propane de cent litres au beau milieu du plancher et de tirer un coup de ma 3006 et faire sauter tout ce beau monde que l'immeuble renfermait, mais juste la pensée de peut-être faire souffrir mes chiens était assez pour me faire changer d'idée.

Mon avocat à qui j'ai donné mon premier livre; Précieuse Princesse Du Pays Des Rêves, m'a dit après coup qu'il était inquiet que je fasse quelques choses du genre et il est allé lire mon livre pour savoir si je posais un risque pour tous ces salauds. Ce n'est pas qu'il ait pensé que j'étais méchant, c'est plutôt, je pense qu'il a pensé qu'eux peut-être méritaient un tel sort.

Il y a des gens qui tuent et il y en a d'autres qui sont tuables. Ce n'est pas la première fois que je le dis, mais heureusement pour moi et pour bien d'autres mon Dieu a dit; 'Tu ne tueras point.' Exodes 20, 13.

Il y a toujours deux voix qui nous parlent, moi j'ai toujours essayé de réfuter la voix du mal et j'en suis heureux d'en avoir la force dans des moments d'épreuves immenses comme ceux que j'ai connus. Ils pourraient peut-être ne pas être aussi chanceux quand ils feront la même chose à quelqu'un qui n'a pas Dieu dans sa vie, comme celui qui a tué quatre policiers en Alberta.

J'ai réalisé une autre chose après coup et ça c'est un rêve que j'ai fait, il y a quelques années s'est peut-être réalisé après tout avec l'invasion de la SPCA sur ma propriété. Ce rêve je vais vous l'écrire de nouveau et le voici.

J'ai rêvé que mes études bibliques étaient désormais connues à la grandeur du monde et que le diable les détestait autant qu'il déteste Dieu. Un jour comme je m'en entendais, une armée de policiers est venue sur ma propriété pour arrêter ce qu'ils ont osé appeler, le meneur de la secte. Ce qui fait que je suis sorti seul pour faire face à l'ennemi après avoir insisté auprès des autres afin qu'ils soient épargnés. Une fois que j'ai eu grimpé la petite colline où se trouve la barrière, je leur ai demandé pourquoi ils étaient venus en si grand nombre. Il y en avait au moins trente.

'Vous êtes sous mandat d'arrêt par ordre de notre roi.'

C'était une voix qui se faisait entendre à travers un gros cornet semblable à ceux qu'ils mettent sur la route pour diriger le trafic.

'Avez-vous entendu le tonnerre?' Puis presque tous se bouchaient les oreilles avec leurs mains, les uns se cachaient derrière les arbres et d'autres ont même essayé de ramper sous les autos. La pluie était tellement forte qu'on avait peine à se voir les uns les autres. Lorsque le silence se fit de nouveau, ils se sont tous assemblés autour de moi.

'Avez-vous entendu parler du tremblement de terre de la semaine dernière?'

J'ai alors vu la terre trembler sous leurs pieds et ils étaient terrifiés et criaient à pleine tête.

'Dites-moi, pourquoi crachez-vous le sang comme ça? Vous essayez de me faire peur ou quoi? J'en vois un qui n'a pas de sang aux lèvres, j'irai donc avec lui et avec nul autre. J'ai encore un peu peur du sida vous savez? De plus mon Dieu ne veut pas que je mélange mon sang avec celui de ses ennemis.'

L'un d'eux est alors sorti de son rang et il s'est approché de moi, puis il m'a dit:

"Bonjour frère." "Salut! N'as-tu pas peur comme tous les autres?" "Non, Dieu est mon bouclier." "Bonjour frère, où est-ce que nous allons?" "Il me faut t'amener à un autre domaine pour leur laisser le temps de digérer ce dernier orage et ce tremblement de terre."

Ce qui fait que j'ai embarqué dans l'auto de cet homme qui je pense était mon ange gardien, puis il m'a conduit je ne sais où puisque j'ai dormi pour la plupart du trajet. Cependant durant ce sommeil j'ai eu un autre songe ou un rêve. Ce n'est pas toujours facile de faire la différence. De toutes façons j'ai vu dans cette vision ce qui s'était passé avec les autres agents après notre départ. Ils sont retournés à leur chef qui j'ai pensé pourrait bien être le diable lui-même.

"Où est donc l'homme dont je vous ai envoyé chercher?" "Un autre policier l'a emmené." "Il ne l'a pas emmené ici. Que vous est-il arrivé par la sainte enfer?" "Il y a eu un orage comme nous n'en avons jamais vu auparavant et aussitôt que cet homme a prononcé les mots tremblement de terre, la terre s'est mise à trembler comme nous n'avons jamais entendu parler." "Nul de vous n'a pu faire tomber du feu du ciel comme ceci?"

Au même moment un feu descendit du ciel et a consumé trois de ses agents en quelques secondes. Un autre officier a dit à son chef que la pluie était tellement torrentielle, tellement forte que sa flamme n'aurait pas pu y résister.

"Vous n'êtes qu'une bande d'imbéciles et de vauriens. Je ne peux rien faire faire de mal à moins que je le fasse moi-même." "J'aurais bien aimé voir ton feu contre cet orage." "Toi, va en enfer immédiatement; tu n'es pas supposé aimer quoi que se soit ni qui que ce soit."

Une chose dont je suis certain, c'est que si les employés de la SPCA de Kelowna avaient aimé les chiens comme moi je les aime, ils ne les auraient pas tués, mais ils auraient trouver des personnes pour les adopter, spécialement ceux que leurs propres employés voulaient avoir. Si les employés de la SPCA de Kelowna avaient aimé les chiens comme je les aime, ils auraient trouvé un moyen plus rapide et moins souffrant de les mettre à mort. Je veux juste leur dire qu'ils ont beaucoup de morts sur la conscience, mais que dis-je? C'est peine perdue, parce que pour faire ce qu'ils ont fait, ils se doivent d'être sans conscience. Ce n'était certainement pas parce que mes chiens étaient vicieux, puisqu'ils ont laissé des purs étrangers à mes chiens les promener dans les rues et les parcs de Kelowna et ce témoignage vient directement des employés de la SPCA de Kelowna. À moins bien sûre qu'ils soient assez idiots pour laisser mes chiens dangereux risquer la vie et la sécurité des gens.

Aujourd'hui j'ai quatorze merveilleux et heureux Mutesheps que j'entraînerai pour tirer le traîneau ou la voiture et ça seulement parce que j'ai eu la sagesse d'écouter mon Dieu et de partir de la Colombie-britannique et de ne pas m'avoir laissé abattre par ce qu'ils ont fait. Ils ont essayé très fortement de détruire mon élevage et moi-même. Ils ont fait beaucoup de mal et de dégâts, mais ils ont échoué. Si je me fie à ce rêve cependant, en ce qui concerne leur invasion sur ma propriété, mon séjour ici en Saskatchewan ne serait que temporaire.

Comme je l'ai déjà dit, aujourd'hui j'ai comme l'impression que je suis sorti de l'enfer pour entrer au paradis, mais je n'oublie pas qu'au paradis il y avait aussi des méchants serpents. Même si ici en Saskatchewan c'est comme au paradis en comparaison de ce que j'ai vécu en Colombie-britannique, il y a quand même eu un certain nombre de mésaventures ici et elles aussi ont été causées surtout par les moins bons de la société, les plus pourris quoi.

Goodadam Saskatchewan octobre 2001 où tout à commencé assez simplement lorsque j'ai déménagé un couple de Westbank en Colombie-britannique à ici Goodadam en Saskatchewan à l'automne de 2001.

Ce couple que je connaissais pour avoir acheté mon camion d'eux a trouvé une maison avec garage sur un terrain de plus de quatre âcres dans le village de Goodadam pour la modique somme de deux milles deux cent cinquante dollars. Ce couple était parti à la bonne franquette, va comme je te pousse à la recherche d'une propriété à bon marché. C'est sûrement l'argent que je leur avais donné pour ce camion qui leur a permis de pouvoir se la permettre. J'ai sûrement sans le savoir en achetant ce camion acheté des troubles à venir. Quoi qu'il en soit, ce couple a rencontré lors de ce voyage un homme de Goodadam qui leur a parlé lorsqu'ils attendaient l'autobus au terminus d'autobus de Saskatoon. Le couple en question lui a dit ce qu'il cherchait et c'est comme ça qu'ils ont appris qu'il y avait des propriétés à bon prix dans ce village.

En fait, il avait hésité de me vendre ce camion disant qu'il en aurait besoin pour déménager et c'est alors que je lui ai offert de le faire pour lui quand le temps sera venu. Il avait été extrêmement surpris que je tienne ma parole lorsqu'il est venu me demander de les déménager. Cela a été un voyage très difficile, puisque le camion était chargé à bloc et qu'en plus j'ai dû remorquer sa minivan derrière. Cela a pris tout le petit change de mon camion au propane pour monter les côtes des montagnes rocheuses avec un tel chargement.

Cependant lors de ce voyage, de ce déménagement j'ai pu regarder un peu tout autour et j'ai noté quelques belles occasions d'achats si jamais l'envie me prenait de sortir de mon patelin. C'était encore moins drôle sur mon voyage de retour, puisque j'ai dû faire face à une vilaine tempête.

Comme de raison si vous êtes rendus jusqu'ici à lire dans ce livre, vous connaissez les problèmes que j'ai connus avec la SPCA de Kelowna. Ma précieuse Précieuse et ses trois petites que toute cette bande d'innocents n'ont pas vu ni entendu et par conséquent ont omis de prendre. Par conséquent je ne les croyais plus en sécurité sur ma propriété et cela avec de très bonnes raisons, alors je devais trouver un endroit sûr et amical pour elles sans perdre de temps.

J'ai donc eu l'idée d'appeler ce couple que j'avais déménagé l'année précédente. Ils ont vite compris ma situation et ayant visité mon chez-moi à quelques reprises, ils savaient très bien qu'il n'y avait rien de vrai dans l'histoire de mes chiens en détresse. Ils ont donc accepté de prendre soin de mes chiens jusqu'à ce que je puisse les reprendre de nouveau moyennant bien sûr un petit dédommagement.

Pour la première fois je pouvais laisser ma propriété sans laisser des chiens derrière, puisque ceux qui m'appartenaient désormais m'accompagnaient sur ce voyage et cela se passait au tout début du mois de janvier 2003. C'est sûr que c'était un très long voyage pour des chiens qui n'avaient jamais voyagé auparavant, mais ils ont tous bien fait ça. Je les ai toutes installées avec leurs cabanes pour qu'elles ne se sentent pas trop dépaysées. Je n'avais donc pas à me préoccuper outre mesure de ce qui se passait en Colombie-britannique.

J'ai vite trouvé une maison à vendre sur un beau terrain d'un âcre et demi pour la somme de mille dollars que je n'ai pas pu me la permettre tout de suite. J'ai donc dû la louer pour six mois à cent dollars par mois avant de pouvoir me la procurer. La maison est solide et droite, mais elle n'est pas des mieux isolées, ce qui m'a causé mon premier problème à cet endroit. J'ai dû après avoir fait mes affaires repartir pour la Colombie-britannique pour aller chercher mon ménage et tous mes effets personnels. Avant de se faire j'avais pris arrangement avec le maire du village pour qu'il garde un œil sur ma maison et sur mon chat qui devait rester, principalement parce qu'il m'avait causé quelques petits ennuis au voyage précédent. Je lui avais laissé tout ce qu'il avait besoin durant mon absence, c'est-à-dire une pleine chaudière d'eau potable et une pleine chaudière de nourriture. J'ai juste demandé au maire de regarder par la fenêtre de temps à autres pour voir s'il avait encore de l'eau et de la nourriture. Ce gros sacripant de chat noir, Miowe que j'aime beaucoup m'avait fait deux fugues lors de mes arrêts pour faire le plein.

J'ai appelé souvent durant mon absence pour m'informer des événements. Le résultat était que tout allait bien du côté de mes chiens et aussi pour le chat. Je pouvais donc dormir tranquille en ce qui concernait mes animaux. À mon retour après une absence de cinq semaines j'ai reçu ma plus grande démonstration d'amour de toute ma vie.

Le chat et les chiens m'avaient manqué beaucoup, mais ce n'était absolument rien en comparaison de ce que j'ai manqué à mon chat. Il en bavait, il en pissait, il en avait perdu presque tout contrôle de lui-même. Il s'est passé quarante-huit heures avant qu'il ne revienne à la normale, ce qui m'avait pour le moins grandement impressionné.

Je garde des chiens depuis plusieurs années et je sais que je peux manquer à un chien même juste après une heure, mais que ce soit une heure ou vingt-quatre heures ou encore plusieurs jours leurs réactions sont les mêmes à mon retour. Je leur ai manqué aussi à mes chiens, mais après quelques dix minutes ils sont revenus à la normale.

J'avais fait repartir la fournaise à gaz et j'avais ajusté le thermostat a cinquante-cinq degrés pour le temps de mon absence, mais comme j'avais plusieurs poêles à bois, j'ai fait déconnecter le gaz peu après mon retour qui était le cinq de février. Mais ce mois-là la température se situait aux environs de moins quarante. Quoi qu'il en soit, lorsque j'ai reçu ma facture de gaz, elle se montait à cinq cent vingt-huit dollars pour un peu moins de cinq semaines d'utilisation de cette fournaise qui avait été inspectée et allumée par un spécialiste de la compagnie de gaz. Le fait que cette fournaise était située juste au-dessous de mon lit au sous-sol jouait un peu avec mes nerfs chaque fois qu'elle démarrait. Je n'arrivais pas à me sortir de la tête qu'un couple retiré de Peachland dans la vallée d'Okanogan avait sauté avec leur maison juste quelques mois plus tôt et que c'était causé par le gaz et un éclair.

Ce maire qui surveillait ma maison en mon absence n'a cependant rien mentionné au sujet d'un toit en T d'une valeur de plusieurs centaines de dollars et qui a disparu d'une Caméro 1986 qui est stationnée juste derrières ma maison jusqu'à ce que je lui en parle. Lorsque je lui en ai parlé il a dit; 'Ah! Tu t'en es aperçu?' Puis il m'a dit qu'il croyait qu'un jeune homme blond l'avait pris.

Il y a deux jeunes hommes blonds dans le village, l'un d'eux est le fils du maire actuel qui demeure sur une ferme à la gauche de chez moi et l'autre est un employé de la coopérative située juste de l'autre côté de la rue devant ma maison. Je n'ai pas eu besoin de faire d'enquête approfondie pour déterminer le coupable, même si je n'ai aucune preuve formelle. Je n'ai aucune raison de douter celui qui travaille à la coopérative.

Cependant pour ce qui est du fils du maire actuel, c'est une autre histoire. Il est venu chez moi à maintes reprises et il m'a accosté plusieurs fois sur la rue et ailleurs pour m'indiquer qu'il voulait acheter cette Caméro pour son jeune frère disait-il qui je pense était âgé d'une douzaine d'années à l'époque. C'était en 2003.

Il l'a fait, tenez-vous bien, pendant les sept dernières années. Les roues très spéciales de cette Caméro ont aussi été volées, mais cela fut fait avant mon arrivée dans ce village. Je crois bien connaître leur nouveau propriétaire quand même. Il y a eu autres choses, mais j'y reviendrai un peu plus tard.

Ce maire qui est aussi un couvreur de maisons était intéressé à former une association avec moi pour des contrats en construction et il est venu me proposer une entente à cinquante, cinquante sur ses travaux. Il savait déjà que j'étais un menuisier et il m'avait dit au préalable que je n'aurais pas de problème avec mes chiens dans ce village et qu'il y avait déjà deux dames dans le village qui élevaient et vendaient des chiens sans aucun problème.

Les deux ou trois premiers contrats se sont passés sans trop de problèmes, même si je réalisais qu'il s'absentait un peu plus souvent qu'il le devait, mais quand même je gagnais bien ma vie.

Puis est venu un plus gros contrat, la résidence d'un prêtre près d'une église à Itunara, une petite ville située à quinze milles à l'Ouest de Goodadam. J'ai pratiquement fait tous les travaux moi-même. J'y ai travaillé soixante heures au gros soleil et encore là, sous une température de cent cinq degrés sur une couverture où il fait encore plus chaud qu'ailleurs et lui, il a travaillé moins de vingt heures.

Le prêtre m'a salué à plusieurs reprises, mais il ne m'a jamais offert un verre d'eau fraîche même s'il me voyait suer à grosses gouttes. Lorsqu'est venue l'heure du dîner je suis allé à l'hôtel pour y acheter quelques bouteilles de bière froides et je me suis installé à l'ombre sur le terrain de l'église tout en espérant que ce prêtre vienne me faire quelques reproches. Je peux vous assurer que je l'attendais avec une brique et un fanal, quelques bouteilles vides et que je lui promettais un chien de ma chienne, même si mes chiens étaient trop bons pour lui. Il faut dire aussi que j'ai cherché partout sur la propriété pour trouver de l'eau et ça sans succès. Cela me faisait complètement contraste, puisque partout où j'avais travaillé jusqu'à ce jour tous et chacun m'offraient de quoi boire et de quoi manger et il y en a même une qui m'avait offert à coucher parce que disait-elle, il faisait beaucoup trop chaud pour travailler à cette température et elle m'avait par conséquent donné plusieurs bières froides. C'était la seule fois dans les vingt dernières années où j'ai bu plus de deux bières dans la même journée.

Toujours est-il que ce prêtre n'est jamais venu me parler, mais j'avais quand même un bon message pour lui qui me vient de Jésus; 'Et quiconque donnera seulement un verre d'eau froide à l'un de ces disciples parce qu'il est mon disciple, je vous le dis en vérité, il ne perdra point sa récompense.'

C'est peu dire que cet homme en avait besoin. Mais comment un aveugle peut-il voir la sueur sur le front d'un dur travailleur?

C'est sur le prochain contrat que mon entente avec ce maire a pris fin. Nous avions une couverture à couvrir chez un cultivateur à trois milles à l'Ouest de chez moi. Nous avons fait le côté Nord du toit, lui, son meilleur ami, moi et le propriétaire des lieux qui nous a aidé à enlever les vieux bardeaux et à l'aide de son tracteur il a disposé de tous les rebuts.

Mais une fois que la moitié du toit fut tout nettoyé et qu'il était prêt à recouvrir, mon charmant partenaire devait aller chercher son équipement, c'est-à-dire son compresseur et les deux fusils ou cloueuses à air que nous avions besoin pour faire le travail. Nous avions tous sué un bon coup et un petit temps de répit était bienvenu. Mais une heure passa et une autre et finalement nous avons envoyé son ami voir ce qui se passait. Son ami est revenu avec l'équipement nécessaire pour faire les travaux, mais mon partenaire, s'était enivré au point de ne plus pouvoir faire le travail convenablement. Il a bien commencé le travail, mais complètement à l'envers du bon sens. Au lieu de commencer comme il se doit de gauche à droite il a commencé de droite à gauche et ça tout croche en plus et sous les yeux soucieux du propriétaire. Nous avons recouvert ce côté de la couverture, mais moi j'en avais eu mon voyage et le lendemain soir il est venu pour me payer le travail que j'ai fait sur la propriété de l'église. Il s'était absenté à plusieurs reprises avant cette journée-là et il n'y a pas eu une seule fois à la fin d'une journée qu'il n'a pas arrêté à la commission des liqueurs pour acheter un vingt-six onces et une caisse de six.

Lorsqu'il m'a payé, il m'offrait cinquante, cinquante du prix du contrat et je lui ai dit que ça ne marchait pas comme ça. Je lui ai dit; 'Tu te payes quinze dollars de l'heure pour tes heures, tu me payes le même montant de l'heure pour les miennes. Je t'alloue cent cinquante dollars pour avoir décroché le contrat et nous divisons le reste à cinquante, cinquante. Ça ferait du sens et autrement ça serait trop injuste. Il a accepté avec réticence et trois jours plus tard il est venu me dire que notre entente ne le satisfaisait plus dorénavant. Je ne l'ai pas remercié, mais j'aurais dû, parce qu'il venait de me faire une grande faveur. Cinquante,

cinquante ne comprend pas seulement les dollars, mais les heures travaillées aussi.

Dans les jours qui ont suivi, je l'ai aperçu à quelques reprises dans la petite ville de Itunara et il a semblé vouloir se cacher de moi. Il transportait de l'eau dans une grosse citerne pour un cultivateur à huit dollars l'heure pour une seule et même raison, de cette façon il pouvait toucher son salaire à la fin de sa journée de travail. Il a préféré travailler à huit dollars l'heure où il pouvait acheter sa boisson à chaque soir plutôt qu'à vingt-cinq ou trente dollars l'heure où il devait attendre quelques semaines pour l'argent parce que c'était une compagnie d'assurance qui payait. Quand on est poigné on est poigné.

Trois semaines plus tard, alors que je m'affairais à démolir un bâtiment que je me suis procuré, un ancien grand garage du village, le propriétaire de la maison où j'ai recouvert la moitié de la couverture est venu me demander si je ne pouvais pas terminer le travail. J'ai dit; 'Quoi? Ce n'est pas encore fait?'

Il m'a alors dit qu'il ne l'avait pas revu depuis le jour où nous avons recouvert la moitié de sa couverture. J'ai accepté de le faire et il m'a dit qu'il me payerait le montant que les assurances ont alloué et que lui-même collecterait les assurances plus tard. J'ai commencé tôt le matin et j'ai terminé avec la brunante, mais j'ai complété les travaux la même journée et cela seul avec un marteau et une pelle.

Le compresseur et les deux cloueuses de mon ex partenaire étaient demeurés sur les lieux, mais je ne m'en suis pas servi et de toutes façons je n'avais pas les clous nécessaires pour les utiliser. Mon ex partenaire et son compagnon de boisson, un autre ivrogne qui est aussi pire que lui sont venus chercher ses outils et je pouvais voir à leurs allures qu'ils étaient venus en même temps pour me faire un mauvais parti.

Le maire lui-même est un homme de six pieds quatre pouces et l'autre est un homme d'au moins deux cent trente livres. Cependant le propriétaire de la maison était et est demeuré sur les lieux toute la journée anticipant peut-être quelque chose du genre. Ils sont tous nés dans la paroisse et ils se connaissaient mieux que je les connaissais. À la fin de cette journée-là le propriétaire de la maison m'a payé les deux milles deux cents dollars, que son assurance lui avait alloué pour les travaux et je l'ai remercier. Il était satisfait de moi, quoi qu'il ait mentionné le fait qu'un couvreur puisse faire autant d'argent dans une seule journée.

Il avait sûrement pensé que cela me prendrait au moins trois jours pour faire un côté de la couverture à moi tout seul. J'ai pris la moitié de cet argent et je suis allé m'acheter un compresseur et une cloueuse à air et dorénavant j'étais une autre fois en affaire.

Le maire s'est plain à quelques personnes que je l'avais utilisé pour me créé une clientèle. Ce n'était certainement pas moi qui ai fait quelque chose de travers pour causer notre mésentente. La seule chose que j'ai fait est de ne pas me laisser piller sur les pieds, ce qui est loin d'être un défaut, surtout pas en affaire. L'agent d'assurance a aussi dit à ce client qu'il ne donnerait plus jamais un autre contrat à cet ivrogne.

Quelques temps plus tard alors que ce maire était en boisson et complètement soûl, il est tombé dans les escaliers chez lui, mais il a quand même réussi à se relever et il a marcher jusqu'au coin de sa rue devant sa maison avec la tête fendue. Il aurait apparemment perdu connaissance sur le coin de la rue. Quelqu'un l'a vu et a appelé la police. Un autre l'a aussi vu quelques secondes avant qu'il ne s'effondre, un ex directeur d'école et a dit à la police qu'il n'y avait personne d'autre aux alentours, mais cet ivrogne a quand même dit à la police et a tous ceux qui voulaient bien l'entendre que c'était moi qui l'avais battu en compagnie de trois autres personnes.

Encore aujourd'hui je ne connais pas une seule personne qui m'aiderait à faire une telle chose et de toutes façons, je n'ai jamais compté sur personne pour me défendre excepté peut-être un avocat en cas de nécessité.

Heureusement pour moi la police ne l'a pas cru.

Par contre son compagnon de boisson lui l'a cru et il est venu après moi un jour où je plantais mes patates dans mon jardin. Ce n'était pas exactement chez moi, mais c'était quand même un terrain que j'ai loué pour l'occasion. Il était soûl comme toujours et il est venu à moi en sacrant de tout ce qu'il pouvait sortir. Je ne me suis pas rendu compte tout de suis que c'était moi qui l'intéressais. Il marchait bien dans ma direction en disant; 'Là je te tiens mon enfant de chienne.'

Moi j'ai tout de suite pensé qu'il était après son chien, mais j'ai vite changé d'avis quand je l'ai vu s'approcher de moi. Il m'a demandé ce que je faisais là sur ce terrain, que ce terrain ne m'appartenait pas et que je n'avais pas d'affaire là. Je lui ai dit que j'étais occupé et que je n'avais pas de temps pour ces niaiseries-là. C'est alors qu'il m'a dit qu'il me tuerait et qu'il m'enterrerait dans mes patates et en même temps il s'est approcher de moi pour me frapper.

Je me suis tassé pour esquiver le coup et en même temps je lui en ai asséné un bon coup sur la gueule, mais je me suis vite aperçu qu'il en avait une très dure. Je lui ai dit de foutre le camp, mais il m'a chargé alors que je m'éloignais de lui pour éviter que cela ne tourne au vinaigre ou au sang. Quand je me suis aperçu qu'il s'approchait un peu trop de moi de nouveau, je me suis retourné rapidement et je lui ai asséné un coup de mon manche du râteau dans la figure. Je visais bien la gueule, mais je l'ai atteint dans le front. Celui-ci a été ouvert de quelques pouces, mais cela a suffit pour qu'il s'éloigne de moi. Je lui ai en quelques sortes refroidi les esprits, mais il saignait comme un cochon. Même s'il saignait de la sorte il était des plus heureux et il disait tout en marchant; 'Maintenant je sais que c'est toi qui a estropié mon ami, maintenant je sais que c'est toi qui l'a fait. Maintenant j'ai trouvé le coupable.'

Il s'en est allé chez son nouveau compagnon de bouteille, l'homme que j'ai déménagé ici l'année précédente.

La femme de ce dernier a appelé la police, mais moi aussi de mon côté j'étais retourné chez moi pour appeler la police qui est venue rapidement. Le policier m'a posé toutes les questions concernant l'incident et il m'a dit que je pouvais être accusé pour voies de fait, mais qu'il ne le ferait pas parce que cet ivrogne a été très désagréable avec les ambulanciers et aussi avec eux-mêmes les policiers, que s'il pouvait être aussi désagréable avec eux, il était facile de croire qu'il avait pu être désagréable avec moi. J'ai alors dit au policier que je n'avais fait que de me défendre.

Il a passé deux jours à d'hôpital à la suite de ce mal de tête, de cette blessure dont il avait vraiment cherché. Le policier m'a aussi dit de rester loin de ces deux mauvais garnements, parce qu'ils étaient très dangereux tous les deux. Je sais que celui que j'ai déménagé l'était, puisqu'il m'avait raconté lui-même auparavant comment il avait poignardé un homme qui l'avait nargué en Ontario. Il m'a aussi raconté comment lui et son beau-frère volaient des camions semi-remorques en Ontario. Il était en quelque sorte le Al Capone du Canada.

Il m'a aussi dit que la raison principale pour s'éloigner de la Colombie-britannique était pour lui éviter de commettre le meurtre d'un homme nommé Dwaine que je connais d'ailleurs et qui ne cessait pas d'harceler sa femme. Cela se passait à Peachland. Il m'a aussi montré le sabre qu'il tenait aiguisé aussi mince qu'une lame de rasoir avec lequel il allait lui couper la tête, mais c'est sa femme qui l'a forcé à changer de place. C'est aussi lui qui était le propriétaire du chien qui m'a causé tant de troubles, le père d'Angie.

Je lui ai demandé pourquoi il a eu besoin de poignarder un petit homme de cent quarante livres alors que lui qui est d'une force herculéenne et qui pèse dans les deux cent quatre-vingt livres et qu'il est bâti comme un lutteur. Comme de raison il n'a pas su me répondre! Il était un homme qui a vu Hitler face à face et qui échangeait de la boisson pour des armes et des munitions durant la dernière guerre. Ils ont déménagé loin d'ici apparemment pour une raison similaire, il allait tuer celui que j'ai blessé au front, parce que lui aussi harcelait sa femme. Les deux se nommaient Frank et les deux sont morts d'une façon semblable, d'une crise cardiaque. L'un d'eux est mort ici dans le village. On l'a trouvé la face première contre le plancher dans sa maison et l'autre je l'ai appris par l'entremise de l'un de ses amis.

C'est quand même très étrange tout ça, ce Franck fuit pour ne pas tuer quelqu'un et moi je fuis pour ne pas me faire tuer.

Personnellement je crois que sa femme pourrait bien n'être qu'une aguicheuse, puisqu'elle m'a dit un jour et ça devant son mari, qu'elle avait un petit vagin serré, ce qui pourrait intéresser plusieurs hommes. Pourquoi une femme dirait de telles choses aux hommes qu'elle rencontre? Elle laisse aussi savoir à qui veut l'entendre que son mari est impuissant.

Un autre homme qui se nommait Steve est mort aussi d'une crise cardiaque alors qu'il s'est emporté lors d'un encan et ça parce qu'il a fait une colère au sujet d'un dollar qu'il venait de perdre.

J'avais fait quelques travaux pour lui, mais j'avais eu quelques difficultés à me faire payer. Puis un peu plus tard il voulait que je vienne installer chez lui une antenne qu'il m'avait acheté et que je lui avais livré, mais que je ne voulais pas installer pour lui. C'était la même période de temps où je travaillais sur la propriété de l'église et avec cette chaleur, j'en avais assez de mes huit à dix heures sur la couverture. Mais il avait vraiment insisté et étant un vieil homme, je l'avais quelque peu pris en pitié. Il était un ancien professeur d'école. J'ai donc terminé un peu plus tôt une journée et je suis allé chercher les matériaux que j'avais besoin pour installer cette antenne et qui se montaient à cinq dollars. Puis je suis allé chez lui pour l'installer. Je lui ai dit qu'il me devait onze dollars quand le travail fut terminé. 'Ho non,' il m'a dit, 'je vais te donner cinq dollars.'

Je lui ai répété qu'il me devait onze dollars et il m'a présenté un billet de cinq dollars. Je lui ai simplement dit de le garder et je m'en suis allé chez moi. Il est venu à plusieurs autres reprises me demander et me supplier de faire d'autres travaux pour lui, me disant que j'étais le meilleur et qu'il n'y avait rien que je ne savais pas faire, mais pour moi c'était bien fini de faire quoi que soit pour cet homme. Je lui avais pardonné, mais je ne voulais plus avoir quoi que ce soit d'autre à lui pardonner.

Plus tard j'ai entendu une histoire de lui qui m'a bien fait rire malgré tout.

Frank, celui qui est le compagnon de bouteille de mon ex partenaire avait travaillé deux jours complets sur la ferme de

Steve et ce dernier lui a offert de le payer avec du poulet et l'autre l'a gracieusement accepté en disant qu'il aimait bien cette viande. Alors Steve lui a amené un poulet complet tout gelé. Frank un peu pour se moquer de l'autre lui a demandé s'il ne pensait pas que c'était trop. Steve avec tout le sérieux du monde lui a alors dit qu'il aurait bien voulu le couper en deux, mais que le poulet était trop dur.

Puis ce même Frank qui a cru la version de son compagnon de bouteille à propos de sa perte de connaissance, celui qui est venu m'attaquer dans mon champ de patate en avait encore contre moi. Il est venu pour m'attaquer une autre fois alors que je faisais des travaux dans le village. J'ai donc dû appeler la police une autre fois et il a été traduit devant le tribunal pour harcèlement. On lui a remis l'instruction de ne pas s'approcher de moi, peu importe l'endroit, mais il l'a fait quand même à deux autres reprises.

La femme pour qui je travaillais cette journée-là m'a accusé d'avoir brisé une fenêtre de sa maison que j'avais installée. Les travaux avaient été inspectés par l'inspecteur du gouvernement, puisque c'était ce dernier qui payait. Elle a bien essayé par tous les moyens de me le faire payer, mais en vain. C'était son garçon qui ne connaissait pas le maniement de ces fenêtres qui l'avait brisé en négligeant de la déverrouiller avant de tourner la manivelle et il l'a un peu trop forcé. Elle aussi est décédée dans la même année d'une crise cardiaque.

Mon ex partenaire, Rod est décédé lui aussi alors qu'il était en boisson et il s'est fracassé la tête sur le trottoir, un peu de la même façon qu'il l'avait fait chez lui l'année précédente, mais au début j'avais cru comprendre à travers les nouvelles qu'il avait été assassiné. Il était dans la mi-quarantaine. Je m'attendais à être interroger par les policiers, mais il n'en fut rien. Il était apparemment un psychopathe.

Un autre cas un peu bizarre est survenu alors qu'un avocat de la ville de Melville m'a téléphoné pour que j'aille visiter une maison à un petit village voisin. Les propriétaires qui l'avaient reçu en héritage voulaient savoir combien je demanderais pour la démolir au complet. Je lui avais fait la réponse que cette maison était trop belle pour être démolie. Mais la personne à qui elle appartenait avait été trouvée morte depuis quelques jours à l'intérieur de celle-ci.

J'ai donc offert de l'acheter et avant même d'avoir une réponse à ma demande, cette maison avait été vendue à Normand, un mécanicien du même village qui l'a eu pour cent dollars. J'en avais parlé à mon ami qui demeure dans le même village et qui lui prenait le café tous les jours avec cet homme. Je n'étais pas sans savoir de qui il avait eu l'information. En moins de trois mois ce Normand mourait lui aussi d'une crise cardiaque. Il avait à peine cinquante ans. J'aurais pu vendre cette maison assez facilement pour une somme qui se figure entre cinq et dix milles dollars.

Quelques mois auparavant j'étais allé voir le cousin de Normand, Charley, un homme d'une quarantaine d'années du même village que je connaissais déjà depuis quelques temps. J'étais allé pour lui demander de venir couper deux gros arbres qui étaient tombés sur la clôture de mes chiens en mon absence. Je savais déjà qu'il était un homme de bois et qu'il était équipé d'une bonne scie à chaîne. Il a froidement refusé en me disant que cela ne l'intéressait pas.

J'avais déjà acheté du bois de chauffage de lui et cela ne lui aurait pris que quelques trente minutes pour faire le travail. Cependant avant que je ne le quitte il m'a demandé si je pouvais l'aider à obtenir un octroi du gouvernement pour rénover sa maison. J'ai simplement souri et je suis parti. Deux mois plus tard on l'a trouvé mort étouffé dans sa vomissure et assis dans sa chaise une bouteille à la main.

Un autre homme de mon village chez qui j'ai réparé la couverture, Mike était fâché contre moi parce que je n'ai pas voulu mentir à son agent d'assurance concernant la raison de ses dégâts. La vallée avait été mal faite et l'eau poussée par le vent s'était infiltrée et elle a causé du dommage également au plafond de sa cuisine. Lui aussi est décédé peu de temps plus tard d'une crise cardiaque. Il avait pourtant l'air d'être en bonne forme physique.

L'une des seules choses que je puisse dire à propos de tous ces décès, c'est que mes ennemis n'ont pas eu de chance et ils me donnent envie d'avertir les autres de faire attention et de ne pas trop me détester. C'est comme si Dieu voulait me montrer que je n'ai plus rien à craindre de mes ennemis et qu'Il s'en occuperait Lui-même. D'une certaine manière c'est plutôt rassurant.

CHAPITRE 11

Mais il n'y a pas que de mauvaises choses qui arrivent en Saskatchewan ou à Goodadam. Prenez par exemple il y a un mois passé je suis allé à l'hôpital pour un rayon X et une prise de sang. Il ne s'est passé que quatorze minutes à partir du moment où j'ai ouvert la porte pour entrer et le moment où j'ai ouvert la porte pour en sortir et ça après avoir reçu ce que j'étais allé chercher.

Mon assurance pour ma fourgonnette ne me coûte que dix dollars par mois. C'est vrai qu'elle est antique, mais quand même.

J'ai vendu ma propriété en Colombie-britannique, un morceau de terre de cinq âcres très rocheux pour soixante-quinze milles dollars et ici dans le village j'ai acheté quatre maisons sur un peu plus de quatre âcres avec une belle terre noire pour deux milles dollars. Je ne pouvais pas me tromper. En Colombie-britannique les arpenteurs voulaient des milliers de dollars juste pour séparer la propriété en deux.

Ici une année j'ai récolté trois milles cinq cent livres de patates sur un terrain de quarante pieds par quatre-vingt.

J'ai acheté par la suite vingt-quatre autres propriétés, dont un restaurant, une salle de danse à deux étages, une autre maison un peu mieux appropriée pour y accueillir ma mère venant du Québec, un ancien garage et plusieurs autres terrains. Il me faut dire qu'en 2003 j'avais encore beaucoup d'ambitions.

J'avais même envisagé créer un centre d'hébergement pour les itinérants qui ne sont pas sous l'influence de la drogue. Je me disais; pourquoi vivre dans la rue alors qu'ici on pouvait se procurer une maison pour cinq cent dollars ou moins? J'aurais voulu créer de l'emploi pour plusieurs personnes. Il y avait aussi une école d'une valeur de huit cents milles dollars qui s'est vendue pour la somme de quatre mille dollars. Cet établissement aurait fait un endroit idéal pour y accueillir les vieillards en transformant les classes en petits appartements.

Le maire du temps, mon ex partenaire prétendait négocier l'achat de cette école pour un dollar et il me l'aurait vendu dix milles dollars, bien sûr que tout ça aurait été fait au nom du village. Je l'ai surpris à faire semblant de discuter au téléphone avec la personne responsable de la vente de cet établissement alors qu'il n'y avait personne à l'autre bout de la ligne. Cela se passait avant la rupture de notre entente, bien entendu.

Je suis quand même heureux que cela ait échoué, puisque je n'avais pas vraiment les moyens de faire fonctionner un tel projet, même si cela en était un très intéressant. Il était d'une trop grande envergure pour moi. Juste le chauffage d'un tel immeuble était extravagant. Il m'aurait pris du capital roulant beaucoup plus important avant de pouvoir mettre en marche ce magnifique projet.

Il y avait là cependant un potentiel de revenu de trente milles dollars par mois, moins le coût des opérations bien naturellement, ce qui n'était pas à dédaigner en plus de donner un train de vie agréable pour les pensionnaires. J'avais envisagé une sortie en autobus toutes les semaines pour fin de magasinage pour tous, incluant ceux qui leur restait un maigre cent dollars sur leur chèque de pension que j'aurais bien voulu leur laisser en poche justement pour cette fin. Il aurait aussi fallu qu'ils puissent le faire physiquement, mais l'autobus est à peu près tout ce que j'ai pu me permettre, quoique le rêve soit toujours présent et on ne sait jamais, peut-être qu'un jour il pourra se réaliser.

Le 26 novembre 2003 est une date importante, puisque je pense avoir inventé un programme d'aide au itinérants pour retirer ces pauvres gens de l'enfer dans lequel ils se trouvent pour les emmener dans un morceau de paradis.

Le gouvernement de la Colombie-britannique a décidé de couper le bien-être social à des milliers d'itinérants, de vagabonds, des sans travail et dans bien des cas des gens sans aucune ressource.

Je pense qu'il n'y a qu'une seule façon de combattre le mal et ça c'est avec le bien.

Voici ce qu'est mon plan, ce que ce programme pourrait faire pour eux. En passant, je vais commencer par m'aider moi-même. Ici en Saskatchewan, dans plusieurs villages les maisons sont à bon marché. J'ai même une anecdote à vous raconter à ce sujet. Un vieil homme que je connais bien, son nom est Jeff et il a acheté, il y a quelques vingt années quand même, une maison sur un terrain d'une belle grandeur pour la modique somme de cinq cents dollars. Vous avez bien lu oui, $500.00. Entendons-nous bien, ce n'est pas un château, mais c'est quand même un toit au-dessus de sa tête.

Un jour dans une de nos conversations, il n'y a pas tellement longtemps, lorsque nous discutions des autorités il a dit; 'Ces enfants de chienne, ils ont doublé mes taxes.'

Tout en ayant l'air de rien, je veux dire bien innocemment, je lui ai demandé combien il payait maintenant. Il m'a répondu d'un air très abattu; 'Trente dollars par année.'

J'ai bien failli m'éclater de rire, mais je me suis retenu.

"Ce n'est pas le montant que tu as à payer qui te dérange, mais bien le fait qu'ils ont doublé tes taxes? Trente dollars? Cela ne te coûte même pas dix sous par jour et tu te plains?"

Il a rétorqué en me disant qu'ils avaient quand même doublé ses taxes. Je lui ai donc fait la suggestion d'aller prendre une petite marche à chaque jour, puis je sais qu'il aime à marcher, ce qui est bon pour lui de toutes façons et de ramasser deux cannes vides de liqueur douce et que cela prendrait soin de ses taxes. Je lui ai dit que s'il ramassait une canne de bière vide en plus, cela prendrait soin des taxes pour l'an prochain. J'ai ajouté que s'il venait à ne plus pouvoir marcher de me le laisser savoir, que je lui donnerais ces quelques cannes à tous les jours. Il était âgé de quatre-vingt ans. Je savais aussi qu'il aimait aller au dépotoir pour y cueillir un peu de tout que des gens plus en moyens ne se gênent pas pour y jeter leurs choux gras.

Un jour il m'a dit qu'il avait envoyé à sa nièce en Ukraine la somme de cent milles dollars et je n'ai pas pu m'empêcher de pratiquement lui dire qu'il mentait, que je ne croyais pas un seul mot de tous ça. Le lendemain il était chez moi avec toutes les preuves en mains. Sa nièce avait reçu $96,000.00 et le coût des envois se montait à $4000.00. J'ai découvert dernièrement que cet argent était pour acheter son silence pour ce qu'il a fait dans le passé.

Quelques années plus tard, quelqu'un m'a dit qu'il me volait des planches et je me suis dit que ça ne valait pas la peine de faire du chichi pour quelques bouts de planches, mais je me suis rendu compte par la suite que c'était des planches de contre-plaqués qui se vendent présentement aux alentours de soixante dollars la feuille dans les magasins. Lorsque je l'ai confronté à ce sujet, il m'a dit qu'il les avait trouvées au dépotoir. Han, han j'ai dit, personne ne jette des planches de cette valeur au dépotoir.

'Tu mens et saches bien que tu ne peux pas les emmener au paradis.'

Maintenant voici mon plan est de passer une petite annonce qui va comme ceci; Vous les sans maison!

Voulez-vous une nouvelle vie?

Voulez-vous un toit au-dessus de votre tête?

Voulez-vous un travail?

Êtes-vous prêts à recevoir un entraînement?

Êtes-vous prêts à abandonner les mauvaises substances? Alors j'ai l'endroit qu'il vous faut.

Condition première; Volonté de sortir de votre pétrin.

Deuxièmement: Vouloir travailler.

Troisièmement: Vouloir être honnête.

Quatrièmement: Vouloir demeurer sobre.

Les deux suivants ne sont pas obligatoires.

Cinquièmement; Vouloir aider les autres aussi.

Sixièmement faire parti de ce programme.

Nous avons besoin: Travailleurs de la construction. Menuisiers, plombiers, couvreurs, peintres, Installateurs de gyproc, bâtisseurs de clôtures, tireurs de joins, je ne parle pas de fumeurs ici, installateurs de feuilles de métal, électriciens.

Dans la restauration: Plongeur, serveuses, cuisiniers.

Jardiniers, aides fermier pour légumes et fruits.

Mécaniciens de maintenance, scrappeurs de véhicules.

Vendeurs, vendeuses.

Assistants de personnes âgées.

Dresseurs de chiens et soin à leur entretien.

Travail de bureau: Teneurs de livres, spécialistes en Internet, créateurs de sites Internet.

Nous avons beaucoup d'activités sportives.

Pêche, pêche sur glace, chasse de petits et gros gibiers, curling, balle, promenades en traîneau à chiens et course, promenade à voiture à cheval, jeu de fers, bingo, danse, patinage et beaucoup d'autres.

Mais j'ai bien peur cependant qu'il soit déjà trop tard pour accomplir ce projet, du moins en ce qui me concerne.

C'est bon de travailler et c'est bon de pouvoir s'amuser d'une façon saine aussi. Mais encore là, on ne sait jamais. Pour ce qui est de ma situation aujourd'hui, je peux juste dire qu'à force d'avoir reçu des coups bas il vient un temps où il est difficile de se relever, mais tant et aussi longtemps que je pourrai le faire autant physiquement que financièrement, je ne cesserai pas de le faire.

Cependant vouloir bien faire et pouvoir le faire sont deux choses bien différentes, même s'il a été dit: 'Quand on veut on peut!'

Tout ce que je peux dire est que je fais ce que je peux et pas toujours ce que je veux, mais quoi qu'il en soit, je fais ce que Dieu veut. Pour ce que je puisse en dire aujourd'hui, c'est que Dieu m'a permis d'aider les gens à s'ouvrir les yeux spirituellement plutôt que de les aider matériellement.

Je pense aussi que Jésus faisait de même avec tous les pouvoirs qu'il avait, il n'a pas sorti personne de la pauvreté ni ne les a enrichis de quelques manières, du moins matériellement.

J'ai très apprécié les six mois que ma mère a passé chez moi en 2005. Vous auriez dû la voir prendre son premier doré de vingt-deux pouces lorsqu'elle était assise avec moi dans une chaloupe par une belle journée d'été. J'allais justement ouvrir la bouche pour lui dire d'être patiente, elle qui s'était impatientée et faisait des folies avec sa ligne à pêche et c'est à ce moment précis que le poisson a mordu. Il faut croire que je ne connaissais pas encore tous les trucs de pêche, du moins pas celui-là.

Elle était âgée de quatre-vingt-quatre ans et encore dimanche dernier elle me parlait de la prochaine fois où je l'emmènerai pêcher de nouveau. Elle a maintenant quatre-vingt-neuf ans. Une des choses qu'elle n'a pas aimé du tout dans l'Ouest ce sont les poux de bois. Elle m'avait demandé de lui faire un jardin, elle qui adore jardiner, mais elle n'y a jamais mis les pieds à cause de ces bestioles.

Elle n'était pas folle non plus du commérage des commères du village et elle y a vite mis fin, du moins dans notre maison.

Puis les choses se sont mises à se détériorer à l'automne de 2008, alors que mon médecin m'a appris que j'étais affligé d'un mal très commun chez les personnes âgées. Et oui, la fameuse arthrite qui m'empêchait non seulement de marcher, mais aussi de pouvoir travailler.

Pour une année et demie j'avais de la misère à m'occuper de mes chiens, quoi qu'ils n'ont jamais manqué de rien. Très souvent il fallait que je m'y prenne à deux reprises pour compléter tous les travaux d'une heure par jour. Comme j'étais mon propre employeur, je n'avais aucune compensation d'aucune provenance non plus. Moi qui ai toujours pensé que je me suffirais toujours à moi-même, j'étais bien emmanché. Je n'avais aucune économie et vous savez aussi bien que moi, lorsqu'on a besoin de vendre quelque chose, on dirait que l'acheteur potentiel nous voit venir. J'ai dû remettre ma minivan chérie et presque toute neuve au concessionnaire également, car sans revenu les paiements étaient devenus beaucoup trop imposants. Mais à dire vrai, cela ne m'a pas trop affecté, probablement parce que j'avais déjà connu la pauvreté moi aussi. J'ai toujours un toit au-dessus de ma tête et c'est ce qui est le plus important selon moi du moins.

Puis mes chiens sont toujours bien nourris, comme ils l'ont toujours été. C'est sûr que j'ai dû emprunter de l'argent d'un ami à quelques reprises, mais il savait très bien qu'il ne perdrait rien avec moi. Il est bien au courant des choses que je possède aussi et plusieurs d'entre elles l'intéressent beaucoup.

J'avais droit à ma pension de vieillesse en avril 2009, mais un petit détail auquel je ne pensais plus depuis très longtemps et qui date de 1959 a refait surface. Il faut dire que je l'avais complètement oublié, mais il est venu quand même me causer pas mal de problèmes.

Lorsque j'ai embarqué sur le marché du travail alors que j'étais âgé de quinze ans et demi j'ai dû mentir sur mon âge pour pouvoir obtenir un emploi et un numéro d'assurance social. Je m'étais alors vieilli d'un an et j'ai complètement oublié par la suite. Je ne pensais certainement pas à ma vieillesse à cet âge-là.

Lorsque j'ai fait ma demande de pension l'année dernière on m'a dit trois mois plus tard que mon numéro d'assurance social ne correspondait pas avec ma date de naissance. J'ai donc argumenté avec eux que j'ai toujours dit être né en 1944 et c'est ce qui est marqué sur mon permis de conduire. Comme de raison pour eux je n'étais qu'un imposteur! Ils m'ont alors demandé de leur fournir un certificat de naissance et j'ai demandé où est-ce que je devais en faire la demande et ils m'ont dit cela sans me demander où j'étais né, ils m'ont donné un numéro de téléphone de Régina. J'ai donc fait ce qui me semblait plausible à ce moment-là et j'ai appelé au numéro qu'on m'avait donné. Là on m'a dit que je devais faire la demande par écrit et qu'ils m'enverraient une formule spécialement faite à cet égard. Deux mois plus tard j'ai donc reçu cette fameuse formule que j'ai dûment remplis et que j'ai retourné à qui de droit avec la somme requise de cinquante dollars. Trois mois plus tard j'ai reçu une lettre m'informant que je devais faire une telle demande dans la province où je suis né. Le moins qu'on puisse dire c'est que cela vous donne une envie terrible de sacrer.

Quelques mois plus tard j'ai donc reçu mon certificat de naissance du Québec en bonne et due forme, mais il était écrit sur tout son contenu, tenez-vous bien, c'était écrit en gros et à une trentaine d'endroits; nul. Je leur ai donc envoyé une copie de mon certificat comme cela m'avait été demandé, mais eux non plus ne comprenaient pas pourquoi il était écrit nul partout. Ils m'ont donc demandé de me présenter en personne avec mon certificat de naissance original et eux ont contacté le bureau du Québec qui eux à leur tour ont confirmé que cela était un procédé normal pour combattre les fraudes.

J'ai dû passer par presque toutes les mêmes expériences pour recevoir mon supplément du revenu. La vie n'est pas toujours facile.

Au mois d'avril 2009 j'ai reçu la visite d'un officier de la SPCA venant de Saskatoon qui a examiné my 23 chiens. Le rapport est clair et simple. 'Tout est normal. Ample nourriture, amplement d'eau, abri mieux que normal, puisque les chiens ont une vraie maison comme les humains, une très grande cour clôturée pour courir et jouer, aboiement normal, les animaux semblent tous être en bonne santé.'

Dans la soirée de cette même journée il y avait une assemblée à l'office municipale du village avec deux invités spéciaux. Je n'étais pas l'un d'eux quoique, j'étais le principal intéressé, même si cela ne m'a pas du tout intéressé ni impressionné. Les autorités du village se sont mises dans la tête que je devais me débarrasser de mes chiens. Le maire lui avait pour argument que sa femme avait peur de marcher dans la rue devant chez moi où elle avait toujours l'habitude de le faire et ça à cause de mes chiens. Pauvre innocent, s'il ne pouvait pas marcher avec elle, il n'avait qu'a me le demander, cela m'aurait fait plaisir de le remplacer. D'un autre côté si elle est paranoïde, ce n'est pas vraiment intéressant. J'ai assez de mes chiens à contrôler.

Je ne sais pas trop si les policiers ont été invités pour m'informer ou pour m'intimider. Le maire m'a redemandé à plusieurs reprises pourquoi je n'avais pas appris de mon expérience en Colombie-britannique. Il était très clair pour moi que la pression venait de la BCSPCA, comme s'ils pensaient ne pas m'avoir causé assez de problèmes. Cependant si la pression venait de la BCSPCA, la plainte elle venait bien des autorités du village et d'une autre personne dont j'ai découvert par la suite.

Cependant j'avais avec moi un rapport tout frais de la matinée même et qui était tout à mon honneur et à mon avantage. Ils ne pouvaient quand même pas argumenter un rapport dont la plainte était sans aucun doute venue des autorités du village. Mais tout comme si le maire n'avait rien d'autre à dire que de me rappeler mon expérience douloureuse de la Colombie-britannique à propos de mes chiens, je lui ai finalement dit que les chiens en chaleur n'étaient pas aussi faciles à contrôler que des adolescents. Son garçon venait juste de mettre enceinte une jeune fille pour la deuxième fois, ce qui faisait pleurer sa mère énormément.

Je leur ai quand même dit que j'avais contacté des institutions de secours de chiens pour essayer de trouver des familles d'accueils pour une dizaine de mes chiens. Ils m'ont donné trente jour pour diminuer mon nombre de chiens. Je leur ai demandé s'il était illégal de garder vingt chiens. Ils m'ont dit que ce ne l'était pas. Je leur ai dit de cesser leurs menaces dans ce cas.

Lorsque j'ai contacté une institution de secouristes d'animaux, Pawsitive Match Rescue de Calgary, le 17 mars 2010, je leur ai demandé de l'aide en spécifiant bien que je ne voulais pas être jugé, mais que je voulais de l'aide pour sauver la vie d'une douzaine de mes chiens. J'ai parlé avec une gentille dame du nom de Jennifer qui a fait plusieurs démarches pour trouver quelqu'un plus près de moi qui veuille bien m'aider à localiser des gens qui eux à leur tour pourraient m'aider en adoptant une douzaine de chiens que j'avais en trop.

C'est à la suite d'une écoute des nouvelles du soir à la télévision que j'ai entendu parler d'eux alors qu'ils disaient faire venir des chiens du Mexique. Je me suis dit sur-le-champ que s'ils pouvaient faire venir des chiens de si loin, ils pouvaient peut-être m'aider moi, une personne du même pays et des chiens d'ici. J'ai alors mis en marche ma demande immédiatement.

On m'a demandé tout de suite des photos de mes chiens que j'ai réussi à leur transmettre avec l'aide d'un ami. Ils voulaient savoir leur âge, leur condition de santé, leur sexe, etc. Après avoir écouté à propos de mes problèmes, la gentille dame m'a dit qu'ils feraient tout en leur pouvoir pour m'aider avec la nourriture et l'adoption.

Je leur ai donc demandé quand la nourriture à chien devait arriver, puisque leur ayant fait confiance avec cette dernière et le fait qu'ils me disent qu'ils prendraient une douzaine de mes chiens, j'étais allé payer un bon montant sur ma facture d'électricité, car j'étais menacé d'être couper. Pour cette raison j'avais acheté beaucoup moins de nourriture à chien et je ne pouvais pas me permettre et la nourriture à chien et la facture d'électricité le même mois.

Puis juste comme par hasard, quelques jours plus tard, j'ai reçu la visite d'un officier de la SPCA de Saskatoon et ça c'était le 13 d'avril 2010. Je lui ai laissé faire son inspection jusqu'à la fin et c'est alors seulement qu'il a mentionner une femelle avec le cancer du sein. À partir de ce moment-là je savais qui avait fait l'appel à la SPCA. Une secouriste d'animaux de Régina m'avait déjà fait l'offre de payer pour une visite d'un vétérinaire pour examiner ma Princesse atteinte d'un cancer. Malgré ma demande de ne pas être jugé et malgré le risque d'avoir tous mes chiens euthanasiés et sans même voir l'état de mes animaux ni leur condition de vie, elle m'a rapporté. Il y en a qui ont des façons plutôt étranges d'aider des gens dans le besoin. J'ai demandé l'aide le dix-sept de mars 2010, mais le vingt-trois de juin de la même année j'ai eu une autre visite de l'officier de la SPCA. Encore une fois le rapport était clair, tout était normal concernant tous mes chiens sans exception, mais il était très clair qu'ils ont tout essayé pour me prendre en défaut. C'est sûr que vingt-trois beaux chiens de qualité en très bonne santé serait plus payant pour eux qu'une douzaine.

Tout ça se passait après quatre-vingt-cinq courriels en quatre mois et j'ai bien gardé une copie de tous. Une maudite chance que ça pressait. Le lendemain de sa visite du vingt-trois de juin l'officier de la SPCA m'a téléphoné pour me dire que si je n'avais pas réduit le nombre de mes chiens à cinq dans des délais de six jours, il les saisirait tous sans exemptions. Je lui ai dit que je voulais en garder dix. Je lui ai demandé à deux reprises si c'était illégal de garder vingt chiens et il m'a dit que ça ne l'était pas. Je lui ai demandé pourquoi il me menaçait de la sorte. Il m'a fit la réponse qu'il a reçu l'ordre de son patron de saisir tous mes chiens si je n'avais pas réduit leur nombre à cinq. Je ne comprends pas encore comment j'ai fait pour ne pas m'emporter, car je sentais mon sang bouillir à un très haut niveau.

J'ai appelé le député provincial et le député fédéral en leur disant que j'avais en mains deux rapports de la SPCA disant que tous mes chiens étaient très bien, qu'ils avaient tout ce qu'ils avaient besoin et qu'il n'y avait pas de loi pour m'empêcher de garder tous mes chiens, mais qu'ils voulaient quand même saisir mes chiens. Ils comprenaient très bien qu'il y avait là quelque chose d'étrange, mais qu'ils ne pouvaient rien n'y faire. J'ai aussi appelé mon avocat, mais elle n'a pas voulu se salir les mains contre eux, la SPCA. Elle savait probablement que nos chances de gagner contre eux sont pratiquement impossibles et cela même si nous sommes dans nos pleins droits.

Je suis également allé voir la police avec mes deux rapports en ma faveur et ils m'ont dit qu'ils n'avaient aucune juridiction contre la SPCA. Ils peuvent voler, ils peuvent tuer et la police n'y peut rien. Un officier m'a conseillé de contacter la personne en charge de la SPCA de la Saskatchewan. Ma toute dernière option dans cette affaire selon ce policier était de contacter le voleur qui voulait prendre mes biens, mes animaux et de les faire mourir, même si cela était d'une façon illégale. Est-ce que vous vous demandez encore pourquoi j'ai très hâte à un monde nouveau?

Le six de juillet ils se sont tous donnés rendez-vous chez moi pour me donner de la merde parce que mes deux derniers chiots, un de Fannie et l'autre de ma Princesse, celle que j'ai dû terminer à cause de son cancer ont trouver une maison d'adoption avant eux.

Robin de Moosejaw était totalement furieuse et je me doute bien que c'est parce qu'elle avait déjà vendu ce petit chien avant même de l'avoir en sa possession. L'officier de la SPCA qui faisait parti de ce clan m'a dit qu'elle avait dépensé beaucoup d'argent et que ce chiot lui aurait aider à se renflouer. Elle s'est plainte du coût des dépenses pour reloger mes chiens, mais d'un autre côté elle a conduit cent cinquante miles pour venir me donner des bêtises à propos de mes deux petits chiots dont je ne voulais tout simplement pas me défaire. J'avais par ce temps-là acquis assez d'expériences avec leurs façons d'agir pour les voir venir. Ensemble ils ont fait le tour de tous mes bâtiments pour essayer de faire japper ces deux petits chiots dans l'espoir de peut-être mettre la main sur eux. Je leur ai dit qu'il m'appartenait de laisser partir les chiens que je voulais bien laisser partir, même si cela était mon seul choix. Ces chiots étaient mes derniers espoirs pour pouvoir continuer l'élevage tant bien que mal et quand même diminué de ma propre race de chiens, mes Mutesheps.

L'année précédente j'avais appelé une de ces institutions à Régina et on m'avait demandé cent quatre-vingt dollars pour chaque chien qu'ils rechaperaient. Je leur ai dit que si j'avais ces moyens-là, je pourrais sûrement acheter la nourriture pour les nourrir.

Lori qui demeure qu'à seulement dix-huit milles de chez moi, à Melville m'avait offert de venir promener mes chiens pour leur donner de l'exercice. Je lui ai dit que j'avais pensé à partager la garde du jeune mâle avec elle pour l'accoutumer aux étrangers en même temps que de lui faire faire de l'exercice. Elle m'a alors dit que cela lui aurait fait plaisir de le faire. Une autre femme qui les accompagnait m'a fait la remarque que j'avais de très beaux chiens. J'ai dit oui et ils sont tous en très bonne santé.

J'ai fait quand même un peu parti de leur conversation et l'officier a mentionné un autre éleveur au sud de Régina qu'il gardait à l'œil et qu'il avait essayé de le prendre en défaut plusieurs fois, mais qu'il n'avait pas eu de chance.

Je lui ai dit que j'avais tout fait ce qui était en mon pouvoir pour trouver des maisons d'adoptions pour mes chiens et que j'avais des douzaines de courriels que je pourrais lui montrer pour appuyer mes dires. Devinez ce qu'il m'a dit à ce propos. Ses propres paroles! 'Je le sais, je les ai tous lus.'

Conclusion flagrante, la SPCA saisis (vole) des animaux qui appartiennent à des personnes comme moi des éleveurs et ils vont jusqu'à répandre de la merde sur le terrain et dans les enclos pour obtenir la sympathie du publique. Ils viennent toujours avec leurs cameras pour prendre des photos et des vidéos pour montrer au public tout ce qui n'est pas toujours ce qui est la réalité. Puis ils remettent les animaux à des secouristes qui eux à leur tour vendent les chiens et tout ceci financé par des gens au cœur d'or et qui n'hésitent pas à donner de l'argent pour sauver ces pauvres animaux. Comme de raison tous les chiens qu'ils n'arrivent pas à vendre sont euthanasiés ou assassinés d'une façon ou d'une autre et pas toujours d'une façon légale comme cela fut observé par quelques employés de la SPCA de Kelowna!

Tout ça financé par des gens au bon cœur qui n'hésitent pas à donner pour ce qu'ils pensent être de sauver la vie de ces pauvres animaux. En fait, dans plusieurs cas ces bonnes gens payent ces monstres pour faire exactement le contraire à la protection des animaux. Ma seule erreur, mon seul crime était pour moi d'avoir de merveilleux chiens qui étaient en demande auprès de la SPCA. Vous pouvez les voir sur mon site Internet et voir de vous-mêmes si mes chiens ont l'air d'avoir été mal nourris.

Qu'on ne vienne plus me dire que tout ça est fait dans l'intérêt des animaux! Je continuerai jusqu'à ma mort s'il le faut à demander une enquête secrète ou publique, jusqu'à ce que les gouvernements de ce pays établissent une agence de surveillance sur les agissements de la SPCA de toutes les provinces du pays et ça, ça s'appelle vraiment de la protection contre la cruauté faite aux animaux et aux humains.

Quarante de mes chiens ont été mis à mort par la BCSPCA de Kelowna en Colombie-britannique, mais ils auraient très bien pu continuer à vivre, même si cela voulait dire de les laisser tranquille chez moi. Chez moi ils me coûtaient de l'argent, mais ils étaient vivants, bien traités et heureux. Il est maintenant plus que temps de passer à autre chose. Il va sans dire que tout ça m'est très pénible. Cela m'a pris sept ans pour en faire mon deuil et ce n'est pas complètement fait jusqu'à ce jour.

Puis l'an dernier, le jeune homme qu'on dit blond, fils du maire actuel est venu me donner un dépôt de cinquante dollars sur la Caméro 1986 que je garde toujours derrière ma maison. Je me suis dit; enfin, c'est à peu près temps qu'il se décide après sept ans de tournage autour du pot. Il m'a dit qu'il m'amènerait la balance, les deux cents dollars dans quelques jours. Au bout d'une semaine il était chez moi avec un chèque de deux cents dollars que, me disait-il son oncle de Régina lui avait fait. Comme de raison, je ne suis pas né d'hier et je lui ai dit que je ne pouvais pas l'accepter, que ma banque ne prendrait pas un chèque d'un tiers parti. Il s'est bien fait aller la gueule pour me faire comprendre que ce chèque était en bonne et due forme et que je n'avais rien à craindre.

Je lui ai donc dit que s'il était bon il ne devrait pas avoir de problème du tout à aller l'encaisser et de m'amener l'argent. Un mois plus tard sa mère s'est arrêtée devant chez moi pour savoir si j'avais vu son chat en me donnant sa description. Je lui ai dit que je ne l'avais pas vu et je lui ai dit de dire à son fils de venir discuter avec moi, mais elle m'a plutôt dit que son fils n'avait pas d'argent. Je lui ai quand même répété de le dire à son fils. Un mois plus tard il est venu me voir accompagné de son amie, la mère de ses enfants.

Il m'a demandé de lui donner les cinquante dollars de dépôt qu'il m'avait donné deux mois auparavant. Je lui ai dit que les affaires ne marchaient pas comme ça. Il est alors sorti de sa camionnette, il s'est dirigé à l'arrière de celle-ci, il s'est emparé d'un bâton de base-ball et en le brandissant devant moi il m'a ordonné de fouiller dans mes poches et de lui remettre ce qu'il disait être son argent.

Son amie a bien essayé de lui faire abandonner cette idée, mais il n'a rien voulu n'entendre. Heureusement pour moi il y avait un autre homme d'âge moyen qui lui marchandait avec moi l'achat d'un pare-choc pour sa Chevelle 1968. Cet homme lui a dit de bien penser à ce qu'il faisait, mais il s'est fait dire de se taire, sinon il en aurait tout autant que moi.

Ce jeune homme venait juste de me dire qu'il m'arracherait la tête de sur mes épaules. J'ai senti ma pression monter lorsque je me suis mis à penser à ce que je devrais faire pour neutraliser cet homme. Je savais très bien de quoi j'étais capable, mais on ne connaît jamais ce que toutes les conséquences peuvent être. Je savais que j'étais capable de lui casser les reins et de le rendre invalide pour le reste de sa vie, mais j'ai décidé que c'était plutôt à la justice de s'occuper de lui.

Je sais aussi que ce n'est jamais facile pour un pauvre homme de se défendre en cour contre un homme dont les parents sont millionnaires. Je savais aussi pour l'avoir vécu, il y a plusieurs années qu'un avocat peu payé peut être acheter et réduit au silence.

Il s'est finalement déragé de lui-même en m'avertissant de ne plus jamais le faire fâcher, sinon il reviendrait et qu'à ce moment-là ça serait ma fête. À ce moment-là je ne rêvais d'une seule chose et ça c'était de le voir monter dans un ring de boxe contre moi. Il m'avait donné une envie folle de lui casser la gueule.

Dans son élan d'affection à mon égare, ce jeune homme a mentionné que personne ne voulait de moi ici dans ce village et que je devrais retourner d'où je viens en France avec mes cochonneries. C'est sûr qu'il n'est pas le premier parmi les jeunes à ne pas connaître sa géographie, parce que Québec vraiment est très loin de la France. Je ne sais pas si toute la situation était tournée au vinaigre, mais cela semblait de plus en plus à de la petite politique.

Quand lui et son amie furent partis, j'ai discuté avec l'autre homme notre option d'avertir la police, lui qui devait aller à la ville de toutes façons pour retirer de la banque l'argent qu'il avait besoin pour acheter le pare-choc qui l'intéressait. Il m'a déposé au poste de police et il est allé à la banque.

Après avoir rempli mon rapport le policier m'a dit qu'il aurait été beaucoup plus simple de lui remettre l'argent. À lui aussi j'ai dû expliquer que ce n'était pas de cette façon-là que les affaires marchent. Je lui ai demandé s'il savait que dans la loi une personne en autorité a le devoir de faire le mieux de sa connaissance ce qui est dans l'intérêt de et pour faire réussir son entreprise. Une entreprise n'est pas une agence de charité et même si elle l'était, elle devrait au moins faire la charité aux pauvres et non pas aux voyous.

Toujours est-il que l'autre homme aussi s'est montré pour remplir son rapport, ce qui a forcé ce policier à agir bien malgré lui. Le policier m'a dit alors que cela faisait plusieurs fois qu'il arrêtait ce jeune homme, mais vu qu'il était le fils du maire qui lui est l'ami des policiers, ils l'avaient relâché sans être mené en justice. Le policier m'a aussi dit qu'il arrêterait ce jeune homme et que s'il ne signait pas la formule de restriction qui l'interdirait de s'approcher de moi, il passerait la nuit derrière les barreaux et qu'il y resterait tant et aussi longtemps qu'il ne la signerait pas. C'était toujours ça de gagné.

Une semaine plus tard le village de Goodadam fêtait son centième anniversaire d'existence et vu que plusieurs personnes avaient été plutôt chiennes avec moi, je leur réservais, c'est le cas de le dire, un chien de ma chienne et il n'était pas né de Angie.

J'ai donc préparé pour l'occasion ce que j'oserais appeler une petite manifestation. C'est sûr que ce n'était pas un pour tous, mais plutôt tous contre un, tous contre moi. Il faut dire ici que j'ai déjà fait la grève à la Baie James sur un chantier de trois milles hommes et j'ai gagné ma cause.

Voici ce que j'ai préparé et exposé tout au long de la parade. J'avais la chance, si je peux dire, d'avoir vingt-huit propriétés qui m'appartiennent sur lesquelles je pouvais afficher mes feuillets sans violer les droits d'autrui. Voici donc ce que j'ai exposé.

Goodadam, bon endroit pour habiter, bonne administration.

On m'a dit, il y a de ça sept ans que je n'aurais pas de problème avec mes animaux ici dans ce village, mais comme de raison cela venait de l'administration précédente.

La petite ville de Raymore située à environ cent milles à l'Ouest d'ici a été frappée par une tornade tout dernièrement et j'ai pu voir et entendre aux nouvelles que l'aide venait de toutes parts pour venir au secours des sinistrés de ce désastre. Toutes mes félicitations aux bonnes âmes.

Ici dans mon village de Goodadam, comme vous pourrez le constater le vent de cent dix milles à l'heure a détruit un de mes bâtiments la même journée, mais je n'ai reçu aucune aide d'aucune sorte, ni aucune offre d'aide et aucune parole de sympathie non plus. Cependant il faut que je le dise, puisque c'est la vérité, j'ai reçu une lettre de l'administration du village m'ordonnant de faire le nettoyage dans les plus brefs délais. C'est un très bon endroit pour y trouver la joie de vivre.

Maintenant cette administration parle d'un projet de loi pour limiter le nombre de chiens par propriétés et un autre pour régulariser le code du bâtiment et quoi d'autre, je me le demande????? Je suis le seul menuisier du village et je suis aussi un éleveur de chiens.

Cette administration a tout fait en son pouvoir pour forcer la SPCA à venir prendre tous mes chiens si cela était possible. Mes chiens n'ont jamais nuit à personne ni ici ni ailleurs.

Ils ont augmenté mes taxes de $1300.00 par année à $3300.00 et ça sans trop déranger personne autre que moi. Faut le faire! Pour ça ils ont été superbes.

Je pense qu'ils veulent administrer ce petit village comme ils le font dans la ville de Toronto, j'ai pensé qu'il était peut-être temps de protester comme ils le font là-bas. Cependant je ne casserai pas de fenêtres, ce n'est pas mon style.

Quelqu'un m'a dit la semaine dernière de ramasser mes cochonneries et de m'en retourner en France d'où je viens, que personne ne voulait de moi ici dans le village.

Je regrette beaucoup, mais ça va prendre un peu plus que vos menaces et votre intimidation pour me faire sortir de chez moi.

Maintenant je suis certain que la majorité de vous comprendra que je n'ai pas le cœur à fêter comme vous tous et ne vous en faites pas pour moi, puisque moi je ne m'en fait pas. Gardez plutôt votre pitié pour le pauvre jugement des administrateurs de notre village.

Jacques Prince, Goodadam Saskatchewan.

C'est sûr que cela a fait jaser toute la journée et a mis plusieurs personnes en colère, mais il faut ce qu'il faut, même si cela n'aura servi qu'à ralentir leurs attaques contre moi.

Le jeune homme n'a reçu qu'une sentence légère, il a été mis en probation pour une durée de six mois et durant ce temps vu qu'il se doit de passer devant chez moi pour se rendre chez ses patents il l'a fait à quatre-vingt milles à l'heure dans une rue en gravelle.

Lors de son attaque sur moi il a commis cinq infractions criminelles en cinq minutes et il s'en sort avec une tape sur les doigts et ça c'est beaucoup dire. Il a fait une attaque sur une autre personne avec une arme. Il a fait une menace de mort contre moi avec une arme en mains et il a fait une menace de mort contre l'autre homme également et ça aussi en étant armé. Il a aussi fait une tentative de vole en me demandant de vider mes poches en étant armé d'un bâton de base-ball. Il a fait du raciste en me disant de m'en retourner en France d'où je venais, selon lui. Je me demande bien ce que je pourrais obtenir si je faisais la même chose. Dis ans peut-être! Il y a des policiers ici au Canada qui ont tué à corps défendant des personnes beaucoup moins menaçantes que celui-là. Lorsque je pense avoir été mené jusqu'au procès pour avoir une perchaude en trop, que mon vieil ami a laissé par erreur dans ma chaudière, on doit sûrement pour le moins se poser des questions.

La justice n'est vraiment pas pour ce monde dans lequel nous vivons. Je ne tenais pas tellement à ce qu'il aille en prison, mais il me semble qu'il aurait du moins pu recevoir l'ordre d'aller prendre des leçons pour contrôler son tempérament. Je peux dire sans gêne que j'ai mieux réussi avec mes chiens que ses parents l'ont fait avec celui-là et je ne suis pas plaint à la SPCA, malgré qu'il soit beaucoup plus vicieux et dangereux que n'importe lequel de mes chiens.

J'ai un jeune chiot de quatre mois dans ma maison et il lui est défendu de venir dans ma cuisine, puis la seule chose qui l'en empêche est un morceau de contre-plaqué de deux pieds de hauteur qu'il est capable de franchir sans effort. Seul l'obéissance le retient et ça même si je m'absente pour plus de six heures à la fois et que mon chat l'invite sans cesse.

Avant de terminer ce chapitre et de traverser dans l'autre monde, j'aimerais vous présenter quelques témoignages de personnes qui ont vu les assassinats de mes chiens de très près et que j'ai récupéré sur le site Internet de Animaladvocate.com. Propriété publique.

Les voici!

CHAPITRE 12

PHOTOS DE CHIENS Beaverdell
<u>CRESTON PAWS RESCUES TOPAZ CREEK DOGS</u>
(Voir les photos de chiens Creek Topaz: <u>CRESTON PAWS
SAUVETAGES TOPAZ CHIENS CREEK</u>)

Photos du site Web de Gaston Lapointe
<u>http://www.hubcap.bc.ca/dog_breeding.html</u>.
<u>http://www.hubcap.bc.ca/dog_breeding.html</u>.

Les photos prises par des bénévoles SPCA Kelowna après que les chiens ont été saisis.

Ces chiens ont été évalués par la SPCA, et déclarés non-réhabilitables et (au mieux de nos connaissances, les chiffres sont de la SPCA et trompeurs) 34 ont été tués à ce jour (30/03 mars) (voir les lettres par des bénévoles, cliquez ici-sera ajouté)

Cheryl Perillo, membre du personnel ex employée de la SPCA qui a été congédié après avoir opposé à l'euthanasie, avec "Chewy" le chien de Beaverdell qu'elle pria d'adopter. Il a été tué aussi.

"J'étais en état de choc et d'horreur quand j'ai reçu les nouvelles concernant la mort de 10 "chiens de Beaverdell" au refuge de Kelowna, le vendredi de Janvier 31, 2003. Ces animaux ont été euthanasiés prétendument dans le but de «protéger» le public. Cependant, les bénévoles et les ex-employés qui avaient beaucoup travaillé avec les chiens ont fait valoir qu'ils n'étaient pas un danger et qu'ils étaient en bonne voie avec un programme de marche et de socialisation. En outre, je cite un extrait d'un article du Times Colonist de Victoria (Jeudi, Janvier 30, 2003): "Animal entraîneur Don Sullivan estime que les chiens maltraités peuvent rapidement se remettre de leurs blessures émotionnelles, à condition que leurs propriétaires appliquent fermement la nouvelle discipline de leurs animaux .... Sullivan a réussi avec son amour dure-...." approche ("Chiens, sauvé de la volaille vit dans la crasse"). Je crois fermement que la SPCA a fait une erreur de jugement grave et dix chiens magnifiques ont récemment payé le prix. Par conséquent, je demande à la SPCA de Colombie-Britannique de complètement superviser les opérations de ses abris individuels, et de faire appliquer la politique actuelle no-kill.(ne pas tuer) Selon les bénévoles, la plupart de ces animaux auraient été adoptables dans un délai de temps raisonnable et certains pourraient même avoir été adopté immédiatement. Déjà un comportement sociable, ils auraient continué à s'améliorer, en particulier lorsqu'ils sont retirés de l'accouchement naturel. Par conséquent, il n'y a aucune excuse pour ce meurtre en masse. Cordialement,

LA Société ANIMAL ADVOCATES DE COLOMBIE-BRITANNIQUE-SAISI ET Tué ou Récupéré ET Sauvé.

Beaucoup de choses ont changé à la SPCA depuis que ces articles ont été écrits et affichés sur le Web, les unes pour le mieux et d'autres pour le pire.

HISTOIRES PRIMAIRES
Saisi et tué ou récupéré et sauvé.
Deux cas; Une comparaison, deux résultats.

Cas N 1. Les chiens de Topaz Creek; Récupérés et sauvés par la société de Creston Paws.

Cas N 2. Les chiens de Beaverdell; Saisis et tués par la SPCA de Kelowna.

Quelques cinquante chiens de race nordique croisés, attachés aux arbres, négligés et déshumanisés pendant des années. Un groupe à Topaz Creek CB et l'autre à Beaverdell CB.

Deux situations remarquablement semblables, administrées par deux organisations remarquablement différentes, avec des stratégies radicalement différentes aussi qui ont connu des résultats complètement différents.

Les scientistes eux-mêmes ne pouvaient pas créer deux meilleurs groupes de contrôle.

Date de changement d'adresse pour les chiens.

Topaz Creek; Entre le 2 juillet 2002 et le 28 juillet 2002. Les chiens furent récupérés et déménagés aussitôt que l'espace l'a permis par une petite organisation du nom de Creston Paws.

Beaverdell; Le 3 de juillet 2002, les chiens saisis par la SPCA de Kelowna.

Depuis combien de temps la SPCA savais à propos des chiens?

Topaz Creek; Un minimum de trois ans.

Beaverdell; La SPCA a admis que Gaston Lapointe élevait des chiens depuis dix ans, selon des rapports des médias. Gaston Lapointe élevait des chiens depuis douze ans à Beaverdell selon les rapports des médias.

(Ceci est complètement faux, puisque je n'ai jamais mis les pieds à Beaverdell avant l'année 1995. Je n'y connaissais personne, je ne savais même pas où il se trouvait. Gaston Lapointe)

Lapointe était sur notre site Web depuis un an avant que la SPCA n'agisse.: La société Animal Advocates de CB {industrie de chiots}

NOMBRE DE CHIENS RECUPÉRÉ OU EMPRISONNÉS

Topaz Creek; 56

Beaverdell 46 (47 furent saisis; un fut retourné à Lapointe. Un nombre inconnu de chiots vendables furent saisis aussi.

Le nombre de chiens euthanasiés

Topaz Creek; 2

Beaverdell; 34 au meilleur de notre connaissance. Les chiffres de la SPCA sont embêtants.

RACE DE CHIENS

Dans les deux cas, un mélange husky.

LES RESSOURSES FINANCIERES DISPONIBLES

Topaz Creek; Peu ou pas du tout, au jour le jour.

Beaverdell; BCSPCA $20 millions par année.

Dans qu'elles conditions les chiens furent gardés?

Topaz Creek; Il y avait des chiens attachés aux arbres, d'autres étaient attachés à des objets sans aucun abri et sans eau potable ni nourriture adéquate. Plusieurs étaient atteints de maladies et avaient des blessures non traitées. Plusieurs souffraient selon la loi sur la protection contre la cruauté faite aux animaux d'une détresse critique ou extrême, ce qui a permis la saisi immédiate.

Beaverdell; Les chiens n'étaient pas attachés directement aux arbres, mais plutôt liés par une laisse à un câble de nylon d'une quarantaine de pieds sur lequel roulait une poulie qui unissait un arbre à un autre. De cette façon les chiens jouissaient d'une certaine liberté de mouvement. Les chiens avaient des niches en bois et d'autres bâtiments comme vous pouvez voir sur le site Web de Gaston Lapointe, hubcap.bc.ca/dog_breeding.html. Aucun des chiens ne souffrait de détresse critique et peut-être même pas de détresse du tout.

Condition physique des chiens au moment des saisis.

Topaz Creek; Onze des chiens de Topaz Creek avaient des blessures sur leurs corps légères et cristallisées à des blessures sévères et ouvertes, des abcès causés par des morsures. Plusieurs blessures étaient couvertes d'asticots. Un des chiens avait sa chaîne encastrée dans la peau de son cou. Un autre était difforme et souffrait d'un pénis exposé et de testicules difformes qui avaient pour résultat de plusieurs problèmes urinaires, de fissures et de lésions et d'une infection sévère de la vessie. Un des chiens avait une infection à une patte tellement sévère et depuis tellement longtemps que l'infection s'était répandue dans l'os. Plusieurs avaient des cicatrises. Un chien était recouvert d'une substance huileuse et monsieur Meyers a déclaré que c'était de l'huile à moteur. Tous les chiens avaient des morsures de poux de bois aux oreilles et aux cous. Tous les chiens avaient du poil manquant au cou causé par le frottement des chaînes. Des photos et des rapports des blessures des chiens de Topaz Creek furent remis à la SPCA.

Beaverdell; Selon la porte-parole de la SPCA, Lorie Chortyk, les chiens furent saisis parce qu'ils souffraient de négligence et étaient sans nourriture suffisante, sans eau et sans abri. Quelques-uns des employés de la SPCA ont déclaré aux médias qu'ils avaient l'air maigre et mal nourris. Les chiens furent traités pour la Giardia, un mal intestinal très commun et facile à soigner. Aucun des chiens n'avait l'apparence de ne pas être en santé. Nulle maladie ni infection ou blessure ne furent décrit par la SPCA. Vous pouvez voir les photos sur le site Web de Gaston Lapointe.

La condition psychologique lors du remaniement des chiens.

Topaz Creek; Le chien marchait avec une blessure ouverte jusqu'à l'os, il était impossible de l'approcher pour des traitements dû à ses souffrances et à sa peur. Voir photos sur; site Web (animaladvocates.com/topazcreekdogs.htm) Selon le rapport de Creston Paws tous les chiens montraient des signes de peur, d'agression et de terreur. Encore selon le rapport de Creston Paws, durant tout le mois qu'il a pris pour déménager tous les chiens de la propriété de Meyers, un travail intensif de réhabilitation psychologique avait débutée. Chaque jour jusqu'à ce que nous soyons capables d'emmener le tout dernier chien, nous avons passé du temps avec chaque chien à lui parler, le flatter, le nourrir d'eau et de mangé, le peigner et soigner ses blessures pour qu'il gagne notre confiance et surmonte sa terreur."

Beaverdell; Au moment de la saisie, Brad Kuish enquêteur de la SPCA de Kelowna a déclaré et je cite; 'ils n'ont pas eu de socialisation avec le monde, Il va leur prendre du temps pour s'ajuster,' Après quatre mois de vie en prison à la SPCA de Kelowna, la porte-parole Lorie Chortyk disait des chiens de Beaverdell; 'Parce que quelques-uns de ces chiens n'ont connu rien d'autre que d'être attachés, ils sont terrifiés par les portes et les planchers. Tout ce qu'ils connaissent est d'être attachés. Nous ne pouvons pas laisser aller ces animaux à des familles d'accueil. Cela pourrait mener à des agressions. Si quelques-uns de ces chiens montrent des signes sévères de problèmes psychologiques, la SPCA devra les euthanasier en dernier ressort.' Mais plusieurs volontaires ont eu la permission de les promener en public et ils ont rapporté que les chiens étaient amicaux et avaient un comportement très social. Voir les rapports des volontaires sur le site Web; (animaladvocates.com/beaverdell-volunteers/htm

Attention de vétérinaire

Topaz Creek: Tous les chiens ont continué à recevoir des traitements médicaux. Toutes les blessures furent traitées avec soin. Tous les chiens furent traités contre les parasites. Tous les chiens furent neutralisés et vaccinés.

Beaverdell

Les chiens furent traités pour la Giardia, un mal intestinal très commun. Il a été rapporté qu'ils ont tous été traités pour les vers et vaccinés. Aucun n'a été neutralisé et plusieurs sont devenues enceintes et ont mis bas et ont eu des chiots au centre de la SPCA de Kelowna. Plusieurs des femelles mères furent euthanasiées aussi.

Les méthodes d'euthanasie

Topaz Creek; Des injections intraveineuses humaines et sans douleurs furent administrées par un vétérinaire.

Beaverdell; Cela n'a pas été dit par les autorités de la SPCA, mais apparemment il y aurait eu des chiens qui ont été euthanasiés à l'aide d'arrêts cardiaques par des employés de la SPCA. Un arrêt cardiaque est une injection à l'euthanyl qu'ils utilisent pour perforer de longues aiguilles entre les côtes et à travers le muscle abdominal puis dans le cœur pour causer un arrêt cardiaque aux animaux. Selon des opinions indépendantes de vétérinaire cela est très douloureux et terrifiant même si on ne manque pas le cœur cela peut résulter en une accumulation d'euthanyl dans les cavités abdominal et les poumons et cause une mort agonisante très lente. Cette méthode est utilisée surtout par des administrateurs peu entraînés ou incapables de trouver une veine pour une injection intraveineuse, selon les opinions de vétérinaires indépendants. La VMA, de BC (Vétérinaire membre association) n'approuve pas une telle méthode pour euthanasier les chiens. La SPCA a admis que des employés du centre de Kelowna ont euthanasiés les chiens de Beaverdell et non pas un vétérinaire.

Le sort des chiens a été décidé par:

Topaz Creek; La société de Creston Paws et plusieurs sauveteurs individuels, maisons d'accueil, des petites organisations indépendantes, toutes avec beaucoup d'expériences avec des chiens, spécialement des chiens qui ont besoin de socialisation.

Beaverdell; La BCSPCA, à partir du gérant de la SPCA de Kelowna et en passant par le gérant régional du siège social de la BCSPCA et par le comité des directeurs. Le siège social décidera du sort ultime de la disposition des chiens de Beaverdell, incluant l'envoi du rapport d'évaluation de la BCSPCA et une équipe pour évaluer les chiens et les déclarer agressifs et inaptes à la réhabilitation. Les membres de l'équipe d'évaluateurs ont peut-être plus de degrés d'université que la connaissance du personnel affecté au comportement des chiens. Les experts engagés dans tous les champs d'expertises sont fréquemment utilisés pour justifier les actions et les décisions afin de dévier les questions sur les actions qui seraient autrement contestables. Des experts furent utilisés par la SPCA pour justifier la tuerie de trente-quatre chiens dont plusieurs volontaires et un employé disent que ces chiens étaient gentils et amicaux. Les seuls faits que la direction de la SPCA de Kelowna (gérant et assistante du gérant) ont laissé à des volontaires libres accès à ces chiens et de les promener pour une durée d'au moins six mois et cela sans supervision prouve sans contredit que ces animaux n'étaient pas du tout agressifs à moins bien sûr qu'ils étaient des idiots complets. La SPCA a gardé ces chiens dans des cellules impropres avec très peu d'interaction humaine et sans être neutralisés, tous des facteurs qui sont communément compris, même par ceux qui n'ont pas de degré universitaire, à contribuer à l'augmentation du niveau de stress chez les animaux, puis les experts de la BCSPCA ont déclaré que ces chiens n'étaient pas réhabilitables et qu'ils devront être euthanasiés.

REHABILITATION DES CHIENS

Topaz Creek; Tous les chiens placés dans des maisons d'accueil, tous les chiens ont reçu des soins humains individuels, socialisant et de l'attention pendant leur séjour. Aucune n'a mis bas. Nulle n'est tombée enceinte. Tous les chiens furent neutralisés immédiatement. Nul ne fut exposé à des drogues de thérapie psychologique ou à des experts en évaluation.

Beaverdell; Tous les chiens furent mis dans des enclos à la SPCA jusqu'à une durée de sept mois. Tout le monde sait que d'être enfermé aussi longtemps pour un chien contribue à la désocialisation et à plus de stress chez l'animal. Les chiens ont eu de l'interaction et de l'exercice durant les heures d'ouvertures, c'est-à-dire de 11 hr a.m à 4 hr p.m. Ils passaient les 19 autres heures sans aucune présence humaine. Aucun chien ne fut neutralisé durant leur période de réhabilitation au centre de la SPCA de Kelowna, ce qui aurait pu permettre une réduction de leur niveau d'hormones et de stress. Les employés et les volontaires ont noté plusieurs batailles de chiens qui se battaient pour une femelle en chaleur ainsi que d'autres mâles et femelles en chaleur qui cohabitaient ensemble.

(Moi, je n'ai jamais permis ces sortes d'orgies chez moi, ni à Beaverdell ni ailleurs. Gaston Lapointe)

Quelques employés ont déclaré avoir vu la conception et d'avoir aidé à l'accouchement d'au moins trois portées de chiots. Le gérant général de l'intérieur, Robert Busch a admis qu'au moins une femelle fut conçue au centre de la SPCA et a donné une protée de chiots qui ont été vendu par la SPCA de Kelowna. Les chiens étaient aussi soumis à des traitements de drogues de thérapie. Selon les rapports des journaux, ils ont été soumis à de la Clomicalm (chlomipramine hydrochloride, une drogue anti anxiété qui est contre-indiquée pour des chiens qui ont tendance à mordre, incluants ceux qui veulent mordre ayant de la peur, puisque cette drogue diminue l'inhibition, ce qui augmente l'envie de mordre. La SPCA ont dit que ces chiens étaient agressifs et craintifs. Si cela est vrai, pourquoi donc la SPCA leur a donné une drogue qui pouvait les rendre pire encore. Les chiens de Beaverdell furent emprisonnés dans des cellules de la SPCA, un entourage très stressant pour eux, quelques-uns d'entre eux jusqu'à sept mois. La SPCA a déclaré que ces chiens étaient sous un entraînement très intensif de réhabilitation et qu'ils étaient évalués. Un entraînement intensif ne peut tout simplement pas se produire lorsqu'un animal demeure au centre de la SPCA. Un entraînement intensif peut seulement se produire lorsque l'animal est placé dans un environnement normal avec le moins de stress possible et qui ne demande pas trop de l'animal. Les centres de la SPCA sont inquiétants pour les animaux.

(Moi j'ajouterais; pour les humains aussi, Gaston Lapointe).

Le nouvel outil d'évaluation de la SPCA ne devrait pas être utilisé contre les chiens qui n'ont pas eu la chance d'être socialisés. Évaluer le tempérament d'un animal qui vie dans un endroit qui est à un niveau très élevé en stress est complètement injuste. Être enfermé dans un endroit restreint avec un étranger et se faire picoter par un bras de plastic est terrifiant. Le nouvel outil d'évaluation de la SPCA n'a pas pour effet de révéler le vrai tempérament d'un chien, puisque les chiens ne montrent pas leur vrai tempérament sous pressions. Les testes d'évaluation n'ont pas pour but de savoir si les animaux passent, mais pour exposer leurs faiblesses. Jusqu'à présent les faiblesses de 34 chiens de Beaverdell les ont menés à leur mort, ils ont été tués par la SPCA. Hence, le nouvel outil d'évaluation pourrait bien être la dernière excuse de la SPCA pour tuer les animaux. Il reste toujours la même question à se poser; si les chiens de Beaverdell étaient tellement agressifs que la SPCA a dû les tuer, pourquoi donc ont-ils laissé des volontaires s'occuper d'eux et de les promener dans des endroits publics? (Voir les lettres des volontaires; Des volontaires pour la SPCA parlent pour les chiens de Beaverdell.

DISPOSITION DES CHIENS

Topaz Creek; Tous les chiens sauf deux des chiens de Topaz Creek ont été réhabilités et ont trouvé une nouvelle demeure. Deux chiens, Raven et Sumac ont dû être euthanasiés pour des raisons humanitaires. Raven avait une blessure grave qui l'affectait même dans les os. Il était en douleur terrible et il était impossible de l'approcher pour lui donner des soins. Sumac souffrait de difformités physiques graves et douloureuses de ses organes génitales et qui n'étaient pas réparables.

Beaverdell; Trente-quatre furent tués par la SPCA (jusqu'à date, le 30 mars 2003) Ce nombre n'inclut pas les chiots qui étaient en possession de la SPCA mangés ou tués par leur mère ou encore trop petit pour survivre et autres causes. Des 47 chiens adultes saisis, un seul fut retourné à Lapointe. De 46 chiens emprisonnés au centre de la SPCA de Kelowna 34 furent tués et sept demeurent et peut-être 5 ont trouvé une maison d'accueil ou encore ont été vendus. Les chiffres de la SPCA sont très embêtants, puisqu'ils comprennent parfois les chiots, quelques fois ceux qui ont été saisis de Lapointe et ceux qui sont nés au centre de la SPCA. Mais puisque n'importe qui peut vendre des chiots, il n'est pas nécessaire de les faire mourir et vu qu'ils ne sont pas tous rapportés dans ce fléau, il serait de réduire en erreur de les inclure dans nos statistiques.

ACCUSATIONS CRIMINELLES

Topaz Creek; Chaque enquête de la SPCA a été si mal menée qu'aucune accusation ne fut portée. L'agent local de la SPCA, Marg Truscott a dit au président de Creston Paws lorsqu'il fut pressé de saisir les chiens; 'et bien, qu'est-ce qu'on peut faire? On ne peut quand même pas tous les tirer au fusil.' Et; 'Tu ne peux pas blâmer quelqu'un pour avoir un rêve.' (Le rêve dont parle Truscott est en référence du plan de Meyers d'utiliser les chiens dans une affaire de courses de chiens. La détresse chez les animaux sous l'Acte de la PCA est une offense sommaire et les poursuites pour une offense sommaire doivent être engagées dans un délai de six mois. Les discussions entreprises par le conseil d'administration de la BCSPCA au sujet de l'affaire de Topaz Creek ont eu lieu à leur assemblée du 23 novembre 2002, plus de quatre mois après que le dernier chien fut secouru des mains de Mayers par Creston Paws, leur laissant deux autres mois pour envoyer un rapport à la couronne. Aucune action judiciaire ne fut prise contre Mayers. La SPCA a permit au journal et à la télévision de donner tout le crédit du sauvetage des chiens de Topaz Creek à la SPCA. Tout cela a eu pour résultat que les milliers de dollars en donation qui auraient dû aller à Creston Paws sont allés à la SPCA. Creston Paws a supplié la SPCA d'agir pour les chiens de Mayers et quand il a vu que la SPCA n'agissait pas, ils ont été obligés d'agir eux-mêmes en prenant la responsabilité des dépenses en même temps. L'agence qui n'a rien fait a eu tout le crédit et tout l'argent, celle qui a tout fait a eu les chiens et les factures.

(Je l'ai déjà écrit que la SPCA était une bonne business. Bonne dans les sens, rentable. Gaston Lapointe)

(AAS a donné $500.00 à Creston Paws.) Mayers ne sera jamais accusé. Est-ce parce que si cela avait été fait, cela aurait sans aucun doute montré encore au public et aux médias que la SPCA avait négligé ces chiens, quelques-uns d'entre eux depuis plusieurs années et puis avoir pris le crédit pour le sauvetage?

Beaverdell; Des accusations furent portées contre Gaston Lapointe. Déclarations de la bouche de Gaston Lapointe selon plusieurs sources des médias. Gaston Lapointe le 2 juillet 2002; 'Je suis pris avec trop de chiens adultes. Je les aime trop pour les tuer. Il y a 20 mois j'ai offert à la SPCA de prendre de 12 à 20 chiens.

(La vérité est que j'ai demandé au géant, Russ Forand de la SPCA à trois reprises de m'aider à trouver des maisons d'accueils pour 20 femelles. Il a refusé et ils ont dit qu'elles n'étaient pas adoptables.)

Le 9 de juillet 2002, Cindy Soules de la BCSPCA disait selon un rapport qu'il n'était pas dans les plans de la SPCA de terminer aucun des animaux. Le 9 octobre 2002 la SPCA a pris possession des chiens et a demandé à Lapointe de payer $12,000.00 s'il voulait reprendre ses chiens. (La SPCA était prête à retourner les chiens à Lapointe après avoir reçu des milliers de dollars en donations, recettes de leur publicité et après avoir reçu le $12,000.00 de Lapointe, l'homme qu'ils ont accusé de négliger les chiens.)

(La vérité est que ce n'était pas seulement $12,000.00 le prix de la facture, mais bien $110,000.00. Gaston Lapointe)

Lapointe a déclaré; 'Je ne peux pas me le permettre. Pour pouvoir le faire, il faudrait que je fasse comme la SPCA, c'est-à-dire, pleurer au public pour pouvoir ramasser les fonds.'

Le premier novembre 2002 Lapointe a plaidé non coupable aux trois chefs d'accusation porté contre lui par la SPCA. Son procès est cédulé pour le 16 et 17 septembre 2003.

SOMMAIRE

Cinquante-six chiens de Topaz Creek ont eu la bonne fortune d'être ignorés par la SPCA.

Quarante-six chiens de Beaverdell ont eu le malheur d'être saisis par la SPCA.

Des chiens récupérés de Topaz Creek dans
une parade à Creston le 17 mai 2003

Voici quelques témoignages de personnes qui ont vu, entendu et expérimenté quelques méfaits de la part des gens de la SPCA de Kelowna en Colombie-Britannique.

Par Connie Mahoney
Daté du 2 juin 2003 8 :44 a.m.
Sujet; Les chiens de Beaverdell

Je vous écris à propos de la dernière tuerie massive des chiens de Beaverdell au centre de la SPCA de Kelowna.

Sous les soins de la SPCA les femelles sont devenues enceintes. Au moins vingt-huit furent tués. Ils furent enfermés avec d'autres chiens avec lesquels ils ne s'accordaient pas, causant ainsi des batailles et ils furent manipulés de façons très négatives. Les uns furent cachés du public et ont reçu très peu ou pas du tout de socialisation. Lorsque des personnes intéressées et inquiètes du public ont demandé des informations sur ces chiens, les employés étaient très réservés et ont refusé d'en donner.

Lorsque des employés professionnels et concernés ou encore des volontaires demandaient le pourquoi des traitements fait aux chiens et des décisions qui furent prises, ils risquaient de perdre leur emploie ou d'être bannis du centre de la SPCA. Je suis bien placée pour le savoir. Je suis une ex directrice de la SPCA de Kelowna et du siège sociale des Citoyens pour les cirques sans animaux. Je travaille pour réussir à bannir l'usage des animaux sauvages et exotiques dans les cirques de Kelowna. Je me suis plainte contre la saleté, la froidure et de l'humidité des cages qu'ils utilisaient pour les chiens et un sérieux manque de sécurité me concernait. Un fil électrique contenant du courant a été vu reposant dans un trou d'eau. Je me suis vu perdre tous mes privilèges de volontaire au centre de la SPCA pour l'avoir mentionné au gérant Russ Forand. Une employée très spéciale et soucieuse du sort des animaux fut remerciée de ses services deux jours après que son propre chien mourut sur la table d'opération juste avant Noël de l'an 2000. Elle fut remerciée par le gérant parce qu'elle questionnait les mauvaises décisions prises qui n'étaient pas dans le meilleur intérêt des animaux. Ce ne sont pas là des situations isolées non plus. D'autres aussi furent congédiés récemment parce qu'ils se souciaient du sort des animaux. Cette semaine deux volontaires très impliquées furent bannies du centre. Le centre de la SPCA de Kelowna a la réputation de ne pas être amical pour les gens ni pour les animaux. Lorsque des questions étaient posées aux employés de la SPCA concernant les chiens de Beaverdell, ces derniers étaient très discrets et ne répondaient à aucune question concernant ces chiens. Les volontaires étaient toujours menacées d'être bannies ou poursuivies. Le gérant m'a menacé d'être actionnée lorsque je me suis plainte.

Le printemps dernier la BCSPCA a annoncé un moratoire sur l'euthanasie sauf pour des raisons de tempérament et de santé et les décisions se devaient d'être prises par un vétérinaire. Je suppose que cela n'incluait pas le centre de la SPCA de Kelowna. La dernière portion des vingt-huit chiens de Beaverdell furent tués ici. Est-ce qu'un vétérinaire qualifié fut consulté pour cette décision importante et était-il responsable des procédures ou cela fut fait juste par les employés? Moi aussi j'ai promené plusieurs de ces chiens et je ne peux pas accepter leurs excuses que tous ces chiens étaient agressifs et qu'ils n'étaient pas adoptables. Je ne crois pas que la SPCA a tout fait ce qu'ils ont dit qu'ils allaient faire pour aider ces chiens à se réhabiliter et de s'accoutumer à leur nouveau monde. Je n'ai pas eu connaissance qu'un dresseur de chiens qualifié ait jamais travaillé avec ces chiens.

Il faut sûrement que je me questionne sur ce qui se passe au centre quand tous les groupes de la protection des animaux critiquent sévèrement la SPCA. Il y a des personnes responsables, soucieuses, et déterminées au sein de ces organisations qui ont toutes une chose en commun, Elles aiment et veulent aider les animaux et elles blâment toutes la SPCA pour la façon de mener leurs opérations et elles veulent que les choses changent pour le mieux, surtout pour les animaux de nos communautés.

Connie Mahoney
Kelowna BC.

Par Mandy Rawson
Date, le 2 mai 2003 2;06 p.m.

En réaction de la tuerie de dix autres chiens de Beaverdell (AAS)

Le soi-disant sauvetage des chiens de Beaverdell me semble à moi peu réfléchi et ça depuis le tout début. Tous les groupes pour animaux de la vallée d'Okanogan ont entendu parler des plaintes et de la condition dans laquelle ces chiens vivaient. Certains secouristes d'animaux sont même allés jusqu'à prendre des chiots et des femelles productrices, parce que la SPCA n'agissait pas. Pour les employés de la SPCA d'aller et de saisir plus de cinquante chiens la même journée était un défi de taille.

Où était la résonance à propos de trouver un endroit pour tous ces animaux? Qu'est-ce qui adviendrait de tous les autres chiens, puisque le centre était plein à craquer? J'ai entendu dire que des chiens furent envoyés à Penticton où c'était déjà trop plein. Quel sera leur sort? Je crois que ce coup théâtral et médiatisé n'était rien d'autre qu'un grand effort pour pouvoir ramasser les fonds publics et remplir les comptes de banque de la SPCA.

Puis de prendre ces soi-disant chiens peu socialisés de leur train de vie attachés au câble entre deux arbres et de les placer avec d'autres chiens peu socialisés et pas neutralisés dans des cages de métal sur des planchers de ciment, est, selon mon opinion, simplement échanger un enfer pour un autre. Il est complètement impossible de bien évaluer le tempérament des chiens dans de telles conditions. Des promeneurs de chiens ont déclaré que ces chiens étaient doux et amicaux envers les humains et d'autres animaux. Il leur a été aussi permis de promener ces chiens dans des parties de la ville très achalandées. L'action le plus déraisonnable dans toute cette affaire est que la SPCA permettre que ces chiens s'accouplent et se reproduisent lorsqu'ils étaient sous la gouverne de la SPCA. On peut lire sur le site Web de la BCSPCA que la surpopulation d'animaux est un grand problème en Colombie-britannique. Comment se fait-il pour l'amour du ciel qu'ils puissent ajouter à ce fléau en permettant à des chiens avec "des tempéraments 'douteux' de multiplier si aveuglément? Ce pourrait-il que c'est parce que ces petits chiots sont cutes et plus faciles à vendre que les gros chiens adultes qui ne sont pas neutralisés et peu socialisés? Combien la SPCA reçoit-elle pour chacun de ces petits chiots? Assez peut-être pour justifier l'euthanasie d'un adulte? La BCSPCA déclare si énergiquement qu'ils ont mis en marche un programme de neutralisation des animaux si efficace qu'il n'y a pas d'excuse, selon mon opinion, qu'ils laissent une telle chose se produire au centre et que ces chiots naissent dans de telles conditions et dans un tel concept.

Ce dernier incident a galvanisé tous les amis des animaux de la vallée de l'Okanogan à se prononcer contre le centre de la SPCA de Kelowna. Pour moi c'est la goutte qui fait renverser le vase dans une longue liste d'incidents impardonnables. En mémoire de tous les chiens euthanasiés de Beaverdell, je demande à tous les amis des animaux de bien vouloir supporter les petits groupes de protecteurs des animaux, ceux qui aident réellement les animaux.

Mandy Rawson

(Moi, Gaston Lapointe, je dis que si ces groupes de protecteurs des animaux n'avaient pas mis autant de pression sur la SPCA d'agir contre moi, mes chiens auraient eu la chance de vivre leur vie. S'ils étaient réellement venus chez moi, ils auraient vu qu'il y avait beaucoup de chiens, mais aussi qu'ils étaient tous en bonne santé et très bien traités et aussi qu'ils avaient un bon endroit pour demeurer. S'ils voulaient tant aider mes chiens, pourquoi ne l'ont-ils pas fait lorsqu'il en était encore temps et que j'ai supplié pour de l'aide contre la SPCA afin de protéger mes chiens contre ces tueurs?)

L'élimination des chiens de Beaverdell: Voici les chiffres une autre fois.

Affiché par Joann Bessler

Date, jeudi le 6 février 2003 a 8: 37 a.m.

En réaction de la tuerie de dix autres chiens de Beaverdell (AAS)

22 chiens de Beaverdell furent tués en novembre 2002. Nous avons un communiqué de presse, rapport des médias et des informations d'un ex employé listant chaque chien par son nom et la date qu'il fut mis à mort.

Le 3 juillet 2002, la SPCA a saisi 53 chiens de Gaston Lapointe, 47 adultes et 6 chiots.

Le 4 de novembre ils ont tué 18 adultes.

Le 7 de novembre 1 adulte fut retourné à Lapointe.

Le 8 de novembre ils ont tués 4 autres adultes.

Le 31 janvier 2003, ils ont tués 10 autres adultes.

32 adultes des 47 chiens originaux saisis par la SPCA furent tués. Il ne reste que quatorze chiens vivants. Joann

Il fut déclaré sur les nouvelles à la radio ce soir que 18 des 53 chiens, husky mêlé saisis de la propriété de Gaston Lapointe, il y a quatre mois furent mis à mort. Étant dans l'impossibilité de garantir que ces chiens ne peuvent pas montrer qu'ils seraient capables d'agressivité fut cité comme raison pour la tuerie. J'ai entendu le rapport aux nouvelles à trois reprises, mais jamais la SPCA ne fut nommée. Ils ont simplement été identifiés comme étant; les officiels. Je me réserve le droit de commenter un peu plus tard lorsque je connaîtrai un peu plus de détails sur le sujet. Il me suffira de dire pour l'instant que je suis soupçonneux à l'endroit de la SPCA en ce qui concerne leur habitude d'utiliser les médias. Ils ne se gênent pas pour se glorifier à l'aide des journaux et de la radio lorsqu'ils prétendent sauver les animaux, mais lorsqu'il s'agit d'annoncer la tuerie de ces êtres innocents, ils sont devenus comme par magie anonymes, eux qui sont supposés justement protéger ces animaux. Pensent-ils vraiment que personne ne va noter que leur nouvelle direction est différente de l'ancienne qui tuait tout ce qui bouge et qui ne payait pas?

Reposez en paix vous, les pauvres âmes innocentes, vous qui n'avez pas vraiment eu une seconde vraie chance.

Des volontaires de la SPCA de Kelowna parlent pour les chiens de Beaverdell.

Courriel à Kim Munro, BCSPCA le 11 mars 2003

Cher madame Munro

Je suis Hellena Pol, un professeur retirée d'école au collège et demeurant à Kelowna depuis plus de vingt ans. Durant les six dernières années, je suis un membre permanent et officiel de la société humaine de l'Okanogan, une organisation de charité à non-profit qui assiste les familles à bas revenus avec le coût de neutralisation de leurs animaux. Je garde en moyenne vingt-cinq animaux à l'année longue et je leur trouve une maison d'accueil une fois qu'ils sont neutralisés et vaccinés. J'ai placé plus de 600 animaux dans les cinq dernières années pour la SHO.

Je suis aussi une volontaire et un membre actif de la SPCA pour plus de 7 ans. J'ai observé et travaillé étroitement avec 4 dresseurs de chiens professionnels à Kelowna en essayant d'en apprendre le plus possible sur les meilleurs amis de l'homme. J'ai promené, j'ai gardé en tant que nourricière et j'ai arrangé des adoptions pour la SPCA et pour la SHO, plus de 1400 chiens au moins.

Plusieurs personnes, moi incluse étaient très heureuses lorsque la SPCA a finalement saisi les 53 chiens de Beaverdell l'été dernier. Ce problème là avait été reconnu, il y a plusieurs années. En novembre près de la moitié des chiens furent mis à mort, ce que personne n'a questionné à ce moment-là; nous avons supposé que c'était absolument nécessaire.

(Vous avez supposé aussi que mes chiens étaient en détresse, ce qui n'était pas du tout le cas. Gaston Lapointe.)

J'ai appris de leur administration que ces chiens ont subi une thérapie très sévère à l'aide de drogues et que deux équipes d'experts avaient évalué ces chiens. Ils en sont venus apparemment à deux verdicts complètement différents. Ces chiens ont commencé leurs marches au milieu du mois de décembre, ce qui fait que très peu de nous furent impliqués. Ces chiens étaient étonnement amicaux considérant qu'ils étaient sans interaction humaine pour plus de seize heures par jour lorsque le centre est fermé. Ils n'étaient pas neutralisés et ils vivaient jusqu'à 3 chiens ensemble dans des endroits très restreints. Tout ça plus le fait que les chiens ne sont pas des animaux solitaires à contribué à accroître leur niveau de stress considérablement.

Durant les semaines où nous avons marché avec ces chiens le long de Mission Creek Greenway, nous avons rencontré plusieurs autres propriétaires de chiens, les uns sans même être en laisse. Pas une seule fois nous avons expérimenté un problème d'agressivité ni de grognement de la part de ces chiens. Plusieurs passants ont complimenté les chiens sur leurs bons comportements et ils nous ont demandé pourquoi ils n'étaient pas disponibles pour adoption. Nous avons passé beaucoup de temps à remplir des rapports détaillés sur chacun de ces chiens et de leurs comportements et leurs réactions à tout ce qu'ils rencontraient. Tout cela a malheureusement été qu'une grande perte de temps. Il est tout simplement étonnant et inconcevable que la SPCA qui prêche continuellement la protection du public, nous aurait permis de promener ces chiens dans des parcs publics sur une base journalière. Jamais personne ne s'est préoccupé des enfants du groupe des adolescents non plus (par un membre des employés) qui a emmené ces enfants plusieurs fois dans la partie arrière du centre de la SPCA pour jouer avec les chiots et des chiens adultes.

Au milieu du mois de janvier j'ai appris de l'administration que le sort de ces chiens devait être décidé par la BCSPCA cette semaine-là. J'étais extrêmement contente d'être invitée à l'assemblé conjointement avec la direction de la SPCA et le gérant du district monsieur Bob Busch. Je me suis laissée dire à cette assemblée qu'il n'y avait pas de raison de paniquer, mais le lendemain sur le journal de Capital News, il fut écrit en partie du moins qu'une rumeur circulait à l'effet que les chiens de Beaverdell seraient détruits. La rumeur était fausse....Et bien, deux semaines plus tard la rumeur était devenue une triste réalité.

Pourquoi donc que Bob Busch et la direction de cette organisation ont-ils menti à moi et au public? Lorsque j'ai posé la question à l'assemblée de la SPCA du 24 février, Bob Busch m'a répondu qu'ils voulaient simplement dire qu'ils ne tueraient pas les chiens cette semaine-là. Quelle farce! Quelle excuse idiote! Lorsque la question à savoir pourquoi les experts n'ont pas suggéré la neutralisation des chiens en novembre, c'est une autre réponse idiote que nous avons reçu de Bob Busch. Il y en a 92, beaucoup trop! Et bien tout ça ne s'additionne pas très bien, considérant qu'aux alentours de Noël 24 des chiens adultes étaient morts et que le centre avait 25 autres chiots et chiens dans des cages, ce qui voudrait dire qu'il y avait au moins 40 des chiots de Beaverdell au centre de la SPCA de Kelowna. Encore là, lorsqu'on a demandé à Bob Busch combien de chiots nés de résultats de femelles qui furent ensemencées au centre de la SPCA de Kelowna, il a répondu une seule portée. Vraiment?? Nous savons qu'il y en a eu au moins trois. Lorsque nous avons demandé pourquoi la SPCA ne pouvait pas partager cette expérience et utiliser l'aide des autres groupes de volontaires qui se dépensent continuellement pour les animaux comme ceux de Creston qui ont réussi avec succès le sauvetage d'un désastre semblable avec une race de chiens semblable et ça dans la même période de temps à Topaz Creek. Leur réponse fut; 'Ils étaient des chiens très différents, des chiens élevés pour la course à traîneaux. Il n'y avait pas de comparaison avec les chiens de Beaverdell.' Quelle ironie! Nous avons vu les photos couleurs des terribles blessures, de chiens négligés, recouverts de merde et d'urine et nous avons lu les détails dans les courriels concernant les conditions inhumaines de ces chiens. De 56 chiens, 54 ont été neutralisés et ont trouvés une maison d'accueil. Le Collie Sauvetage de l'Okanogan, un groupe local pour le bien-être des animaux s'occupe des cas d'abuses et de chiens négligés à toutes les semaines—28, juste dans le mois de janvier. Certains furent gardés dans des boites de bois et n'ont jamais vu la lumière du jour. À l'OCS avec point d'abri ni de support du gouvernement les chiens des deux sexes sont neutralisés, bien entretenus et ils trouvent en fin de compte une maison d'accueil grâce à des volontaires qui ne regarde pas à la dépense, de l'argent ni du travail.

Dans les dernières quatre années, <u>un</u> chien très malade fut terminé; plus de 80 ont trouvé une nouvelle et bonne maison l'an dernier seulement.

La colère dans la presse à la suite de la tuerie de dix autres chiens à la fin de janvier était indescriptible.

Le journal local, Le Capital News a imprimé seulement les articles qui faisaient l'affaire de la SPCA. Tous les volontaires ont été discrédités et étiquetés d'intolérants, de pharisaïques, d'activistes, de radicaux, de montres, de tirants et même de terroristes! Ils ont laissé croire au public que ces fous menaçaient et harcelaient les employés de la SPCA sur une base journalière. Je n'ai jamais vu ni entendu une attaque aussi vicieuse, pleine de fausses accusations et des tactiques aussi pitoyables depuis que j'ai laissé un pays communiste il y a trente ans. Il y avait même une photo d'une personne toute défigurée, (l'une des pires morsures des dix dernières années. <u>Cette photo ou cet incident n'avait absolument rien à faire avec le cas des chiens de Beaverdell, mais ils l'ont placé directement à l'entête d'un article à propos des chiens agressifs de Beaverdell.</u>

Quelle hystérie et combien peu professionnel de la part des gens de la presse! Comment cette photo s'est-elle rendue là? Seulement les officiers du Contrôle des chiens sont en possession de ces diapositives.

Le sais-tu Kim que plusieurs femmes qui font parti de la charité locale des animaux et des groupes de sauvetages ont coopéré avec la SPCA depuis des années? Le sais-tu que plusieurs d'entre elles ont déboursé de leurs poches des centaines de dollars pour faire neutraliser les animaux et payer les factures des vétérinaires, continuellement creusant dans nos comptes de banque pour sauver des animaux? Tous mes beaux vêtements, mes bijoux et mes articles d'antiquité sont partis pour une bonne cause. Le sais-tu d'où viennent nos animaux, plus souvent qu'autrement abusés et négligés? Oui madame, d'un centre de la SPCA, où ils étaient considérés pas adoptables.

Voudrais-tu en rencontrer quelques-uns? Sais-tu par exemple que la société humaine de l'Okanogan est un petit groupe de volontaires composé principalement de personnes d'âge moyen et de personnes âgées, qui avec leurs moyens limités assistent des personnes à bas revenus à neutraliser leurs animaux pour les 7 dernières années? Nous avons commencé quatre ans avant que le district régional alloue une subvention annuelle de $25,000.00 à la SPCA locale pour faire la même chose. Nous recevons $2, 500.00 et nous avons réussi à régler le cas de 3500 animaux jusqu'à présent.

Pourquoi donc est-ce que la SPCA demeure un empire aussi intouchable, lorsque tous, incluant les sénateurs, les ministres et les prêtres commettent des erreurs? Pourquoi donc que chacun qui ose exprimer une opinion différente est considéré un ennemi? Pourquoi que les employés qui ont de la compassion pour les animaux sont remerciés de leurs services ainsi que les volontaires forcés de partir? Je me suis fermée la gueule pour plus de six ans, maintenant il est plus que temps de me l'ouvrir. Voudrais-tu savoir pourquoi Russ Forand (le gérant) m'a demandé de partir, il y a six ans? Je pense que c'est parce que j'étais stupide d'abandonner tout mon été pour m'occuper des animaux des autres. J'ai travaillé 6-8 heures par jour et 7 jours par semaine à nettoyer les cages des chats. J'ai aussi couru 4-5 milles avec 8-10 chiens à chaque jour en compagnie de Almarie Bowers, une volontaire incroyable et experte avec les chiens et j'ai travaillé de près avec l'entraîneur professionnel, Hugh Devlin. Selon les employés à nous trois nous accomplissions 80% de toutes les adoptions du centre avec succès. Nous étions très heureux et nous pensions faire la différence. Erreur! Nous n'étions apparemment pas appréciés par le comité des directeurs et quelques-uns des employés. L'atmosphère y était presque toujours déprimant. Nous ne nous sommes jamais sentis bienvenues. Il n'y avait pas de réception ni sourire. Comme de raison, nous étions là pour les animaux.

Ma mère et moi nous avons adopté deux chiens très mal en point, (un a dû retourner au centre à trois reprises et un autre a dû recevoir une opération aux yeux) et trois chats. J'ai dû payer le plein prix pour tous malgré le fait qu'ils étaient évalués pas adoptables. La pauvre Sasha, la chatte était presque morte. Il ne lui restait presque plus de poils et elle était due pour être euthanasiée. J'ai quand même dû payer le plein prix de $70.00 pour elle. Je pouvais voir que j'étais devenue une personne à suspecter avec crainte pour eux. 'Qu'est-ce qu'elle veut celle-là? Pourquoi est-elle ici à tous les jours?' Je leur ai dit que j'avais un très bon salaire de professeur, mais cela n'a pas semblé être suffisant pour atténuer leurs doutes. J'ai aussi emmené mon mari à une assemblée un jour avec Russ Forand qui m'a pratiquement jeté en dehors de centre. Cela fut confirmé après coup dans une lettre venant du comité des directeurs. On pouvait y lire des accusations stupides comme sortir du centre par la mauvaise porte, déranger avec l'ouvrage des employés. J'apportais des douzaines de boites de carton dans lesquelles j'y avais taillé des trous et je les mettais dans la cage des chats empilés jusqu'à trois et qui demandaient désespérément d'en sortir. Je savais que cela diminuerait leur stress et leur misère d'être enfermés dans un si petit endroit, mais les employés les jetaient et s'en plaignaient. Et bien devinez quoi? L'an dernier on me montrait exactement les mêmes boites qu'ils appellent maintenant, des coupoles qui furent développées par des experts de la BCSPCA et j'ai pu lire dans leur circulaires combien ils en étaient fier. Cathy Woodward (l'assistante du gérant) s'est éclatée de rire lorsque je lui ai mentionné. Elle s'en est rappelée. Ils m'ont aussi dit que je travaillais trop vite et que cela causait du stress aux employés. Les pauvres âmes!

Mon mari m'a entraîné dehors en disant; 'Tu n'as pas besoin de cette merde, oublie le centre et amuses-toi.' Mais je ne peux tout simplement pas demeurer loin des animaux. Je suis devenue un membre de la TRACS et un peu plus tard un membre de SHO. J'ai commencé à accueillir des animaux et travailler sur des adoptions. Il y a quatre ans je suis devenue un membre du comité des directeurs de la SHO et j'ai commencé la coopération avec d'autres groupes de charité pour animaux aussi bien que la SPCA. Prendre soin des animaux prend tout mon temps. Je n'ai pas eu une seule journée de congé en quatre ans.

Il y a quelques étés, il y avait un gros feu ici en ville. Les personnes de chez Magic Estates ne pouvaient pas retourner chez-eux pour deux jours et on leur a demandé de se rapporter à la caserne des pompiers. Devinez qui se tenait là pendant des heures en offrant de l'aide aux gens et pour leurs animaux? Tout le monde pensait que nous étions de la SPCA. Nos maisons et nos jardins furent joliment encombrés pour quelques jours. Quelques semaines plus tard, lorsque ce feu très violent atteignait Salmon Arm, voudrais-tu savoir qui s'est rendu là au milieu de la nuit à travers les barrages des policiers pour offrir de l'aide à la SPCA? Moi et mon amie, nous avons eu peur et nous avons avalé beaucoup de fumée. Nous avons été malades pour plusieurs jour par la suite, mais nous avons sauvé la vie de vingt-cinq chats et nous avons trouvé un endroit pour tous sauf un ici en ville et ça avec la permission de la SPCA de Salmon Arm, bien sûr.

Puis lorsque nous sommes revenues à Kelowna nous étions surprises de recevoir avec harcèlement des coups de téléphone de la SPCA locale. Ils ont ordonné que nous leur remettions ces chats que nous avions rescapés et nous savions très bien qu'ils n'aient pas offert leur aide à la SPCA de Salmon Arm. En plus le centre de la SPCA de Kelowna était plein jusqu'au plafond.

J'ai invité les employés de visiter ces chats en tout temps. Je n'avais pas de cages et ils vivaient dans le luxe. Lorsque les appelles ne cessaient pas, là je me suis fâchée. J'ai appelé le gérant du champ des opérations, Carl Ottoson et le harcèlement a cessé d'en part là. Le public n'en a jamais rien su parce que notre souci premier a toujours été le bien-être des animaux et nous n'avons pas appris à exploiter les médias pour de la publicité.

Le 2 février 2003 lorsque je quittais le centre de la SPCA complètement exténuée et complètement abasourdie par la nouvelle de la tuerie des chiens, j'ai alors dit à voix basse à l'une des employées que je connais depuis déjà sept années. 'Comment pouvez-vous dormir la nuit? Moi, je ne peux pas. Le lendemain matin Russ Forand, le gérant m'appelait pour me dire que j'étais désormais bannie du centre. Nous nous connaissions depuis plus de sept ans et nous avons assisté à plusieurs assemblées ensemble. J'ai parrainé plusieurs chiens au centre et j'ai aussi aider à l'adoption de vieux chiens. Pourquoi ne pouvait-il pas m'approcher et discuter de l'affaire avec moi personnellement, un simple petit commentaire, comme un adulte saurait le faire au lieu d'aller à la presse? Une autre de mes amies, tout comme moi était elle aussi très perturbée par la tuerie des chiens. Nous les avons tous très bien connu. Ni elle ni moi ne pouvions bien dormir depuis des semaines. Mon amie a offert de parrainer et même possiblement d'adopter un des 11 survivants qui restaient dont elle était devenue très attachée. La réponse de Russ Forand fut; 'Non!'

Lorsque je l'ai questionné, il y a quelques jours à ce propos, en lui disant combien d'expériences et d'affinité ce couple avait et combien de temps il pouvait passer avec le chien, il a répété; 'Non, pas la moindre chance, Jamais.' Ce qui fait que ces chiens furent punis et l'une des meilleures maisons d'adoptions potentielles leur a été refusée à cause de sa fierté personnelle. La recherche du pouvoir et une différence d'opinions. Follement, j'ai pensé, ce sont les animaux qui sont le plus important et de leur trouver une maison d'adoption adéquate devrait être une priorité. Très tristement la SPCA a perdu deux de ses meilleures amies et deux soutiens de longues dates. Je suis vraiment découragée de tout ça, mais je n'abandonne pas facilement. Je suis déterminée à surmonter les obstacles et d'améliorer la situation. Je crois que la BCSPCA a fait la même chose. Il y a deux ans lorsqu'ils ont engagé un groupe indépendant pour visiter plusieurs villes de la Colombie-britannique pour tenir des assemblées publiques, j'étais présente à l'assemblée de Kelowna concernant la nouvelle direction de la SPCA.

Après avoir lu récemment la déclaration du gérant de la SPCA sur le journal local disant que le sort de cinq des onze autres chiens de Beaverdell était incertain, j'ai immédiatement alerté deux directeurs de groupes locaux de charité animale et un dresseur de chiens. J'ai aussi dit au gérant, monsieur Russ Forand, que ce dresseur professionnel était prêt à travailler avec ces chiens immédiatement et que ses honoraires seraient payés par deux groupes humanitaires. Il m'a dit que l'argent n'était pas un problème et une semaine plus tard nous étions invitées au centre. J'ai mis beaucoup d'efforts pour rassurer ce dresseur que ses efforts seraient appréciés et que les chiens bonifieraient de son aide et de son expertise. Cette dresseuse est certifiée dans la ville de Vancouver et elle a aussi donné des cours avec succès ici dans notre ville. Et bien cela a fini par être une autre situation choquante et embarrassante. Forand ne nous a pas reçu, il nous a plutôt référé aux jeunes employés qui s'occupaient des chiens en nous disant de toujours s'adresser à eux. 'Ne leur donnez pas de misère. Ne parlez à personne de tout ceci. Emmenez juste les chiens au ruisseau ou bien où il vous plaira.'

Nous sommes donc allées visiter quelques chiens dans des cages, lorsque Forand est venu nous dire que les employés n'étaient pas confortables avec notre présence. Je lui ai dit que nous étions là pour s'occuper des chiens et non pas pour déranger les employés. Encore là, j'étais prête à aller discuter avec les employés dans un bureau. J'ai commencé à leur parler amicalement, mais la gérante d'office (Jan) ne m'a pas regardé, elle m'a indiqué très clairement qu'elle n'était pas intéressée à discuter avec moi. Après quelques minutes de confusion complète, on nous a demandé de partir. 'Après tout,' nous a dit le gérant, 'nous devons garder nos employés heureux. Vous devrez partir.' Je voulais lui dire à forte voix, 'qui donc est le gérant ici, elle ou toi?' Mais la dresseuse de chiens avait déjà passé la porte, complètement dépassée et déroutée par les événements. Cependant avant de partir, elle a quand même lancé, 'Qu'arrivera-t-il à ces maudits chiens?' Est-ce qu'il y a quelqu'un qui s'en inquiète?'

Un autre désastre—La gérante d'office n'a jamais travaillé avec les chiens et elle m'avait dit à plusieurs reprises qu'elle ne les connaissait pas du tout. Encore une fois ces pauvres chiens étaient punis et privés d'une chance de recevoir de la socialisation et de contacts humains importants et de compassion. Tout cela me semble n'être qu'un cauchemar qui revient que trop souvent. La dresseuse de chiens, qui n'a jamais rien dit à propos de la tuerie de ces chiens ni commenté sur la décision de la SPCA était tellement furieuse qu'elle ne veut pas en parler à personne ou d'avoir son nom divulgué.

Le matin suivant cette même gérante d'office m'a référé une dame désespérée qui avait besoin d'au moins $800.00 pour une opération sur son chat. Je lui ai demandé ainsi qu'aux autres employées du centre de ne plus me référer personne pour des factures de vétérinaire. Je vis avec un chèque de pension et notre petit groupe de charité ne reçoit même pas 10% de ce que reçoit la SPCA. Encore là, cela continu! J'ai fait et je continuerai toujours de référer des clients qui cherchent un certain type de chiens et de chats à la SPCA. Les animaux ont besoin de trouver une maison d'accueil peu importe de quel centre ou de quel groupe ils viennent. Ça serait bien si certaines personnes avaient un peu plus de considération et de reconnaissance.

J'aimerais que vous remédiiez à cette situation immédiatement. La dresseuse de chiens mérite des excuses par écrit. L'attitude de la gérante d'office n'est tout simplement pas acceptable. Je peux dire que j'en ai presque mon voyage moi aussi. je vous demande donc de me retourner une réponse à ce courriel dans les quatre jours qui suivent. Après ce délai je vais approcher toutes personnes qui voudront bien entendre ce que j'ai à dire, les gens de animal advocates y compris. J'espère juste que cela ne soit pas nécessaire.

Véritablement vôtre,
Hellena Pol
Hellena Pol n'a pas reçu de réponse à sa lettre.

Par: AAS <office@animaladvocates.com>

Date, le 2 mars 2003 10: 38 p.m.

En réaction de la tuerie de dix autres chiens de Beaverdell (AAS)

Pour ce qui est des femelles qui sont devenues enceintes au centre de la SPCA de Kelowna, ce ne sont pas que des rumeurs, je les ai vu se faire accoupler et j'ai moi-même aider les mères à avoir leurs petits. Jenny est encore envie et elle est bien. La moitié de sa portée n'a pas survécu, puisque c'est elle qui les a tué. Elle en a mangé un et elle en a étranglé deux autres à en laissant quatre autres vivants. Blondie a peut-être été tuée, je n'en suis pas sûre, mais elle fut accouplée par un chien nommé Morley. Voici ici le compte exact.

Le 4 novembre = 18 chiens tués.

Le 8 novembre = 4 chiens tués.

Le 30 de janvier 2003 10 chiens tués.

Totale 32 chiens morts.

Ces chiennes sont devenues enceintes au centre de la SPCA de Kelowna.

Becky: tuée le 4 novembre 2002 elle a eu une portée et elle est tombée enceinte à la SPCA.

Lena, tuée le 4 novembre 2002 elle a eu une portée et elle est tombée enceinte à la SPCA.

Blondie, je ne suis pas sûre de son sort, elle a eu une portée et elle est tombée enceinte à la SPCA.

Jenny, vivante, elle a eu une portée et elle est tombée enceinte à la SPCA.

Mickey: tué le 4 novembre 2002.

Growly; tué le 4 novembre 2002.

Matthew; tué le 8 novembre 2002.

Mona; tuée le 4 novembre 2002.

Ben; tué le 4 novembre 2002.

Fudge; tué le 4 novembre 2002.

George: tué le 8 novembre 2002.

Benson: tué le 8 novembre 2002.

Nova: tué le 4 novembre 2002.

Stu: tué le 4 novembre 2002.

Austin: tué le 4 novembre 2002.

Bowser: tué le 4 novembre 2002.

Kaluha: tué le 4 novembre 2002.

Tundra: tué le 4 novembre 2002.

Trixie: tuée le 4 novembre 2002.

Stella: tuée le 4 novembre 2002.

Becky: tuée le 4 novembre 2002. Elle a eu une portée et elle est tombée enceinte à la SPCA.

Blake: tué le 4 novembre 2002.

Lena: tuée le 4 novembre 2002 elle a eu une portée et elle est tombée enceinte à la SPCA.

Niko: tué le 4 novembre 2002.

Melinda: tuée le 4 novembre 2002.

Chewy (le chien dont j'ai supplié de me laisser adopter, tué le 30 novembre 2003.

Bobby: tué le 30 novembre 2003.

Bronson: tué le 30 novembre 2003.

Bosco, il fut adopté, un chien chanceux qui a échappé à la SPCA.

Zack: vivant.

Carter: tué le 30 novembre 2003.

Félix: tué le 30 novembre 2003.

Morley: tué le 30 novembre 2003.

Josie: vivante.

Lucy: tuée le 30 novembre 2003.

Blondie, je ne suis pas sûre de son sort, elle a eu une portée et elle est tombée enceinte à la SPCA.

Jenny, vivante, elle a eu une portée et elle est tombée enceinte à la SPCA.

Kola: Je suis incertaine.

Collom: Je suis incertaine.

King: vivant.

Ziggy: vivant.

Jerome: Vivant.

Morris: tué le 30 novembre 2003.

Clyde: vivant.

Shirley: tuée le 30 novembre 2003.

Laverne: Vivant.

Flower: vivant.

Taffy: tuée le 30 novembre 2003. Elle a eu une portée à la SPCA, elle était enceinte lors de la saisie.

Mouse: vivant.

Joe: vivant.

Grandpa: a été retourné à Gaston. Un garçon chanceux, il a échappé à la SPCA.

Ceci dessus est un témoignage de Cheryl Perillo, une ex employée de la SPCA de Kelowna.

AAS: Des jeunes femelles nées et devenues enceintes à la SPCA furent vendues.

Re: les 53 chiens de Beaverdell saisis par la SPCA le 3 juillet 2002.

J'étais une officière de la SPCA au centre de Kelowna, mais j'ai perdu mon emploie, je crois, dû à cause de ma morale qui ne me permettait pas de regarder des chiens innocents se faire tuer. La SPCA de Kelowna a tué tous ces chiens en novembre sans leur donner une chance réelle de se réhabiliter et en laissant 22 autres dans des cages pour un autre trois mois et de ce nombre l'un dont j'aime beaucoup Chewy.

Après m'avoir remercié de mes services, on m'a permis de le visiter pour quelques minutes deux fois par semaine. Puis mes visites furent annulées ce dernier lundi.

J'ai reçu depuis un courriel du gérant général, monsieur Bob Busch me disant que Chewy, le chien que j'aime tant allait être mis à mort avec la plupart des 22 chiens qui restent.

Ces chiens furent rescapés d'un producteur de chiots pour passer sept mois dans des cages en attendant leur mort. Ils disent que Chewy est agressif, mais je vous dis qu'il ne l'est pas du tout. Ils ne veulent tout simplement pas admettre que j'avais raison au sujet de l'euthanasie qu'ils ont fait et ils ont terminé mon emploie et ils vont maintenant tué mon Chewy. Il mérite une seconde chance, il mérite de vivre et je le veux ici avec moi dans ma famille. Je suis presque sûre qu'il est déjà trop tard et qu'ils l'ont tué ce matin, le 31 de Janvier 2003.

Cheryl Perillo.

Mon nom est Helen Schiele. Je demeure à Kelowna et je suis une volontaire pour promener des chiens pour le centre de la SPCA de Kelowna depuis le début de janvier 2002. À partir du 3 de juillet 2002 le programme de promenade des chiens fut mis en attente et le lendemain nous avons compris pourquoi. Quelques 50 chiens furent saisis d'un soi-disant producteur de chiots de Beaverdell par la SPCA de Kelowna.

Le cas contre Gaston Lapointe, le propriétaire de ces chiens fut réglé quelques parts en octobre. Peu de temps après, lorsque ces chiens sont devenus la propriété de la SPCA, 28 d'entre eux furent tués parce qu'ils ont été déclarés inaptes pour des maisons d'accueils ou pour adoption.

En décembre, un de ces chiens, Grandpa fut retourné à son propriétaire faisant parti du règlement entre les deux partis.

Le 31 janvier, une autre dizaine de chiens furent euthanasiés et parmi eux il y avait deux jeunes chiens noirs et gris que j'ai moi-même promené deux jours plus tôt.

Même si j'avais promené quelques autres chiens de Beaverdell en compagnie de mon mari plus tôt en janvier, ces deux-là, Félix et Morley étaient beaucoup plus socialisés, ne tirant même pas sur la laisse, un vrai plaisir de les promener. Un autre homme qui marchait avec un golden retriever était très attiré par ces deux-là qu'il a insisté pour que son chiens rencontre les nôtres, même lorsqu'on lui a dit que ces chiens appartenaient à la SPCA. Il a juste dit que son chien était amical. Ils se sont tous reniflés avec joie. Lorsque je me suis rendue au centre dans l'après-midi du 31 janvier en ayant en tête de promener Félix et Morley, j'ai appris qu'ils avaient été tués le matin même. Aux alentours de 4: 30 heures de cette journée, lorsque je promenais un autre chien de Beaverdell, j'ai passé un homme qui vidait un congélateur juste à l'intérieur d'un garage. J'ai réalisé à ce moment-là que les sacs verts qu'il transportait contenaient les corps de ces pauvres dix chiens innocents de Beaverdell.

J'ai appris par la suite que les chiens ont été euthanasiés par un haut placé dans cette hiérarchie, aidée par une jeune employée et non pas par un vétérinaire. Cela pourrait n'être qu'une coïncidence, mais trois des chiens dont j'ai promené avant la tuerie du 31 janvier m'ont semblé beaucoup plus stressés après qu'ils ne l'étaient avant. Hier, un des ces chiens a complètement refusé d'entrer dans ce garage où est le congélateur qui contient les cadavres. Je n'ai pas voulu ajouter un peu plus à son stress et je l'ai fait passer par une autre entrée. Il n'a pas eu de problème avec ça. Hier aussi, j'ai rencontré une jeune fille, peut-être encore même une adolescente, lorsque je promenais Joe, pendant qu'elle aussi promenait un chien de Beaverdell nommée Josie et nous avons continué notre marche ensemble. Elle m'a dit à quel point elle était terrassée d'apprendre que le chien, Shirley qu'elle a passé beaucoup de temps à socialiser était l'un des dix euthanasiés. Elle a dit que Shirley était très timide avec les autres, mais lorsqu'elle se montrait, Shirley courait au devant d'elle et montrait des signes de joie. Cette jeune fille avait même emmené sa mère pour lui présenter Shirley avec l'espoir de pouvoir l'adopter.

Ce matin j'ai demandé à mon mari de m'accompagner parce que je voulais qu'il voie une petite femelle de Beaverdell nommée Mouse. Elle est très nerveuse et passablement <u>maigre</u>, (on m'a accusé d'avoir des chiens peu nourris, Gaston Lapointe) mais je pensais que si je pouvais la parrainer, cela serait un pas vers une adoption possible. Je sais que les gens du centre disent toujours que le reste des chiens, les 11 derniers ne sont pas aptes à l'adoption et c'est pour cela que je n'ai pas employé le mot adopter.

Lorsque j'ai demandé de parrainer Mouse, on m'a dit d'aller parler à l'assistante du gérant, Cathy Woodward. Elle m'a dit que je ne pouvais pas la parrainer, parce qu'elle a besoin d'autres évaluations et qu'elle a besoin d'apprendre à se calmer. Puis elle a ajouté que cette femelle devait être châtrer cette semaine-là et qu'ils pourraient bien considérer laisser Mouse être parrainer vendredi. J'ai à ce moment-là offert de la faire châtrer moi-même. Elle m'a dit non, nous le ferons nous-mêmes. J'ai dit que j'avais beaucoup d'expériences avec les chiens.

Puis l'assistante du gérant m'a dit que je ne pouvais pas la parrainer parce que j'avais deux chats. Elle a dit que les règles ne permettaient pas de laisser des chiens dans une famille ou il y avait d'autres animaux. Peu importe ce que je disais la réponse était toujours non. Essaie encore vendredi, qu'elle m'a dit.

Comme j'ai pu le constater c'est elle qui a personnellement tué les dix chiens le 31 de janvier! Je crains bien que c'est le sort qui attend les onze autres vendredi. Lorsque le gérant a passé près de moi je lui ai demandé si je pouvais parrainer Mouse, la réponse était encore la même, elle a besoin d'être réévaluée. C'est à ce moment-là que j'ai perdu mon calme avec l'énergie du désespoir. Je lui ai dit que la SPCA évaluait ces chiens depuis le 4 de juillet. Combien de temps ont-ils encore besoin? Vous en avez tué 28 plus dix, vous semblez déterminés à vouloir tuer les 11 derniers. Il m'a alors dit que je ne pouvais pas parrainer. Il ne me sera pas permis d'obtenir ce chien. Je lui ai dit qu'il ne verrait plus jamais un sou de moi. Je n'ai qu'un seul regret dans toute cette conversation et ça c'est d'avoir mentionné que si ces chiens sont si vicieux, pourquoi les volontaires ont-ils reçu la permission de promener ces chiens en public. Je crains que ma crise va peut-être mettre en danger le programme excellent de promenade des chiens.

Même si je n'ai pas été officiellement bannie du centre de la SPCA de Kelowna, je n'y retournerai pas parce que je suis écœurée de voir que la SPCA agisse pire encore qu'un producteur de chiots. Lorsque ses chiens lui furent enlevés en juillet dernier, le propriétaire a dit que la SPCA tuerait tous ses chiens. Il avait tristement raison et les personnes qui hésitaient déjà à appeler la SPCA pour rapporter des abus chez les animaux pourraient très bien se rappeler les mots de ce propriétaire et ne rien faire. Ce qui m'inquiète le plus également dans tout ça, c'est que les dix qui ont été euthanasiés étaient des plus socialisés et les plus beaux des chiens. Quant aux 11 derniers qui demeurent ils pourront toujours dire; voyez, même avec toute la socialisation qu'on leur a donné, ils ne sont toujours pas adoptables. J'espère bien me tromper.

Helen Schiele
Kelowna.

Commentaires de Gaston Lapointe

Les autorités de la SPCA de Kelowna ont prouvé à toute la population plusieurs choses;

Qu'ils étaient plus cruels que moi avec les animaux! Qu'ils étaient moins bons que moi pour dresser des chiens!

Qu'ils n'aimaient pas les animaux!

Qu'ils aimaient l'argent plus que moi!

Qu'ils sont injustes avec les volontaires et les employés, surtout celles qui ont de la compassion!

Qu'ils ont menti au juge pour obtenir des mandats contre moi!

Qu'ils ont forgé de fausses preuves!

Qu'ils sont corrompus jusqu'aux os!

Et j'en passe.

Message original de Robin Schiele envoyé au journal, Le Capital News, le lundi 3 février 2003 à 9: 06 p.m.

Sujet, la SPCA de Kelowna.

J'ai de la peine à croire que la SPCA de Kelowna parmi tant d'autres groupes ait oublié ses propres principes. Est-ce que ce groupe ne se rappelle-t-il pas ce que le P signifie ainsi que son nom? Au lieu de prévenir la cruauté, ils l'ont perpétré. Leurs traitements faits aux chiens de Beaverdell dans les derniers mois ne sont rien d'autre que scandaleux. Des 50 quelques chiens, leur nombre varie d'une histoire à l'autre comme reporté le 2 février, 38 ou 28 ont été jusqu'ici euthanasiés. Mon épouse et son amie ont promené deux de ces chiens sans problème le jour même avant qu'ils ne rencontrent leur mort. Nous avions en effet discuté à savoir si nous devions les adopter. Un des officiels de Vancouver a affirmé que ces animaux étaient dangereux. Cela voudrait-il dire que les officiels de Kelowna ont volontairement en le sachant permis à des volontaires comme mon épouse peu soupçonneuse de promener des chiens dangereux pour des marches sociales? S'ils étaient si dangereux, comment se fait-il qu'ils ont rencontré d'autres chiens inconnus et se renifler nez à nez et se faire aller la queue de bonheur. Il est triste à dire que cette boucherie fut exécutée, comme je le comprends par les mains d'un officiel de la SPCA et non pas par un vétérinaire comme nous serions en droit de s'attendre. Quelques chiens qui restent sur le site de la SPCA sont maintenant terrifiés par les sacs verts qui sont utilisés pour ces corps morts et le congélateur qui les contient dans ce qui est désormais considéré comme le pire abattoir pour ces pauvres animaux.

Robin Schiele

Nouvelles de dernière heure

Les dernières actions de la SPCA sont questionnées lorsque les citoyens pleurent la dernière tuerie des chiens de Beaverdell.

Une veille à la chandelle est prévue pour vendredi le 7 février 2003 à 7 heures p.m.

L'endroit; Route 97, ave Harvey en face de la Petcetera.

En réaction de ce qui s'est passé, de la récente tragédie concernant les chiens de Beaverdell les organisations suivantes veulent exprimer leurs désarrois profonds et leur consternation en ce qui regarde les actions de la SPCA de Kelowna, par qui dix chiens supposés avoir été sauvé par eux ont trouvé la mort comme 18 autres l'ont fait au même centre de la SPCA en 2002. Pour les raisons suivantes, nous pensons que la SPCA, une organisation qui prétend parler pour ceux qui ne peuvent pas le faire eux-mêmes, a trahi non seulement les animaux qui leur ont été confiés, mais aussi tous les donneurs de fonds et tous ceux qui les supportaient et espéraient d'eux un meilleur jugement, plus de compassion, de la patience dans la façon de déterminer le sort de ces pauvres chiens négligés.

1) Plusieurs promeneurs de chiens volontaires ainsi que deux ex-employées qui ont pris soins intensivement de ces chiens ont répété à plusieurs reprises et exprimé leurs opinions disant que ces chiens n'étaient aucunement dangereux, mais qu'ils avaient simplement besoin d'un peu d'attention, de dressage et de patience des gens qui les entourent et qu'ils n'auraient jamais dû être enfermés comme ils l'ont été pour une aussi longue période de temps.

2) Plusieurs individus qui ont travaillé avec succès avec ces chiens et qui sont témoins de l'amélioration de leurs façons d'agir ont exprimé le désir d'adopter quelques-uns de ces animaux, mais leurs demandes leur ont été refusées par l'administration du centre de la SPCA.

3) Le centre de la SPCA de Kelowna s'est fié fortement à deux experts qui viennent en dehors de notre région pour l'évaluation de ces chiens et ont compté strictement sur leurs opinions, ce qui a mené à la décision et la tuerie des dix derniers

chiens abattus. Cependant d'autres dresseurs de chiens ont rapporté un excellent succès avec des chiens sévèrement négligés. En fait un dresseur expérimenté de notre région qui fut en contacte avec les chiens de Beaverdell l'année dernière les a décrit comme n'étant pas dangereux du tout et était optimiste qu'ils pouvaient être réhabilités.

4) La BCSPCA a annoncé l'an dernier un moratoire sur l'euthanasie et à notre connaissance, il n'a jamais été levé. Pourquoi donc ce groupe de négligés, ni plus ni moins de chiens timides ont-ils été considérés exempts de ce règlement protecteur de vie des animaux?

5) Deux des employées des plus compatissantes qui ont travaillé de près avec les chiens de Beaverdell ont dit qu'elles ont été renvoyées du centre de la SPCA de Kelowna. Elles ont été remplacées par des jeunes sans expérience. Est-ce que cela était une décision logique basée sur les meilleurs intérêts des animaux qui ont besoin de soins et d'entraînements d'experts?

6) Selon Lorie Chortyk, la gérante générale des relations communautaires de la BCSPCA a déclaré; c'est en effet les employés locaux de chaque centre de la SPCA qui décident des évaluations sur les animaux qui entrent dans leurs locaux et des soins apportés pour leurs besoins. Cependant plusieurs témoins affirment que lorsque les autorités de centre furent questionnées spécifiquement à propos du sort de ces chiens, ils ont toujours répondu que c'était l'affaire ou la responsabilité de la haute direction. Où donc se situe la vérité dans tout ça?

7) Plusieurs groupes de charité animale ont offert de l'assistance financière à la SPCA pour châtrer et neutraliser les chiens de Beaverdell. Cette offre fut rejetée. Le centre de la SPCA de Kelowna était très au courant de l'intérêt de la communauté pour le support de ces animaux, mais encore là, le silence et le refus d'accepter cette aide était renversant. Le 17 janvier 2003 le journal Capital News a rapporté que les groupes de protections d'animaux étaient en frénésie après qu'une rumeur en circulation voulant que les chiens de Beaverdell devaient être détruits le jeudi suivant. La rumeur était fausse. 'L'état de

ces chiens prisonniers était questionné.' Un peu plus de deux semaines plus tard, une boucherie a silencieusement eu lieu au centre de la SPCA de Kelowna. Plusieurs citoyens furent renversés par la nouvelle et demandent maintenant des réponses.

C'est avec le cœur lourd que nous allons pleurer nos amis de la race canine ce vendredi. Nos pensées et nos prières seront aussi avec les animaux qui sont toujours au centre de la SPCA de Kelowna.

Ce qui suit ne fait pas parti de ce rapport.

Moi, Gaston Lapointe j'étais là ce soir-là de la veillée aux chandelles. J'ai pensé alors et je le pense toujours que les personnes qui étaient présentes devraient garder leurs prières pour les employés de la SPCA, surtout pour le gérant, Russ Forand et son assistante, Cathy Woodward en passant par le juge à qui ils ont menti pour obtenir des mandats contre moi et dont ils se sont servi pour m'atteindre et toutes les personnes responsables pour la mort de mes chiens.

Priez pour eux, parce qu'ils en auront besoin pour tous les crimes qu'ils ont commis afin qu'ils puissent obtenir le pardon du Créateur de ces animaux, de ces créatures complètement innocentes et sans aucune malice. Que ces chiens aient craint leurs bourreaux, qu'ils se soient méfiés d'eux et bien, je crois sincèrement que mes chiens étaient assez intelligents pour agir de la sorte. Ils le savaient pour la plupart, dès le moment où ils ont été enlevés qu'ils étaient en danger de mort. Moi aussi je le savais.

S'il y a une chose dont je puisse ajouter à tous ces témoignages, c'est que cela a fait couler beaucoup d'encre et que tout cela confirme mes dires, lorsque je dis que mes chiens ont été assassinés, exécutés comme des criminels dans certains des États Unis, mes chiens qui n'avaient fait aucun mal à qui que soit.

Cela confirme aussi que tous ces groupes de sauvetages, soi-disant de charité des alentours de Kelowna et les animaleries qui ont mis tant de pressions sur la SPCA d'agir contre moi ont contribué aux malheurs de mes chiens. Je le répète que Russ

Forand et d'autres de la SPCA n'ont jamais eu quoi se soit à me reprocher en douze ans et croyez-moi, ils étaient chez moi très souvent et cela même sans y être invités. Mes chiens sont beaucoup trop intelligents pour ne pas reconnaître ceux qui leur veulent du mal ou du bien. Ils ont tué tant de chiens sans raison valable que c'est à se demander s'ils ne font pas de la nourriture à chien avec mes chiens, comme cela s'est déjà fait en Ontario.

La dernière fois où j'ai parlé à Russ Forand, je lui ai dit qu'il avait gagné une manche, mais que je n'avais pas encore perdu la partie. Ce livre que je termine présentement le fera connaître à la grandeur de monde, lui et ses acolytes et toutes les atrocités qu'ils ont commis. Que Dieu vienne à leur rescousse mieux qu'ils sont venus à rescousse de mes chiens! Eux auront peut-être la chance de survivre.

Tous comptes faits, mes chiens étaient dans le moins des moins mille fois mieux avec moi à Beaverdell. Gaston Lapointe.

Mais tout ça ne fait que de me préparer à entrer dans le royaume des cieux où j'y serai beaucoup mieux que dans ce monde-ci, plein d'embûches et d'ennemis dont je vois tomber l'un après l'autre.

J'ai ici quelques bonnes choses à lire pour eux et pour tous. Une est dans Ésaïe 66, 3; 'Celui qui sacrifie un agneau est comme celui qui romprait la nuque d'un chien.' 'L'agneau de Dieu qui efface les péchés du monde.' Il est écrit aussi que c'est une abomination.

Les Chrétiens osent dire que Dieu aurait fait ça. Voir Jean 3, 16. L'autre est dans Ecclésiaste 9, 4; 'Et même un chien vivant vaut mieux qu'un lion mort.'

Il s'est passé plusieurs années avant que je puisse voir Schéba de nouveau, c'était le jour où je lui ai remis ce livre que vous lisez. Si j'étais retourné en Colombie-britannique avant que je puisse payer l'amande que je leur dois, à cause de ces crapules on m'aurait mis en prison jusqu'à ce que je m'en sois acquitté.

C'est ce qui m'emmène à vous présenter maintenant mon rêve, ma vision du royaume des cieux où j'y vivrai heureux pour toujours avec ceux que j'aime, un endroit où il n'y a personne qui ne m'aime pas.

CHAPITRE 13

———— ∞∞∞ ————

LES DIX VIERGES ET LE ROYAUME DES CIEUX.

Voici la deuxième petite ville sans problème d'aucune sorte du royaume des cieux. C'est la mienne. Elle est sans problème parce que Satan, le malin et tous ses anges n'y ont plus leur place. Ils ont été enchaînés pour mille ans et les gens qui ont suivi Jésus peuvent y vivre en paix. Il n'y a donc plus d'argent, ce qui veut dire que les banques à gros profits sont éliminées également. Il n'y a point d'injustice, ce qui a éliminé les tribunaux, les juges, les avocats, les prisons, les policiers et tout ce qui se rattache au système injudiciaire.

Nous n'entendrons plus jamais parler de guerre, c'est donc dire que les soldats, de toutes les armés ont dû se trouver un autre travail. Je parle bien sûr de ceux qui aimaient le Seigneur. C'est la même chose en ce qui concerne les hôpitaux, puisque les maladies et les infirmités de toutes sortes, Dieu les a toutes enlevées. Les arbres fruitiers sont nos armoires à remèdes et ils sont gratuits. Nous avons un raisin pour un mal de tête, une orange pour un mal de cœur et si la femme mange une tomate la veille de son accouchement, elle n'aura aucune douleur lorsque le bébé viendra se joindre à nous. C'est comme ça que tous les maux sont traités.

Toutes les transactions se font par échanges justes et équitables. Moi qui suis menuisier, j'ai bâti une maison pour le boulanger, puis tout le pain et les pâtisseries pour un temps illimité seront fournies à perpétuité et pour moi et toute ma postérité. J'ai aussi bâti une grange pour le fermier Grognon, qui lui me fournira tous les légumes nécessaires à toute ma famille. C'est avec des légumes également que ce fermier a obtenu du bûcheron tout le bois nécessaire à la construction de son bâtiment, lui qui a aussi une cour à sciage dans la ville où il a cinq employés ravis de travailler pour des matériaux qu'ils échangeront à leur tour pour ce dont ils ont besoin.

Nous avons une petite ville de trois cent personnes et nous sommes tous très heureux. Les épouses sont fidèles à leurs maris et vice versa. Les enfants sont obéissants à leurs parents et les parents ont du temps pour les enfants qui grandissent dans l'amour et le bonheur. Nul n'a besoin de s'inquiéter du lendemain, nul n'a de problème d'échange, puisqu'il y a toujours quelqu'un qui peut utiliser votre talent ou votre participation quelle qu'elle soit. Nous avons une quinzaine de fermiers qui produisent à peu près vingt fois ce que notre communauté a besoin et le superflu est utilisé à des transactions venant d'autres communautés semblables à la nôtre.

Notre ville comprend aussi cinq manufactures. Dans l'une d'elles nous fabriquons des souliers et des chaussures de toutes sortes. Dans une autre fabrique nous tissons tous les vêtements nécessaires au corps et la lingerie nécessaire aux besoins de la maison.

L'automobile n'y a plus sa place, car elle était devenue la principale outil de tuerie de la bête. C'était là l'une des raisons pour laquelle il n'y avait pas eu de guerre dans les dernières soixante années en Amérique de Nord. Les maladies comme le cancer, le SIDA, la cigarette, la drogue et l'automobile tuaient assez de monde pour garder la population à la baise et lui permettre de garder son armement pour le grand combat. Le deuxième commandement de Dieu était de remplir toute la terre, mais le diable lui savait que lorsque la terre serait remplie, ça serait sa fin. Il est peut-être méchant, mais il n'est pas fou.

Le cheval et le bœuf font un travail extraordinaire et ils sont heureux d'être retournés à l'œuvre de Dieu et pour aider ses enfants.

Nous avons une autre manufacture où nous fabriquons nos clous, nos outils de travail, nos ustensiles et presque tout ce qui touche la ferronnerie.

Notre seul gouvernement est la volonté de Dieu, sa parole qui est respectée par tous et chacun. Personne n'a plus de droit qu'un autre, tous le savent et s'en portent bien. Nous sommes tous frères, princes et princesses, puisque nous avons tous le meilleur des Rois. La justice règne et tous en sont très heureux.

Dans notre quatrième manufacture nous fabriquons nos fenêtres et le verre pour les besoins de tous. Tous ont besoin de fenêtres et tous contribuent à la subsistance du fabricant de fenêtres. Notre cinquième manufacturier, mais non la moindre, c'est là que nous fabriquons des recouvrements de plancher de toutes sortes. Tout ce que nous avons en surplus dans notre petite ville est utilisé à importer ce que nous ne fabriquons pas et dont nous pouvons utiliser.

Il n'y a pas de pauvre, nous avons tous une richesse dans l'âme et dans le cœur et le corps ne manque de rien.

Nous avons aussi plusieurs artisans fabuleux. L'un d'eux fabrique des vases de la poterie et de la vaisselle. Un autre peut y dessiner ce que vous voulez à l'intérieur et la plupart choisit d'y appliquer le dessein de leur maison, ce qui est bien pratique après une assemblée quelconque pour savoir à qui la vaisselle appartient. Cette artiste peintre est souvent employée à décorer les intérieurs et extérieurs des maisons également.

Nous avons également quatre distributeurs de tout ce que vous pouvez vous imaginer, de choses locales et importées. Ce qui fait que lorsque nous avons besoin de quelque chose ou encore lorsque nous avons quelque chose dont nous n'avons pas besoin, nous l'amenons à l'un de ces distributeurs, selon celui qui a ce que nous désirons ou apte à l'avoir un jour. Chacun d'eux garde aussi une longue liste des choses disponibles ou en demandes des gens de notre ville et d'ailleurs.

C'est une foire de tous les jours et très rarement nous avons à attendre bien longtemps pour quoi que ce soit. Nous pouvons emprunter presque de chacun aussi et contrairement à ce que nous avions dans le monde, tous se souviennent d'où vient l'article emprunté.

Les cordes à linge sont revenues et celui qui était le réparateur de machines à laver est en quelque sorte notre homme de main, mais au lieu de s'ennuyer à mourir il est devenu notre homme à tout faire. Il est aussi l'un des plus considérés de notre petite ville, puisqu'il est sans cesse en train d'aider quelqu'un. Son nom est Jack. (Jack of all trades), ce qui veut bien dire; homme à tout faire. On ne peut être plus heureux que lui, pour la toute simple raison qu'il rend tout le monde heureux. Personne ne peut cependant le garder bien longtemps, car il est toujours en demande. Lui et moi nous avons passé une superbe journée ensemble, lorsqu'il est venu m'aider à installer les chevrons d'une maison que j'ai bâti il y a quelque temps. Quand j'ai voulu le dédommager pour son aide, il a nettement refusé de prendre quoi que ce soit de moi en me disant que ce qu'il avait appris cette journée-là de moi, lui valait plus que n'importe quoi d'autre que j'aurais pu lui donner.

Nous sommes donc allés prendre un rafraîchissement ensemble et quand j'ai pris ma guitare pour chanter; 'Louanges à Mon Dieu,'

Jack a ramassé mon banjo pour m'accompagner et en moins d'une marque du jour, la moitié de la communauté s'était rassemblée autour de nous en y emmenant des instruments de toutes sortes. Vous auriez dû entendre ce chœur de chant de tout ce monde qui aime l'Éternel. Je n'avais jusqu'à ce jour-là rien vu d'aussi émouvant. Je suis sûr aussi que notre Dieu en était très heureux Lui aussi et c'est là l'une des raisons pour laquelle notre petite ville reçoit tant de bénédictions.

Chanter Louanges À Mon Dieu
Je veux chanter louanges à mon Dieu avec les anges, avec les anges du ciel.
Je veux être heureux là dans les cieux avec ses anges et Adam, Ève et Abel.

Je veux chanter louanges à mon Dieu avec les anges,
avec les anges du ciel.
Je veux être heureux là dans les cieux avec ses anges et
avec tous ses fidèles.

1-6
En écoutant Jésus comme ça moi j'ai connu
La parole du Père et ce qu'il me faut faire.
C'est Lui qui nous a dit, Celui qui nous choisit
Si tu entends sa voix, c'est qu'Il est là pour toi.

2
De pouvoir voir enfin le grand Job et Jacob.
Pouvoir serrer la main d'Abraham et sa femme.
Chanter des ritournelles de Daniel, d'Ézéchiel.
Chanter avec Joseph et Moise à ma guise.

3
Rencontrer tous les autres, Jésus et ses apôtres.
De pouvoir naviguer avec le grand Noé.
De partager mon sac, tout avec Isaac.
Et de pouvoir pêcher, moi Jonas et Osée.

4
De bâtir des maisons, moi David et Samson.
Aller au fond des mers, marcher la nouvelle terre.
Chantant la bonne nouvelle de la vie éternelle.
Parcourant les pays en suivant Jérémie.

5
Et de pouvoir manger à la grande assemblée.
Surtout d'être reçu par la voix de Jésus.
Voler comme les anges en chantant des louanges.
A mon Dieu Bienfaiteur, Lui qui vit dans mon cœur.

6
En écoutant Jésus comme ça moi j'ai connu
La parole du Père et ce qu'il me faut faire.
C'est Lui qui nous a dit, Celui qui nous choisit
Si tu entends sa voix, c'est qu'Il est là pour toi.

Nous n'avons absolument rien à envier de personne ni d'aucun autre endroit de l'univers. Cependant les mauvaises âmes elles, elles ont beaucoup à envier de nous, ça doit être l'enfer pour elles.

Tous ont ce qu'ils ont besoin. Ma famille et moi nous ne manquons de rien du tout, même qu'il y a beaucoup plus à donner que nous avons besoin pour nous-mêmes.

L'autre jour une famille de six membres est arrivée avec rien d'autre que ce qu'ils avaient sur le corps. En moins de dix jours eux aussi avaient leur maison avec jardin, un cheval et un buggy, un travail et laissez-moi vous dire qu'il en aura du travail cet homme-là, puisqu'il est messager. Il va de ville en ville, de province en province et de pays en pays, un genre de poney-express quoi, rapportant toutes les nouveautés et les choses disponibles à être échangées d'une ville, d'une province et d'un pays à l'autre. Il y en a des milliers qui font ce travail des plus intéressants et nous savons toujours ce qu'il y a d'intéressant ailleurs, où il est et ce qu'il faut donner pour l'obtenir.

Je suis parti un beau jour avec ma chère épouse pour une autre province et pendant que je bâtissais une remise pour Jean, Madeleina son épouse, une artiste hors paire a fabriqué cette robe des plus jolies pour ma Schéba, qui n'a jamais cessé d'être la plus jolie des princesses.

Cette robe et le chapeau qui l'accompagne lui sont d'une élégance sans pareille. Croyez-moi, cela valait le voyage. Nous en avons profité du même coup pour emmener à chacun de nos enfants une pièce de sa confection. Je leur dois du temps, mais il m'a dit qu'il aura besoin d'une petite grange dans quelques années. Il n'a pas semblé du tout inquiet lorsque je lui ai dit que je reviendrais lorsqu'il sera prêt. Nous avons aussi emmené des tas de petites choses nouvelles que nous n'avons pas chez nous. Ce fut la fête dans la ville pour une bonne quinzaine de jours.

Tout au long de notre voyage c'était la lune de miel qui se renouvelait. Partout, tous étaient des plus accueillants. La seule chose qui nous a fait regretter un peu notre voyage était les enfants et les amis demeurés derrière. Tous voulaient bien nous garder plus longtemps que nous ne pouvions rester. Nous avons tout simplement promis de refaire le voyage avec nos enfants la prochaine fois, tout en les invitant à nous rendre visite eux aussi à leur convenance.

Les échanges d'idées sont toujours bienvenus de tous et c'est comme ça que j'ai appris que le travail à la chaîne était des plus efficace au temps de la récolte des fermiers. Pour les pommes de terre par exemple, lorsqu'une soixantaine de personnes s'y met pour les cueillir, les laver et les emmagasiner toute la population en bénéficie. Ces pommes de terre sont d'une bien meilleure qualité qu'elles ne l'étaient au temps de la fin avec les produits chimiques qu'ils utilisaient et la chaîne de personnes crée une fraternité inégalable. Aussi de cette façon les fermiers n'ont pas besoin de travailler vingt heures par jour, comme ils y étaient obligés et pour perdre tout ce qu'ils avaient, quand avancés en âge, parce qu'ils manquaient de souffle pour terminer leurs journées et qu'ils étaient enterrés de dettes.

Ainsi, lorsque les semences et les cueillettes de la ferme sont terminées, les fermiers peuvent à leur tour remettre à chacun un peu de leur temps. Les bûcherons apprécient tout particulièrement leur aide, puisqu'ils sont de durs travailleurs et aussi très connaisseurs. Tous et chacun lorsque leur travail est terminé se tournent vers d'autres personnes qui ont besoin et rien n'y personne n'est laissé à l'abandon.

Notre assurance sur la vie est la justice et l'honnêteté de tous. Les clés et serrures ne sont pas nécessaires et tous peuvent dormir tranquille sans somnifère, n'ayant rien à craindre de rien ni personne. Le stresse, la dépression et tout ce qui attaquait les nerfs ne sont plus de notre monde.

Denise, la fleuriste et son mari Albert manquaient de beaucoup de choses un jour et ils ont décidé de donner une soirée afin de faire connaître aux autres leurs besoins. Albert qui n'a plus vraiment de métier, puisqu'il était un des rares policiers honnêtes attitrés aux banques, lui aide à la production des fleurs. Denise elle, elle n'a pas changé, elle a toujours préféré rendre les gens heureux et à la réussite. Cela a continué pour elle et si elle manque de quoi que ce soit, c'est justement à cause de son humilité et de sa générosité qui lui sont coutumières. Jos Labrecque, un fabriquant de lingeries et qui était l'un des participants lui a commandé soixante bouquets pour donner à tous ceux qui l'avaient supporté dans la communauté en échange pour tout ce qu'elle et sa famille ont besoin pour les prochains deux ans. Deux des fermiers lui ont donné chacun un beau gros voyage de terre noir nécessaire à la croissance de ses jolies fleurs, en remerciement pour l'aide qu'ils avaient reçu à la cueillette des pommes de terre et des autres légumes. Un autre lui a donné tout l'engrais qu'elle a besoin pour le reste de sa production. Le propriétaire de l'une des plantations, lui a échangé tous les fruits qu'elle a besoin pour elle et sa famille, pour six bouquets de roses. L'un des distributeurs lui a demandé d'échanger tous les arrangements floraux de son établissement contre tout ce qu'elle verrait nécessaire à sa famille. Finalement elle s'est mise à pleurer de joie devant une réception aussi exceptionnelle, dont elle ne s'attendait guerre, du moins pas à ce point. Albert est allé la prendre dans ses bras en guise de soutien. Tout ce que quelqu'un a à faire quand il a besoin, c'est de le faire savoir et sans tarder, il est comblé.

Tous les enfants y voient leurs désirs et leurs rêves se réalisés. L'hiver nous y aménageons une belle montagne de neige pour la glissade en traîneaux. Ça, c'est le travail des fermiers et ils y emmènent des résultats formidables. Ils avaient l'habitude d'aller dans les pays chauds, mais maintenant ils ont découvert le plaisir de plaire aux enfants, ce qui leur emmène beaucoup plus de joie que de nourrir la bête en dépensant leur argent sur des plages luxueuses. Il semble même que les chevaux ont le sourire aux lèvres et s'amusent aussi en le faisant. J'ai même vu une fois un cheval tout noir essayé la glissade de la côte toute blanche. Il se faisait longtemps que je n'avais vu quelque chose d'aussi drôle. Le cheval s'était mis à danser au pied de la côte, heureux d'avoir fait rire tant de gens et ils ont ri de plus belle. Si ce n'eut été du propriétaire, le cheval aurait recommencé de plus belle. La montée de la côte est lente, mais totalement sans efforts et sécuritaire, puisque c'est le cheval qui opère le monte-charge à l'aide d'un câble et d'une poulie. Il y a aussi les balades en traîneaux tirés par les chevaux des fermiers et d'autres par les chiens.

Puis une grande partie de l'une des fermes a été aménagée à l'érection d'une superbe grande patinoire et encore là, beaucoup de gens lui ont apporté une contribution personnelle, ce qui fait que personne n'a eu besoin de s'exténuer au travail pour que tous puissent en jouir.

Moi je préfère le piégeage du lièvre qui assure un certain contrôle de leur population. Avec la surpopulation de ces derniers et la production de la viande de bœuf, je fabrique la nourriture pour tous mes chiens, qui sont mon moyen de transport principal. Ils sont rapides et ils aiment à le faire et qui plus est, rien ne peut les rendre plus heureux et ils sont heureux de me rendre heureux. Vous devriez les voir lorsque je sors les attelages. C'est à peine s'ils peuvent se contrôler. Ils ne sont plus désormais le meilleur ami de l'homme, mais le premier en tant qu'animal. Dieu est notre meilleur ami, suivit de notre conjoint, sa famille et de tous. C'est bon de ne plus avoir d'ennemis aux alentours.

En voyage j'en ai toujours quatorze avec moi, sept qui tirent et sept qui s'amusent en attendant leur tour. Avant que les sept qui travaillent ne soient trop fatigués, je les remplace par les sept autres qui ne demandent pas mieux.

Un jour un gros ours est venu pour me faire un mauvais parti et tous les chiens se sont mis à l'œuvre, un peu comme le font les loups. Ils ont exténué le gros animal sans le blesser et sans se faire toucher non plus. Je suis sûr que cet ours s'en souviendra pendant bien longtemps. J'étais bien fier et avec raison de mon équipe de Mutesheps, un mélange de malamute et berger allemand. Leur premier père était un gros malamute et leur mère était une pure berger allemand championne pour beauté et obéissance. Des méchants de l'ancien monde ont pourtant bien essayé d'éliminer cette race de chiens merveilleux, en tuant les uns et en castrant les autres.

Puis j'ai sonné l'heure du repas en guise d'appréciation. Ils ont très vite compris que j'étais content d'eux. Si cela avait été nécessaire, j'avais quand même mon arc et mes flèches à ma disposition. Mes amis, ces chiens sont pour moi le meilleur système d'alarme qui soit. Ils détectent l'ennemi à des milliers de pieds, ils sentent le danger de loin, ils sont plus rapides que les chevaux et leurs besoins sont bien minimaux.

À l'un de nos voyages un jour que nous avions manqué de provisions, j'ai envoyé les chiens chercher ce qu'ils pourraient trouver. Ils nous ont ramené un beau gros chevreuil, qui nous a permis de continuer sans mourir de faim. Puis nous sommes arrivés avec toutes sortes de belles choses qui furent bien appréciées de tous les autres.

C'est la belle vie quoi, sans pression d'aucune sorte. Le stresse est complètement inexistant. Les fins de semaines, les fins de mois, et les fins d'années n'ont pas plus d'importance que le reste. Notre seul gouvernement est la justice qui nous vient de Dieu, nous l'aimons de tout notre cœur et nous avons bien des raisons de le faire.

Chaque année nous célébrons la fête de la ville et tous sans exception du plus jeune au plus âgé y participent. Le plus jeune le fait souvent en pleurant, mais il y a toujours des jeunes gardiennes volontaires pour en prendre soin et le faire taire en le cajolant.

Elles aiment les bébés et elles rêvent du jour où elles en auront à leur tour, ce qui leur donne encore plus de joie que la danse. Tous les instruments de musique se font entendre ce jour-là et tous les musiciens ont la chance de s'exécuter, qu'il soit le meilleur ou le moins talentueux et ça à la joie de tous d'ailleurs. Moi au violon, Jack au banjo, Schéba à la mandoline, Denise au piano et une bonne demi-douzaine de guitaristes, nous leur avons joué quelques sets carrés. C'est une danse que la plupart aime à la folie et apprécie toujours. Puis j'ai joué une belle grande valse, que j'aurais bien voulu danser aussi. Nous avons donc cédé notre place à d'autres musiciens et c'était notre tour de se faire aller sur le plancher de danse. La fête a continué jusqu'au petit jour pour ceux qui avaient encore de l'énergie à dépenser. Les plus âgés étaient allés au lit plus tôt ainsi que beaucoup d'enfants qui étaient tombés de fatigue. La toute dernière heure se passa en cantiques pour notre Dieu qui a bien su nous donner un paradis sur terre. C'est donc plein d'allégresse que nous sommes tous finalement allés au lit.

Ceux qui étaient allés au lit le plus tôt étaient le plus reposés et ce sont eux qui ont préparé le repas du lendemain. Nous avons tous savouré un festin inégalable, un festin inoubliable.

Nous avons trois de ces fêtes majeures chaque année. L'une à pâques, parce que nous reconnaissons que c'est notre Père qui permet ce renouvellement chaque année en nous donnant notre nourriture. L'une à l'Action de grâce, puisque nous avons devant nos yeux les résultats d'un fait accompli. Celle que j'ai décrit parce que nous vivons tout simplement dans un endroit absolument magnifique, entouré d'amis formidables et merveilleux.

Nous avons des réunions de moindre importance toutes les semaines. Nous en avons aussi de plus élaborées tous les mois, mais celles de l'année sont uniques et tous y contribuent d'une façon ou d'une autre.

À chaque année il y a un petit quelque chose de nouveau. Quelques nouveaux musiciens, quelques nouvelles chansons, quelques nouveaux cantiques. La participation est tout à fait exceptionnelle. Moi, je suis toujours impressionné par les jeunes à l'esprit inventif, comme la petite Nathia qui a dansé quelques soixante steps différents sur un mouchoir de soie et ça sans le déplacé même d'un seul centimètre. Léo de qui elle a appris, lui en a fait tout autant avec un verre d'eau sur la tête sans en renverser une seule goutte. Faut le faire! Cela prend une concentration extraordinaire et a dû demander un nombre incalculable d'heures de pratique. Et que dire des raconteurs d'histoires. Quel talent! Et les chansons à répondre qui demande une participation générale. Tout ça, c'est du bonheur à bon marché.

La soirée n'est pas sitôt terminée qu'il y en a beaucoup qui pensent déjà à ce qu'ils feront à la prochaine soirée. Moi, je pense pratiquer quelques différents morceaux de violon et ça sans négliger ceux dont j'ai joué au cas où quelques-uns les réclameraient de nouveau. J'ai presque toujours une ou deux nouvelles chansons de mes compositions à interpréter également. Dont celle-ci dont j'ai composé peu de temps avant la fin de l'ancien monde et qui s'intitule;

Tu M'as Parlé Mon Dieu

Tu m'as parlé mon Dieu du royaume des cieux
Tu m'as dit que l'amour nous vient de Toi toujours
T'as fait de belles choses, je veux plaider ta cause
Tu m'as émerveillé pour Toi je veux chanter

C'est Toi qui es le Père du ciel et de la terre
Tu connais les secrets de la terre, de la mer
On veut s'approprier ce que Tu as créé.
Toi seul peut contrôler tout dans la voie lactée.

Toi seul peut tout changer nos cœurs et nos pensées
Que dois-je faire pour Toi, pour Toi qui est mon Roi?
Tu m'as donné la foi, vraiment je crois en Toi
Telle est ma destinée, pour Toi je vais chanter.

C'est Toi qui es le Père du ciel et de la terre
Tu connais les secrets de la terre, de la mer
On veut s'approprier ce que Tu as créé.
Toi seul peut contrôler tout dans la voie lactée.

Tu m'as montré mon Dieu la vie n'est pas qu'un jeu
Partout des gens abusent, d'autres qui s'en amusent.
Tout est à la dérive, c'est la fin qui arrive
Mais moi je veux chanter toute l'éternité.

C'est Toi qui es le Père du ciel et de la terre.
Tu connais les secrets de la terre, de la mer
On veut s'approprier ce que Tu as créé.
Toi seul peut contrôler tout dans la voie lactée.
Toi seul peut contrôler tout dans la voie lactée.

Ai-je besoin de vous dire que tous sans exception, du plus jeune au plus âgé qui connaissent les mots y participent? Les autres le font en murmurant, en marmottant et en chantonnant d'une façon ou d'une autre, mais ils y emmènent quand même leur contribution et je suis sûr que Dieu le Père nous entend tous, qui que nous soyons.

Ici ce n'est pas tant la qualité de la voix que celle de la chanson qui est appréciée. Les paroles qui viennent du cœur et qui ont une signification gracieuse et sincère sont appréciées de Dieu et de tous. Tous peuvent se faire valoir d'une façon ou d'une autre, que ce soit par un poème, une chanson, un cantique, une histoire ou encore raconter une simple plaisanterie de la journée. Que ce soit raconter un voyage ou une aventure comme celle de mes chiens contre l'ours ou encore celle du chevreuil dont mes très aimables chiens nous ont amené lorsque nous en avions besoin!

Les voyageurs ont toujours des histoires à raconter des plus intéressantes. Ils sont très souvent partis pour une durée d'un an et ils se doivent de demeurer six mois avec leur famille avant d'avoir l'intention de retourner. Beaucoup d'entre eux emmènent leur famille avec eux, ce qui est plus encombrant, mais beaucoup moins ennuyant. C'est agréable d'entendre qu'il y a des milliers de bons endroits partout sur leur chemin, mais qu'il n'y en a point comme le nôtre. Je sais tout au plus profond de moi-même que nous sommes très privilégiés.

Nous avons quelques petits lacs qui produisent beaucoup de poissons, puisque, semble-t-il, ils ont cessé de se dévorer entre eux, eux aussi. Il y en a tellement que nous sommes obligés d'en exporter dans d'autres communautés pour leur donner une chance d'avoir assez d'espace. Nous les nourrissons au maïs depuis que nous savons. Lorsqu'il y avait encore de gros orages, l'eau qui descendait vers le lac emmenait beaucoup de vers de terre aux poissons aussi, mais ce n'est plus le cas, depuis le grand changement, maintenant nous n'avons que des pluies douces sans tonnerre ni éclairs. Il y a quand même encore le renversement du lac qui permet la nutrition de tous les plus gros poissons durant tous les mois d'hiver. Pendant l'été l'eau est plus fraîche au fond du lac ce qui est apprécié surtout des plus gros poissons, mais lorsque vient l'automne l'inverse se produit, l'eau devient plus froide au-dessus et les tous petits ne peuvent pas tous survivre le changement, ce qui permet de nourrir tous les survivants tous les mois d'hiver. Nous leur donnons quand même du maïs en hiver, spécialement pour qu'ils ne reprennent pas leur vieille habitude, mais cela en plus petites quantités.

Comme j'avais l'habitude de le faire, une fois ou deux par mois j'organise un souper communautaire pour tous. Du bon doré et de la bonne perchaude accompagnée de patates tranchées et rôties juste à point. La prochaine fois ça sera de l'achigan. Il y en a d'autres qui font à peu près la même chose, soit avec de la dinde, soit avec du poulet ou encore avec un bon ragoût de bœuf, mais jamais de porc, puisqu'il est impur aux enfants de Dieu comme toujours. Voir Lévitique 11, 7. Quoiqu'il en soit, c'est un vrai festin à chaque fois. Il n'y a plus de pauvre et pas besoin non plus de faire des quêtes à n'en plus finir, puisque tous ont de quoi satisfaire leur appétit.

La corruption était devenue telle qu'un minime pourcentage des argents recueillis par les agences de charité était remis aux nécessiteux. Non seulement ces derniers recevaient très peu de ces dons, mais les dons prenaient de douze à trente mois avant d'atteindre leurs destinations. Plusieurs mourraient bien avant que le dollar qui aurait pu leur sauver la vie n'arrive. On jetait leurs corps dans des fausses communautaires sans cercueil, sans même un drap pour les recouvrir. Pour tout dire, je prenais plus de soins à enterrer un de mes chiens morts de vieillesse qu'eux prenaient pour enterrer des êtres humains avec leurs bulldozers.

Presque tous les sports étaient devenus des produits et des résultats du crime organisé. Pour moi la découverte de ces escrocs a commencé avec une idée qui semblait un peu folle au début. C'est en mentionnant des noms de personnes et des noms d'organisations incluant les gouvernements à ma petite Angie, ma petite chienne miracle que les plus grands soupçons me furent révélés. Lorsque j'ai prononcé le parti libéral fédéral devant elle, j'ai eu beaucoup de misère à la faire taire et quand je prononçais le nom de leur chef, là c'était un bruit d'enfer. C'était un peu moins pire lorsque j'ai mentionné le parti libéral provincial, mais attention, lorsque je lui ai parlé du parti québécois et du Bloc, là j'ai dû lui mettre une muselière et encore là, il m'a fallu la renfermer pour la nuit, car elle ne s'en remettait tout simplement pas. Elle hurlait d'une façon presque incontrôlable en entendant les noms des plus corrompus.

Cela m'a fait penser à Jésus lorsqu'il pleura sur Jérusalem. C'était la même chose lorsque j'ai mentionné les maires des villes et des villages. Même dans mon petit village de Goodadam, le maire penchait sur le côté des criminels. Un jour je lui ai demandé combien il me prendrait pour enlever la neige devant ma maison, ce qui est un travail de dix minutes avec sa pépine qui était déjà sortie. Il m'a dit que cela serait soixante-dix dollars. Je lui ai demandé s'il était tombé sur la tête. Il m'a dit alors que c'était vingt dollars pour la neige et les cinquante dollars que j'ai pris de son garçon. Je n'ai pas pu m'empêcher de lui dire que son garçon est un criminel et que grâce à son père, il finira probablement ses jours en prison malgré tout son argent. Ironiquement le fils a essayé d'obtenir cet argent armé d'un bâton de base-ball et le père lui a essayé avec une pépine.

Mais les pires étaient vraiment la construction et les sports organisés. Angie se couchait très paisiblement chaque fois que je mentionnais le nom de Schéba, ce qui était un grand réconfort pour moi. Cependant elle devenait hors d'elle-même lorsque nous nous approchions des stations de police. Cela voulait tout dire. J'étais déjà convaincu depuis longtemps que nous n'aurions jamais un monde meilleur tant et aussi longtemps que Dieu ne séparerait pas le bien du mal. Plusieurs m'avaient déjà dit que j'avais le don d'écœurer le monde, mais je leur répondais qu'il leur manquait un mot. Lorsqu'ils me demandaient quel était ce mot, je leur disais que j'ai le don d'écœurer le monde écœurant.

Peu importe de quoi je parlais avec cette Angie, que ce soit de la boxe ou du hockey, le football, le soccer, le tennis et pratiquement tous les autres sports, le mal s'y était infiltré selon elle.

J'en avais eu quelques doutes bien avant que le pot aux roses fut étalé au grand jour. Trop souvent j'avais entendu les commentateurs sportifs dire des choses comme; 'Quelle mise en scène!' Ou encore; 'On n'aurait pas pu faire mieux si la scène avait été écrite avant le match.' Ou encore; il a joué son rôle à la perfection. J'avais aussi remarqué une scène où notre bon ami Kovacalev s'était complètement démarqué et était tout seul avec le gardien adverse dans la zone de ses opposants alors que tous les autres joueurs du Canadien étaient encore envahis dans leur zone. La passe de la mise en scène est venue un peu en retard, mais elle est quand même venue et notre ami est allé compter comme la scène avait été planifiée. C'était très claire, très évident que la scène avait été présentée aux deux équipes.

Ça faisait très longtemps que ces choses-là étaient connues dans le monde de la lutte, mais pas autant dans les autres sports. C'est sûr que lorsqu'une personne est payée plusieurs millions de dollars pour jouer, il y a là un certain pourcentage de cet argent pour acheter leur silence et comme les acteurs du cinéma, ils sont bien payés pour acter et étant des professionnels, ils peuvent le faire sans que cela ne paraisse trop. Moi, par exemple, je n'aurais pas trop de misère à jouer la scène d'un menuisier, puisque j'en suis un et j'ai fait ce métier toute ma vie. Je pourrais également jouer du violon, de la guitare, de la mandoline, du banjo et du clavier, mais je ne pourrais pas pu me jouer des gens comme ils l'ont fait.

Lorsque les spectateurs payent des centaines de dollars et plus pour regarder une partie qui est déjà truquée d'avance et que les metteurs en scène ont déterminé le gagnant selon les paries effectués au préalable, sans compter une vingtaine de dollars pour un petit verre de bière, c'est la débandade totale.

Ici une vieille expression s'impose; 'Au meilleur la poche.' Ce qui est le plus payant l'emporte!

C'est derniers temps les parties sont plus serrées que jamais. C'est que voyez-vous? Il est plus facile de cette façon de faire tomber la chance d'un côté ou de l'autre après le temps mort, à la fin d'une partie et tous ça selon ce que les paries peuvent rapporter le plus à ces escrocs.

Mais encore là, je ne prends pas en pitié tous ceux qui se faisaient rouler, puisqu'ils ont choisi des athlètes, des chanteurs, des chanteuses, des artistes, des politiciens et des milliers de faux saints pour idoles au lieu de se tourner vers Dieu, alors ils méritent leur pauvre sort. Personne ne pourra dire que c'était parce que Dieu ne les a pas avertis, puisque la Bible était là avec tous les avertissements et que c'était le livre le plus vendu au monde. Tous et chacun avaient le choix entre le mensonge et la vérité, entre le vrai prophète et le faux prophète, entre Dieu et le diable, entre Jésus et Paul. Dieu avait justement laissé le libre choix à tous sans exception. Tous et chacun peuvent donc ou bien se féliciter ou bien se blâmer pour leurs choix. Moi, je suis très heureux d'avoir bien choisi. J'ai choisi Dieu et Dieu m'a choisi, Il est mon Père et je suis son fils, je l'aime de tout mon cœur et Il m'aime encore plus.

Pour ce qui est de mon avocat, Bill Clarke, je pense qu'il a tout fait ce qui était en son pouvoir pour m'aider et pour me défendre. Tout comme pour moi et pour mes chiens, il avait un monstre trop immense à combattre, un monstre qui est un terrible meurtrier. Lorsque j'ai dit dans ma chanson qu'ils sont plus chien que les miens, j'en ai la preuve lorsque je parle de ma Princesse. Elle a donné la vie à Chewy, elle a donné sa vie pour le sauver, mais eux l'ont tué lâchement, un très beau chien, lui sans aucune malice, dans lequel il n'y avait pas un seul os haineux. Tout ce que je voulais et ça plus que tout pour mes chiens était pour eux de trouver un bon foyer, quelqu'un pour les aimer. Si Cheryl Perillo était venue chez moi pour adopter ce chien, j'aurais été heureux de le lui donner.

Si j'avais été un de ceux qui graissent les pattes des vétérinaires, des avocats, des politiciens et de tous ces mangeurs de balustres, c'est sûr que j'aurais plus de soutiens parmi la population en général, mais mon âme n'est pas à vendre.

Même l'homme de Westside qui m'a fait mes trois harnais pour mes chiens a préféré garder le silence sous prétexte qu'il voulait se tailler une place en politique. Je pense qu'il a manqué son coup pour se faire un nom d'homme juste, puisqu'il connaissait très bien l'état de mes chiens et leurs conditions de vie. Le millionnaire de Carmi, celui qui était venu prendre des photos de mes chiens sur ma propriété le jour du désastre, lui qui était témoin qu'il n'y avait rien de vrai dans les accusations de la SPCA contre moi aurait pu lui aussi s'ouvrir la gueule en ma faveur auprès des autorités, il s'en est bien gardé. C'est lui qui a acheté ma propriété pour $75.000.00 alors que j'en demandais $160,00.00. Durant toutes les négociations il a répété à maintes reprises que tout ce qui l'intéressait était le fond de terre. Lorsque j'ai suggéré de tout identifier ce qui demeurait sur la propriété, il m'a répété qu'il n'était pas intéressé à rien de tout ça.

Je le croyais mon ami, mais je me suis rendu compte que son ami c'est l'argent. Il y avait des autos dont je voulais garder et autres choses, mais une fois la propriété transférée à son nom, c'était une toute autre histoire. Laissez-moi vous dire qu'avec des amis comme lui on a pas besoin d'ennemis. Heureusement il était écrit que je gardais ma maison que je devais mettre en pièces et déménager, mais il croyait que j'en était pas capable, ce qu'il a mentionné à un de mes amis qu'il croyait être le sien. Il a fait toute une crise lorsqu'il a appris qu'un homme de Beaverdell est venu m'acheter des morceaux d'isolation pour mettre dessous son plancher de ciment. Cet homme m'a invité à déjeuner au restaurant un matin et c'est là qu'il m'a avoué que la propriété dont il était vraiment intéressé était la mienne. Il m'a dit aussi qu'il était prêt à aller jusqu'à $150,000.00 pour l'obtenir. Je lui ai dit que j'aurais même terminé la maison pour ce montant. Il m'a dit aussi qu'il a demandé au millionnaire de Carmi et à mon employé de Westbank pour obtenir mon numéro de téléphone afin de pouvoir communiquer avec moi et ils ont refusé de lui donner. Même l'agent d'immeuble lui a refusé ce privilège. Je pense qu'elle aussi était contrôlée par ce millionnaire qui prétend être un bienfaiteur pour tous ses voisins. Mon œil!

Néanmoins, comme vous avez pu le constater vous-même, j'ai subi des centaines d'attaques de toutes sortes et de toutes parts, puis cela même par des personnes qui pensent faire le bien et certaines d'entre elles ne réalisent même pas qu'ils font mal à leur prochain, mais le diable lui sait exactement ce qu'il fait.

Je termine ce livre et les corrections le 12 avril 2014, juste à temps pour Pâques, la célébration de la résurrection de notre maître, Jésus-Christ, le fils de Dieu. Les millions de chrétiens à travers le monde ont fait et ils font toujours un grand festin pour célébrer les Pâques et la naissance de Jésus en cuisant un beau gros jambon, du porc, la viande même dont Dieu demande à ses enfants de ne pas toucher ni de près ni de loin et encore moins se mettre sous la dent.

Le savent-ils ces bons chrétiens que sans le nitrate qu'on y injecte le bacon serait une viande grise et que le jambon serait vert? Voir encore Ésaïe 65, 4, Ésaïe 66, 17 et Lévitique 11, 6-8. 'Vous ne mangerez pas le lièvre qui rumine, mais qui n'a pas la corne fendue, vous le regarderez comme impur. Vous ne mangerez pas le porc, qui a la corne fendue et le pied fourchu, mais qui ne rumine pas, vous le regarderez comme impur. Vous ne mangerez pas de leur chair, et vous ne toucherez pas leurs corps morts; vous les regarderez comme impurs.'

De Jacques Prince, un auteur qui croit que Gaston Lapointe fut malicieusement attaqué par plusieurs démons, mais l'attaque par la SPCA de Kelowna en Colombie-britannique est selon moi incompréhensible et inacceptable. J'ai pu voir ce soir à la télévision, à l'émission (enquête) sur le Berger Blanc de Montréal, la façon horrible que la SPCA a utilisé pour terminer ses chiens. C'est un spectacle des plus troublant pour le commun des mortels, mais sachant que c'est la façon exacte que ses propres chiens, qu'il aimait autant ont souffert de la sorte ne fait que justifier sa demande d'une enquête approfondie sur cette affaire.

Finalement le gros chien qui s'interposait entre lui et Schéba, celle qu'il aime et le chien à qui il a cassé la gueule dans son rêve qu'il décrit au début de ce livre est bel et bien la SPCA de Kelowna en Colombie-britannique.

Gaston est tout comme moi un disciple de Jésus et très heureux de l'être, en espérant que mes histoires aideront plusieurs d'entre vous qui avez lu ce livre à vous méfier des méchants et de faire confiance à Dieu et à ses disciples, mais surtout à comprendre ce qui se passe dans votre vie. Jésus a dit que ses disciples seront haïs de tous à cause de son nom, cela s'avère une vérité venue à terme pour moi et Gaston. Voir Matthieu 24, 9. Entendons-nous bien ici, tous veut bien dire tous ceux qui n'aiment pas Dieu.

Gaston a fait tout en son pouvoir restreint pour limiter la reproduction de ses chiens et la SPCA de Kelowna, une compétition déloyale a fait tout le contraire avec les mêmes chiens. En lisant sur l'histoire en général et dans Matthieu 23, je réalise que Gaston est une personne choisie de Dieu et prédestinée à exposer les crapules de ce monde, tout comme Jésus de Nazareth et Louis Riel l'ont fait. Je souhaite bonnes chances à tous et que Dieu vous bénisse!

Jacques Prince de la part de Gaston Lapointe